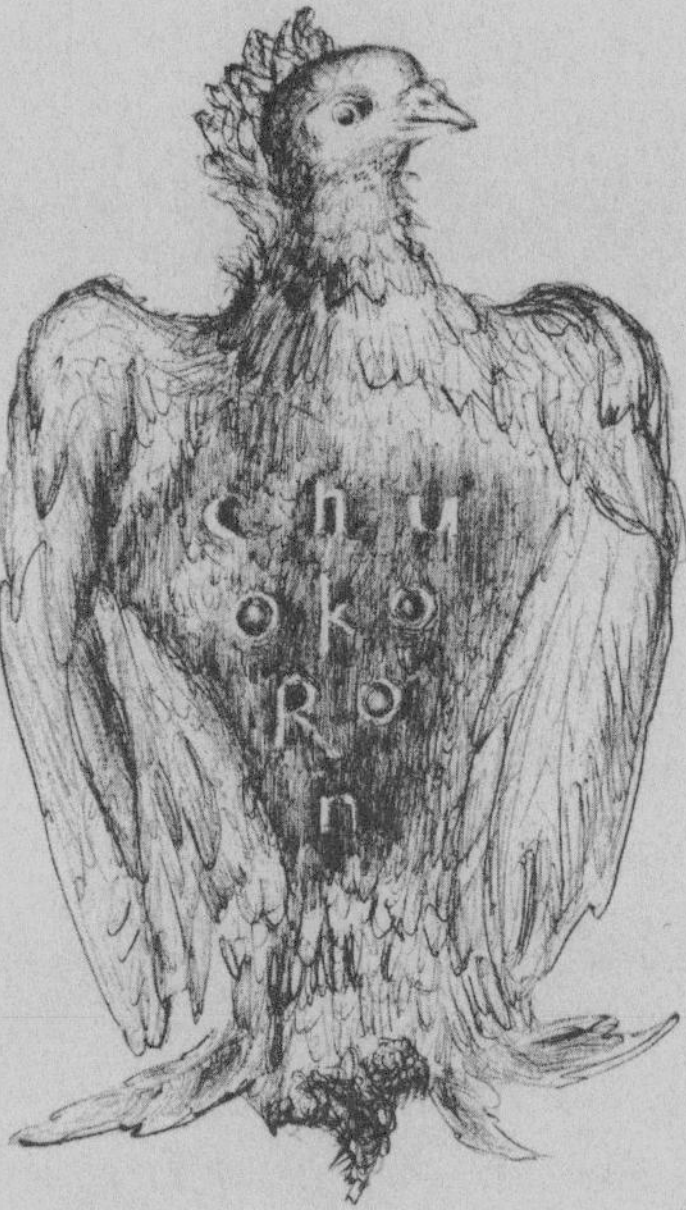

南 洋 と 私

JN159562

中公文庫

南洋と私

寺尾紗穂

中央公論新社

目次

◎南洋地図

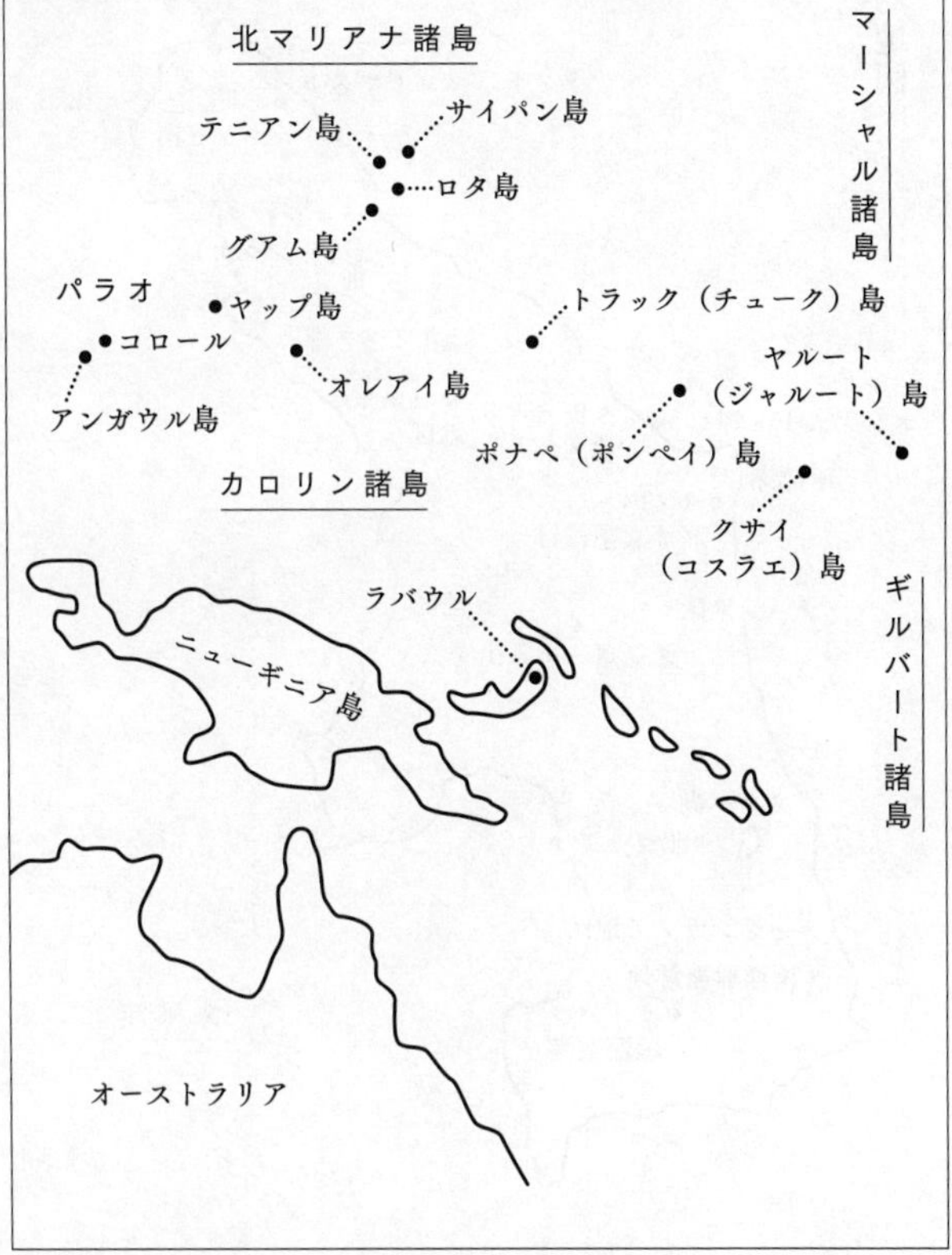
北マリアナ諸島
サイパン島
テニアン島
ロタ島
グアム島
パラオ
ヤップ島
コロール
アンガウル島
オレアイ島
トラック（チューク）島
マーシャル諸島
ヤルート
（ジャルート）島
ポナペ（ポンペイ）島
クサイ
（コスラエ）島
カロリン諸島
ラバウル
ニューギニア島
ギルバート諸島
オーストラリア

◎サイパン島地図

フィリピン海
バンザイクリフ
ラストコマンドポスト
マッピ山
マタンシャ
（現サンロケ）
地区
カラベラ地区
タロホホ
地区
タナパグ
地区
ポンタムチョ岬
南洋寺
卍
サイパン
高等女学校跡
ドンニー
地区
ガラパン地区
タッポーチョ山
ススペ湖
北マリアナ大学
チャランカノア地区
南洋興発跡地
サイパン
国際空港
太平洋

南洋と私

第1章　屋久島の青い海

通っていた大学は毎年七月上旬が一週間休みになった。運動系の部活すなわち「体育会」の人たちが毎年大阪府立大と対戦するイベントがあり、それは「府大戦」と呼ばれていたのだが、ともかく、「体育会」に所属しない多くの学生と多くの教員にとって、この一週間は嬉しい休暇期間だった。あれこれバイトをしては、毎年この期間にどこかしら旅に出ていた私が、その年屋久島に行ったのは、その時の恋人も一度屋久島に行ってみたいと言っていたからだ。二十人も乗ればいっぱいの小型機に乗って、ぐらぐら揺れながら屋久島に着いた時は、もちろん屋久杉を見るつもりだったのだが、結局私たちは屋久杉を見ないで帰った。『もののけ姫』の舞台と言われる白谷《しらたに》雲水峡も行ったし、屋久シカも屋久ザルも見たし、海ガメの産卵も見たし、港近くの食堂で亀の手の味噌汁も飲んだのだが、肝心の屋久杉は見なかった。屋久杉を見るのは一日がかりで、私たちはそのための一日をもちろんとっていた。とっていたけれど、やめてしまった。というのも屋久島の海の色があんまり綺麗ですっかり泳ぎたくなってしまったのだ。屋久島の海で泳げるというのは分かっていたので、空いた時間に泳げれば、と水着は持ってきていた。屋久島の海に魅了され予定変更、一日たっぷり泳ぐことにした私たちは、レンタカーで一番綺麗と思われる砂浜までとばし、海岸に降り立った。広くはないけれど真っ白な砂浜に、ぽつんと藁葺きの海の家があった。シンプルでも垢抜けた感じがするのは砂の白さ、海の青さのせいだろうか、東伊豆のわかめだらけの砂浜に鉄筋で建てたような海の家とはだいぶ違う。海に入っているのはサーファー一人だけで、海の家の横には看板に「サメ注意」とあった。多少ひるんだものの、入る気はまんまんである。その時だ。

「水着忘れた」

恋人がバッグをかきまわしながら言った。家に忘れてきたという。仕方なく、海の家でグァバジュースを飲みながら恋人が水着を買って戻ってくるのを待つことにした。幸いバッグには本があった。「ちくま日本文学全集」の『中島敦』。古本屋で見つけて買っておいたものだ。はがきサイズの「ちくま日本文学全集」は手軽に作家の短篇中篇を楽しめるので、その頃古本屋で見つけるとたいてい買っていた。しかしこの『中島敦』の巻は目次を見た瞬間、短篇「巡査の居る風景――一九二三年の一つのスケッチ――」が入っていることに驚き、特に欲しいと思って求めたものだった。

「巡査の居る風景」は中島が十一歳から十七歳の多感な時期を過ごした京城が舞台である。高校の頃、「『山月記』もしくは中島敦について」というレポート課題が出た時、全集を借りてきて短篇をいくつか読んだ末とりあげたのが「巡査の居る風景」だった。京城と聞いてすぐに日本の植民地であった朝鮮の当時の首都で現在のソウル、と分かるほどの知識はその頃なかったと思う。それでも関東大震災時の朝鮮人虐殺で夫を殺され、淫売婦になった女が描かれるこの作品は、その短さにもかかわらず、ずしりとした重さがあって、忘れられない一篇だった。

「関東大震災の時、朝鮮人が井戸に毒入れたってデマが広まって沢山の朝鮮人が殺されたんだよ」

母からそのショッキングな話を聞いたのは確か小学校高学年の頃だったと思うが、私はあんまりびっくりして、それを当時の親友に休み時間、ざわざわした教室の隅っこでひそひそ声で話したのを覚えている。スポーツインストラクターになったその親友は覚えているか分からないが、私の記憶の中ではやけに鮮明な一コマだ。

「巡査の居る風景」にはバスの中で日本人女性に「ヨボさん」と呼ばれて憤る朝鮮人青年が描かれる。ヨボというのは朝鮮語で、「ねえ」「あなた」といった夫婦間の呼びかけとして使われる言葉らしいが、日本の植民地時代は日本の軍人や警官が朝鮮人を指して使っていたという。バスに居合わせた朝鮮人の主人公趙教英はヨボと呼ばれることに憤った青年を見ながら次のように思う。

「なぜ自分が他人であることをそんなに光栄に思うのだ。なぜ自分が自分であることを恥じねばならないのだ」

私はこの部分を読むといつも「イさん」のことを思い出す。イさんとは幼稚園と小学校が一緒だった。小学校低学年の時彼女が転校してしまったから、付き合いがあったのは四年くらいだろうか。幼稚園の時は朝鮮の人ということはほとんど意識しなかった。イさんは思い通りにならないとよく友達をつねったりしたので、あまり好かれてはいなかったと思う。いつもふりふりのピンクや白のワンピースを着ていて、お母さんゆずりの色白で、切れ長の目をしていた。幼稚園の頃から字がお手本のように綺麗だったから、お母さんが教育熱心だったのかもしれない。小学校に上がると同じクラスだったが、すぐに彼女が転校して、それきり、手紙をやりとりするといったこともなかったし、彼女を思い出すこともほとんどなかった。それが七、八年たって高校生の時突然電話をもらった。「急にごめんね、びっくりしたでしょ、なんだかさほちゃんの声が聞きたくなって」。なぜ私なんだろう、とりわけ親しかったわけでもないのに、そう思って電話口の声を聞いていると、イさんが言った。「私ね、今は吉村という名前なの、中学の時色々あって」。そうなんだ、としか言えなかった。でも吉村なんて。そんな名前、と思った。母が言うには、イさんと同じクラスだった小学校低学年の頃、イさんが名前のことでからかわれているのを私が先生に言ってやめさせたのだという。そんな記憶は全く残っていなかったが、イさんはたぶん覚えていたのよと母は言った。この国でより楽に生きていくための選択だったのだろうが、イさんが吉村さんになったということは、どうにも腑に落ちなかった。中学で「色々あって」そういう選択をせざるを得なかった、というところに納得がいかなかった。イさんは人に好かれるタイプではなかったし、そのことが「色々」な事態を引き起こし、姓を変えざるを得なかったのかもしれない、とも思う。けれどふと同時に思い出した。日本はかつて朝鮮で創氏改名ということをやったのだ。連想ゲームのような飛躍した思考には違いないけれど、「日本人への同化」を強いられるという意味において、この時間を隔てた二つの出来事はゆるく、しかし確かにつながると思った。

思考が流れるばかりで、揺れる波を見ていると寄る辺なさが押し寄せた。朝鮮半島はどっちだったろう。屋久島の地図を頭に描いてみたが、島の南側に位置するこの海岸では、波にいくら思いを馳せようと、朝鮮半島は後方の山を越えたはるか彼方に在るだけだ。仮に朝鮮半島が見えたとしたって、そこにイさんはいないのだ。そもそもイさんは吉村さんになった。「イさん」はいなくなったのだ。まとまらない考えばかりが泡のように浮かんでは消えた。中島敦にもイさんにもつながらないまま、目の前の浜はただただ巨大な太平洋へとひらけていた。

グァバジュースの美味しさと目の前の青い海のまぶしさにくらっとしながら、暇つぶしのため目次を眺めると、「文字禍《もじか》」「盈虚《えいきょ》」などかたい題名の列の中に浮かび上がるように「マリヤン」という短篇が目に入った。

マリヤンというのは、私の良く知っている一人の島民女の名前である。

マリヤンとはマリヤのことだ。聖母マリヤのマリヤである。パラオ地方の島民はすべて発音が鼻にかかるので、マリヤンと聞えるのだ。

読み進めるうち、パラオが「南洋群島」の一部で日本の統治下にあり、「南洋神社」があったこと、マリヤンが「内地の女学校」に通っていたため日本語も英語も話せること、厨川白村や岩波文庫を読む読書家である一方で、「島民女」であるために「勤労奉仕」の草刈にかりだされることなどが分かった。日本が遥かニューギニアのほうまで戦争に行っていたことは知っていた。けれど、パラオを含む「南洋群島」の島々はただ戦場となっただけではなく、日本の統治下にあったのだ。巻末の年表を見ると中島敦は昭和十六（一九四一）年、現地の教科書編纂のためパラオに役人として赴任していることが分かる。「南洋群島」の公学校という島民のための学校で日本語が教えられていたのだ。

韓国や台湾に行くと今でも日本語が話せるお年寄りがいる、ということはよく語られるし、知っていた。教科書問題、靖国神社などが話題になることが多いというのもあるだろうが、日本があの戦争で関わったのは主に東アジア、いつのまにかそんな印象があった。けれどあの戦争で日本が日本語教育を行い、神社を作って参拝させたのは東アジアだけではなかった。南の島の肌の黒い人々もかつて日本語を話していた。そして台湾や韓国のお年寄りと同様、今も話せるはずなのだ。

マリヤンは口笛ばかり吹いていた。厚い唇《くちびる》を丸くとんがらせて吹くのである。彼女のはそんなむずかしいオペラなんぞではなく、大抵フォスターの甘い曲ばかりである。聞きながら、ふと、私はそれらが元々北米の黒人共の哀しい歌だったことを思い出した。

私はマリヤンの厚い唇を想像してみた。それが丸くすぼまるのを思ってみた。それからマリヤンの歌に「北米の黒人」を想起した中島のまなざしを思った。日本統治下の朝鮮と南洋、その双方を生きた中島の抱いた、統治に対する違和感を感じた。

「マリヤン」によって、私の見ている景色はすっかり変わった。目の前の海はエメラルドグリーンにまぶしく輝きながら、暇つぶしのつもりだった手のひらサイズの全集がくれた「南洋群島」との出会いをなんだか特別なものにしてしまったのだと思う。南洋の海はもっともっと青いのだろうか。そこに響く日本語は、そこに眠る日本統治時代の記憶はいったいどんな色をしているんだろう。南洋に行こう。水着を買って戻ってきた恋人を見つけながら、私の心は屋久島を遠く離れていた。

第2章　小山たか子さん

「川島さんお世話したのは六歳から。その後は南洋に行ってました。義理の父がヤルート支庁長だったので、ついていったの。サイパンの女学校に通ってね。向こうへ行く時、船の上で南洋庁長官の北島謙次郎さんと一緒になりましたよ」

長野に麻績《おみ》とよばれる場所がある。聖山《ひじりやま》と聖湖を抱くこの一帯は聖高原と言われているが、かつて川島浪速《なにわ》という男が、ここに無聖庵という別荘を建てた。昭和四（一九二九）年のことだ。聖山荘とも言われたこの別荘は今ではきちんと修復され、観光名所とまではいかないだろうが、観光ポイントの一つになっている。川島の養女で私が長らく調べていた人物、川島芳子[*1]も養父や兄弟たちとこの地で過ごすことが多かったため、一度来てみたいと思っていた。その聖山荘へと車で上っていた時のことだ。その日の案内役のおばあちゃん、小山たか子さんは少女時代に川島の別荘に出入りして、墨すりなどをまかされたという人なのだが、あまりにも思いがけなく彼女が口にした「南洋」という言葉に私の心臓は高鳴った。おそらく数年前の自分であれば、小山さんの口から出た「ヤルート」も

「サイパン」も「南洋庁」もみんな聞きながして、流れゆく景色を見ながら、これから向かう、川島たちが暮らした別荘のことをただ考えていたに違いない。だが私はすでに中島敦の「マリヤン」に出会っていた。「マリヤン」は旧南洋群島という未知なる領域への好奇心の小さな種を、私の心にまいていた。屋久島の青い海で。

大正生まれの小山さんは、川島と南洋という私が興味を持っていた二つの異なるトピックを小さな体で生きてきた人なのだった。時代の証人というべき彼女に改めて話を聞きたいと、東京へ帰ってからしばらくして手紙を送ると、すぐに電話がかかってきた。ちゃきちゃきした勝気なおばあちゃんと確かにその時、聖高原のご自宅に伺う日取りまで決めてしまったのだと思う。伺う日は平成十六（二〇〇四）年三月二十八日、小山さんの八十一歳の誕生日の翌日になった。三月下旬、聖高原の駅を降りると茶色いふちの大きな眼鏡をした小山さんがぽつんと立っていた。小山さんの顔が小さいので眼鏡が大きく見えるのかもしれなかったが、それが不恰好というのではなく、彼女の人懐こそうな人柄になんとなく馴染んでいて、白粉の顔にきちんとひいた口紅と大きな瞳によく似合っていた。

「去年主人が亡くなって、娘は東京にいるから、もうこっちへ来いって言うんだけど、私はやっぱりここで暮らしたいのよ。これは栗」

東京へ行かないことを示すみたいに、小山さんは家の前の畑に栗の木を新たに植えようとしているところだった。苗木がまだ小さいことに、彼女の決意の固さがにじんでいるようだった。ご主人と二人暮らした思い出の家をすぐ出る気になれないのかもしれないし、生まれ育った麻績を離れたくないという気持ちも強いのかもしれない。娘の世話になる、そんな普通のばあさんにはならないぞという覚悟の表れなのかもしれない。ともかく、今から若い栗の苗木を植えんとする小山さんの心意気になんだかすっかり感心してしまった。老いてなお自分の足で立ち、土を耕し故郷で生きる。帰る故郷もなく、人の作った野菜や果物を食べながら東京で生きる私が、今のところ想像する自分の老後とは、似ても似つかない気がした。

録音してもいいですか。MDレコーダーを机に出すと、ええいいですよと答える小山さ

＊1……川島芳子（一九〇七―？）は清朝粛親王の第十四王女、愛新覚羅顕玗《あいしんかくらけんし》といい、満州族である。七歳で川島浪速の元に養女に出され、満州事変以後日本軍と関係を深め、上海事変勃発やラスト・エンペラー宣統帝溥儀《ふぎ》の妃・秋鴻（婉容）の天津連れ出しに関わったことなどから、「女スパイ」といわれることが多い。昭和二十三（一九四八）年国民党により銃殺、と従来言われてきたが、替え玉説も根強くあり、近年では芳子生存について、詳細な証言をする人物も現れ、戦後三十年近く生きていたという可能性も出てきている。小山さんは浪速に連れられて行った松本の美園町の家で、芳子が中国服の男といた部屋を勝手に開けたところ「たかちゃん、ノックしなさいね」と言われたと面白そうに話してくれた。

ん。取材慣れしている感じがする。聞けば川島芳子について著作のある上坂冬子も林えり子もこの家に取材に来たという。でも南洋について聞きに来たのは私が初めてかもしれない。

「一番最初に大雲寺に川島さんが来てね。畠山茂さんと秋山勘治が来て、村役場行って（土地を）貸してほしいと言った。おやじが総代さんで、母もおちゃこ[*2]好きで、（川島を）お世話することになった、それが昭和三（一九二八）年。四年までに別荘ができ、それまでに書生の小屋ができ、（昭和）四年で私は（小学）一年生。（別荘まで行く途中）笹だらけで頭まで隠れちゃう。川島先生は行くと可愛がってくれた」

大雲寺は聖高原の別荘の数キロ北東に離れた千曲《ちくま》市にある。蓮や桜で有名な曹洞宗の古刹だ。ここを訪れた川島浪速はすでに新潟県境近くの黒姫にも山荘を持っていたが、もう一つ山荘を作るにあたって千曲や聖のあたりを見に来ていたのだろう。名前の出てくる秋山さんはおそらく秋枝さんの間違いで、そうだとすると浪速の書生だ。古くは義和団事件で紫禁城の無血開城の説得に活躍、清朝に重用された。清朝崩壊後、大陸で満蒙独立運動に奔走した川島のもとには、東京時代からすでに多くの書生が集まってきていた。畠山さんもおそらくそうした一人だろう。

川島浪速は松本の士族の生まれの大陸浪人[*3]である。東京外国語学校で「支那語」を学び、通訳として義和団事件時に従軍した浪速は、やがて清朝の王族粛親王《しゆくしんのう》と懇意になり、娘をおくられる。それが「男装の麗人」「東洋のマタ・ハリ」として知られている川島芳子である。

明治四十四（一九一一）年孫文らの辛亥革命により清朝は崩壊する。清朝は満州族の王

*2……「おちゃこ」は御茶子と書く。もともと関西の劇場や寄席で客を座席へ案内したり食べ物を運んだりする女性のことを指すようだが、ここではもてなし好き、の意味で使っているのだろう。まだ寒さの残る高原の小山さん宅で、一緒に弱くいれてあるこたつにあたり、小山さんが出してくれた漬物やせんべいを食べながら私はこの「おちゃこ」という音の響きが好きだと思った。そうしてアレルギーですと言えばいいものを、ボール状のせんべいの中に入っていた落花生をいつ吐きだそうか迷い、長いこと口にいれたまま、「おちゃこ」好きだった小山さんのお母さんは、やっぱり小山さんみたいにちゃきちゃきした人だったのだろうなとぼんやり思っていた。

*3……大陸浪人というのは、定義の難しい曖昧な言葉だ。戦前、朝鮮や中国大陸に政治的野心や理想を抱き、渡った人々。ただし、その実態は様々で、なかなか把握しづらい。内地で食えないから、大陸で一儲けしようという半ばゴロツキみたいな者や、国家主義、軍国主義的な野心のある者が多かったが、孫文らの活動を支援した宮崎滔天《とうてん》といった人物もいる。大陸浪人は多くの場合、中国通を自認し、アジアの平和を理想としてかかげた。浪速も例外ではなく、かなり偏見に満ちた中国および中国人観を持っていたが、満州事変から満州国建国にかけての日本のやり方の横柄さを糾弾してもいる。粛親王との親交を通じて、清朝への敬意や清朝崩壊後の粛親王の立場へのシンパシーもあったと言える浪速だが、結局のところ、中国を客体として見る姿勢は変わることがなく、彼にとって導くのは日本、導かれるのは中国だった。

朝で、孫文は漢族だ。辛亥革命は満州族支配の終焉を意味した。しかし清朝の王族や遺臣たちなどは復活に向けて動き始めるのだが、これを復辟《ふくへき》という。辟は君主の意味で、君主を復す運動ということになる。浪速は粛親王らの復辟の意を利用する形で、日本軍と連携して満蒙独立運動[*4]を企てた。運動の挫折後、浪速は芳子やその他の粛親王の遺児たちを連れて松本へと転居するが、昭和四（一九二九）年聖山荘ができたあとも、満州事変前後の緊迫した空気を懸念し、たびたび大連に飛んでいる。満州事変の起きた昭和六（一九三一）年、浪速は六十五歳である。そんなあわただしい川島の動きを見ながら、小山さんは「外地」にあこがれるようになった。南洋へ渡ったのは十二歳の時、昭和十（一九三五）年だ。

「南洋行くのも川島先生たちも送ってくれて、こっちは行きたかったから涙も出ないが。外国行きたいってどこでもよかった。興味があった。川島さんの影響だろう、大連だ、ハルピンだって」

小山さんのお兄さんと弟さんは満州に渡り、川島の伝手でお兄さんは満鉄[*5]、弟さんはやはり満鉄が運営する満州生活必需品株式会社に勤めた。浪速のすすめだったのだろうか、お兄さんはハルピンのロシア語学院[*6]でロシア語を学んだという。

「名前は若林篤美。どこで死んだか分からない。弟も終戦で斬り込み隊[*7]入って分からない」

小山さんは短くそう言った。兄弟たちと違い、彼女は終戦前にすでに南洋から帰国していた。ほとんど何の感情もないように小山さんの言葉は響いたが、その無感情こそが、もがれるように断ち切られた兄弟たちとの関係、なすすべもなかった日本と満州、海を隔てての死別にふさわしいもののようにも思えた。そっけないその言葉の奥に秘められた疼きは、言葉にして人に説明するたびに、次第に乾いた遠いものになってしまった。そんなや

＊4……満蒙すなわち満州とモンゴルを中国から切り離してしまおうという目論見だった。資源も期待できるこの地域に親日的な国家を作っておけば、ロシア南下への備えにもなるということで、軍部も乗り気であったが、運動は二度とも頓挫している。

＊5……満鉄は南満州鉄道株式会社の通称。南満州とあるが、昭和十（一九三五）年にソ連から新京以北の東清鉄道（北満鉄路）を買収したことによって、満州北部にもその鉄道網をのばすことになった。満州生活必需品株式会社は日本内地からの物資の輸入とその配給を担った会社のようだ。

＊6……ロシア語ハルピン学院のことだろう。この学院は大正九（一九二〇）年「日露協会学校」として、満鉄の初代総裁後藤新平の肝入りで作られた。後にハルピン学院と改称されており、小山さんのお兄さんが学んだのもこれ以降だろう。

＊7……陸の特攻隊ともいうべき突撃隊のこと。「終戦で斬り込み隊入って」というのは一瞬不自然に聞こえるが、満州では終戦の報を知らされず、あるいは信じずに終戦後も南下してきたソ連軍を相手に戦闘が続けられ、多くの斬り込み隊が編制された。大した武器も持たされずに夜襲などのゲリラ攻撃に送られ、死んだ者が多かったと言われる。

るせなさがかすかに伝わってくる気がした。

「当時女が外国だなんてなかったけど、本でトラック島便りって小学校の教科書にあったからね。『冒険ダン吉[*8]』？ いや漫画は読まないが、絵と習字はやっていた。高等一年の時は優等生になった。外へ出たいって気持ちが強かった」

昭和四（一九二九）年、小学生になった小山さんが読んだ「トラック島便り」は次のようなものだ（以下、原則として引用文中の旧字は新字に改め、仮名遣いは原文通りとした）。

三月二十五日お出しのお手紙を昨日受取りました。おとうさんはじめ皆様お元気で何よりです。叔父さんも相かはらず丈夫で島々を廻つてゐるから、安心して下さい。

此のトラック島へ来てからもう三月になるので、土地の様子も一通りはわかりました。冬でも春でもこちらではちやうど内地の夏のやうです。暑さも年中此のくらゐのものださうで、かねて思つてゐたとは違ひ、なか〳〵住みよいところのやうです。それに此の辺一帯の島々は我が国の支配に属してゐるので、内地から移つて来た人も多く、少しもさびしくはありません。

内地から来て先づ目につくのは植物で、其の中でも殊に珍しいのはコヽ椰子の木やパンの木などです。コヽ椰子は、高いのは十四五間もあります。鳥の羽に似た大きな葉が、幹の上方に集つてついてをり、其の葉の根本には、大人の頭ぐらゐの実がすゞなりになつてゐます。実の中にはかたい殻があつて、其の内がはに白い肉のやうなものがあります。これから椰子油を取り、石鹸・蠟燭などを造るのださうです。まだ十分にじゆくしてゐない実は、中にきれいな水があります。これがなか〳〵うまいもので、私たちもよく取つて飲みます。又パンの木も所々に美しい林をつくつてゐます。其の実は土人の一番大事な食料で、焼いて食べたり、餅にして食べたりします。味はまことにあつさりしたものです。

珍しい植物は此の外にもまだたくさんあります。これ等の植物が思ふまゝに茂つてゐる様子は実に見事です。殊に毎日のやうに降るにはか雨が、非常な勢で木を洗ひ草を洗つて通り過ぎた後の、あざやかな緑の世界は、何ともたとへやうのない、気持のよいものです。水の乏しい此の島々では、其の雨水がまた大切な飲料水となるのです。海の中もなか〳〵きれいです。水のすんでゐる事はかくべつで、波の静かな所でふなばたからのぞいて見ると、美しい海底のありさまが手に取るやうによく見えます。

＊8……『冒険ダン吉』は昭和八（一九三三）年から『少年倶楽部』に連載された島田啓三の漫画。主人公が南の島の王となって、先住民を統治するというあらすじで、当時の子どもたちに人気があったという。ダン吉のモデルはトラック島で酋長の娘と結婚した森小弁とも言われる。小山さんにお兄さんがいたことから、小山さんもこの漫画を見て「南洋」を意識していたのだろうと思い、尋ねてみたのだった。

青・緑・紅・紫、目のさめるやうに美しい魚の群が、珊瑚の林や海藻の間をぬつて泳いで行く。何だかおとぎばなしの世界にでもまよひこんだやうです。

土人はまだよく開けてゐませんが、性質はおとなしく、我々にもよくなつき、殊に近年我が国で学校をそこゝに立てたので、子供等はなか〳〵上手に日本語を話します。此の間も十ぐらゐの少女が「君が代」をうたつてゐました。

いづれ又近い中に便りをしませう。おとうさんやおかあさんによろしく。

四月十日　　叔父から
松太郎殿

日本が南洋群島を統治することになったのは、ドイツが第一次世界大戦で負けたからだ。ヴェルサイユ条約が結ばれ、これによって大正十一（一九二二）年から、ドイツが支配していたグアムを除く赤道以北の地域が、国際連盟の委任統治領になった。ここから正式な日本統治が始まる。ただし、実際は日本海軍が第一次大戦に参戦して大正三（一九一四）年に軍が占領を始めており、このため南洋統治は実質三十年である。「トラック島便り」は委任統治の始まった大正九（一九二〇）年から教科書に載っており、日本が正式に統治することになった南洋をいち早く国民に伝えようとする意図が窺える。

日本が統治することになったこの地域は十八世紀、スペインの支配地だったが、十九世紀に入り、戦争で弱体化したスペインがドイツに売却した。つまり南洋群島にとって日本は三番目の支配者だったわけだが、占領の翌年、日本は南洋群島の各島に学校を建て、日本語を教えたので、それまで意思疎通のできなかった島々の人たちの共通語が日本語になったという。「トラック島便り」の中で「土人」の女の子が君が代を歌っているというのはその表れである。

学校を作り、「土人」にも教育を施した。親日的と言われる「旧南洋群島」の人々の多くが日本統治を評価するのもこの点である。しかし、その親日的、という言葉に私はなんとなくひっかかるのだった。この言葉に言及する日本人の中には、あの戦争を肯定したり、日本の統治がどれだけ現地に恩恵を与えたかということを強調する人が少なからずいた。また、そんなことは意識せずに、自明のことのように、ブログに書く若いダイバーもいた。支配をした割に日本人が嫌な思いをせず過ごせる場所、といった感覚でネットに書いている観光客もいた。そのどれもが私にとってはひっかかった。南洋群島は親日的。それは本当だろうか。南洋群島は親日的。そう日本人が口にする時にすっぽりと抜け落ちるものがあると思った。かつて「土人」であった人の言葉、あるいは言葉にできずに心に積もった澱《おり》のようなもの。

「トラック島便り」に土人とあるのは、先住民カロリニアンのことだ。当時南洋に渡った日本人はカロリニアンをカナカと呼んだ。日本が統治しなければ、決して会うこともなかった民族に、少女だった小山さんも南洋で出会うことになる。

「私の父親代わりの人がヤルートの支庁長だった村上清一。北島謙次郎さんと近江丸で一緒になって、子どもの頃だからあまり覚えていないが、ジャッキーって犬買ってもらって。あとになって知った。私はわなげとかして南洋貿易[*9]の人たちと遊んでいったから」

ヤルート島は、トラック島の東にあるマーシャル諸島に位置する。村上清一はヤルート支庁長を務めたあと、南洋拓殖株式会社[*10]に勤め、マーシャル諸島の南、ギルバート諸島のほうへ行き、そこで玉砕したという。北島謙次郎は昭和十一（一九三六）年九月から南洋庁[*11]長官になった人だが、小山さんの記憶が正しければ乗船は昭和十（一九三五）年なので、時期的に考えて長官として赴任する前の下見をかねての訪問であったか、長官就任が決まった時点で現地での生活経験が必要と、早めにパラオに渡ったのであったか。

「南洋航路四千トンくらいの汽船。五日くらいでサイパン。荒波を越えると常夏。サイパンは拓《ひら》けて、椰子も見えない。一日一回はスコール。南洋庁の管轄はマーシャル群島やカロリン、サイパン、テニアン、ロタ、ヤップ、パラオ、アンガウル、オレアイ、トラック、ポナペ、クサイ。ヤルート島はマーシャル群島。サイパンには二年、ヤルートに一年くらいいました」

すらすらと南洋群島の名前が小山さんの口から続いた。主に暮らしたのは二箇所だが、養父の村上さんに連れられ、南洋群島をぐるっとまわっているのであちこちの島の話がとびだす。

「アンガウルでは燐鉱[*12]がとれる。パラオはみんな椰子の木で綺麗なところ。本船が入らないから、汽船（ランチ）で行く。その道中が竜宮城みたいで綺麗。直接つくのはサイパンくらい。あとはみんなランチで行く。パラオのコロールの本庁を見てまわった。花はブー

＊9……南洋貿易とは、ラバウルやギルバート諸島にまで支店を持っていた貿易会社で、田口卯吉《うきち》が作った前身の南島商会から数えると、現在まで百二十年以上も続く企業である。

＊10……昭和十一（一九三六）年パラオのコロールに設立された国策会社。燐鉱採掘や農園経営のほか、拓殖にともなう資金の供給も担った。小山さんはこの南洋拓殖について「何でも宮様系統だって」と、感心する風に言及してくれたが、これは南洋拓殖の社長だった深尾隆太郎が華族であったことを指しているのだろう。小山さんの口から深尾の名前は出なかったが、それがかえって、南洋の日本人たちが南洋拓殖の設立当初「あそこは宮様系統だってよ」とうわさするのを、少女の小山さんがそれを聞くともなしに聞いていた感じが伝わってきて面白い。

＊11……パラオのコロールに置かれた南洋群島の統治機関。他の島々には支庁が置かれた。中島敦はこの南洋庁の国語教科書編修書記として昭和十六（一九四一）年、コロールに赴任していた。「土人」のための教科書作りが仕事だったが、中島はその困難さ、おかしさにいち早く気づいていた。パラオから送った父親や妻への手紙には自分の仕事の無意味さについて書かれているが、中島がこの地で携わった改定作業は結局、計画・調査に留まり、教科書に反映されなかったようだ。

ゲンビリアが咲いていて、頭にさしてくれる。垣根みたいになっていた。トラック島まで行くと鯨の潮吹きも見られる。サメもいる。カナカが板を盾にしてサメを防ぐ。井戸水でなくて雨水だが、タンクから水をひく。ポナペ島は山から水が出る。パンの木もあるのでパン餅もある。あすこマーシャル群島は人種が絶対肌を見せないで長い生地。ヤルート族行くとコンモールさって言うよ。コンモールってありがとう。ヤップ島は腰蓑、おへそまで出す。女の人の蓑は細かい。ヤップには石の（お）金がある。あと毒虫がいるらしい。クサイ島では豚を食べる日が決まっていて、鶏や豚が野生でいた。カトリックの（宣）教師が持ち込んだのか、カトリックで食べる日が決まっているらしい」

十二歳の少女の目にどれだけ強烈に南洋の景色が映っただろうか。矢継ぎ早に小山さんの記憶から取り出しては示される鮮やかな断片を聞きながら、私はまだ見ぬ南洋の海の色を思い浮かべていた。

「テニアンはタガ族の遺跡がある。長い大きな石が並んでその上にまた石がある。あとテニアンにはかつおぶし工場あった」

かつおぶし工場、思わずつぶやいた。内地向けに出荷していたという。昭和六（一九三一）年から昭和九（一九三四）年までの三年間で南洋におけるかつおの水揚量は三倍になっている。かつおぶし工場もテニアン島だけでなく他の島々にも点在し、こうしたところでは沖縄人[*13]が多く働いていたようだ。

「海岸端には冷凍屋があって、内地の魚を食べていた。それはごちそう。外地の魚はまずい。まぐろとかつおはうまい。刺身で食べる。一日冷蔵庫入れて食べる。向こうの鯛はまず村長に持っていく。その鯛もうまくない。あと亀の肉も食べる。亀はまずい、痔の薬だと。貝も大きい。いわし、さんまは内地の冷凍魚、あっちの魚は味がない。海岸にも泳ぐのが綺麗に見えた。でもサイパンとパラオの海岸は深いのか見えなかった。綺麗な魚はいっぱいいる。かつおとシーラとカジキマグロ、南洋の黒鯛はおいしいほうなのだろう。サメの肉はざらざらしてまずいよ。あぶらけないし。南洋ではほとんど肉食べなかった。日本からの冷凍であったが。各島の海岸端に冷凍室があった。刺身のイメージばかり。おさしみにご飯味噌汁。パンはなかった」

船で五日もかかる距離があっても当時南洋の日本人はいわしやさんまなど内地の冷凍魚

＊12……リン鉱石のこと。リンは工業原料となり、主に肥料の製造に使われる。アンガウルでは、南洋庁がドイツの会社から採掘所を買収して運営、この採掘には多くの島民が安価な賃金で従事した。

＊13……現在の感覚では馴染みがないが、戦前の日本では、沖縄出身者をこのように呼ぶことがあった。南洋群島においても、沖縄からの移民のことを指す場合にしばしば使われ、沖縄出身者自身が使うこともあったこと、実際に内地出身者とははっきり区別されて認識されていたことなどから、本書においても便宜上使用する。

を焼いて食べていた。もちろん、現在モーリタニアの蛸とか、オランダのアジとかを食べている日常も不思議といえば不思議だが、需要があれば食料ははるばる海を越えてやってくるわけだ。それにしても、冷蔵庫といったって、一般の家庭にはせいぜい氷を入れた木製のものしかなかっただろう時代に、そうやって冷凍魚が南の島まで運ばれていて、南洋の日本人の食卓に焼き魚としてあがっていたというのは、やっぱり不思議な気がするのだった。内地はもう秋なのね、ここは年がら年中暑いけどなんて、さんまをつつきながら夕飯の会話は交わされたのだろうか。

まぐろやかつおを刺身で食べる前、一日冷蔵庫に入れて、というのは南洋では生の魚など、おろすそばから温まってしまうからだろう。しかし、この日本人が持ち込んだ刺身の文化は一見南洋に不釣合いに見えながら、現地にしっかり根をおろしたようで、パラオなどではワサビと醬油で今も刺身が食べられているという。

「スコールは毎日。それがないと水に困る。雨水使用だから。タンクにボウフラ涌いてるなんて話も聞いた。沸騰させるから大丈夫だったが」

そういえば屋久島に滞在した数日も、毎日スコールがあった。そのたびに虹が見えて、なんだか夢みたいな島だなあと思った。

「街自体は綺麗、どこの島でも。衛生観念が行き届いていた。電話はない。役場も郵便局もあった。警察はなかった」

実際には警察は小規模ながらあったようだ。それだけのんびりしていて警察が目立たなかったということなのだろう。のんびりはしていても、「土人」は酒とタバコ、米を買うことを禁じられていたというから、違反者の取り締まりなどはあったはずだ。

「島には支庁長というのがいて、小さいところは出張所長。官庁（支庁）が一番で役場は下っ端だと思った。支庁が一番えらいからね。高等官とか判任官とかね。高等官にはなかなかなれない。サイパンはレベルは高くないが、女学校がある。女学校に入ったがしじみ売りばかりしていたのでやめちゃった」

「しじみ売り？　なんでですか」

「さあ、なんだかね。生徒にしじみ売りなんかさせて。どこでとれた貝だか」

小山さんの言い方が本当に腹立たしそうだったのと、それに比してしじみを売らされた、という事態がなんとものんびりしたものだったので、私は思わず笑ってしまった。

「売れても売れなんでもいいから。売れないでお金は家からもらって出してた。余ったのはカナカがなんとかしてくれた。戦争たけなわで（勉強は）だめだから。（学校の）程度が低くてだめだから旅行ばかりやっていた」

今聞く分には面白いが、当事者にしてみれば女学校に入ったのにろくに授業もなく、小さい子どもでもできるような商売をさせられるのには閉口しただろう。それにしても生徒に稼がせた小銭はいったい何になったんだろう。戦時中の金属供出の話はよく聞くが、そうやって小銭を集めて何かを補わなければならないほど、日常は困窮しつつあり、つまりは戦局も悪化していたということか。小山さんがしじみを売った七、八年後にサイパンの街は焼け野原となる。

「私はしばらくテニアンに住所をかまえて、船でサイパンに通っていた。そのうち毎日船に乗っていかないで、チャモロの人のところに泊まったりしていた」

チャモロはサイパンやグアムなどの先住民だが、スペイン統治時代にスペイン人や労働力として連れてこられたメキシコ人、フィリピン人との混血が進み、現在に至るという。

「チョンさん(のところ)。チョン・マグロニアになった、結婚して。村上のところに来てた女の人。ヤルートの支庁長していた時に仕えていた。チャモロはスペインとの混血。土人の家は、テニアンは日本人が多くてあまり見なかった」

よどみなく話していた小山さんの口が一瞬止まり、そうしてまた開かれた。

「土人って言えば気分悪かったでしょうけど」

戦後、その言葉が多分に差別的だと非難されて現在に至ることを小山さんはもちろん知っているのだろう。幾分決まりが悪そうに言いよどんだ小山さんを前にして、それでも私には当時の言葉の使い方の感覚を否定することはあまり意味がないように思えたので、ただその言葉のざらざらした余韻だけ感じながら黙っていた。小山さんはまたおもむろに話し始めた。

「カナカはみなカトリック。白いハンカチのせて教会入る。帽子かぶっているのもいた。チャモロは知らないな、ちょっと付き合っただけで。綺麗だったけど少なかった。神社に行くのは日本人だけ。カナカは日本との合いの子も多い。マーシャルの官庁のボーイとかの仕事に。カナカの土人はあまり悪いことしない。カヌーに乗って、口を赤い実で真っ赤にしている。従順で日本人と仲がいい。穏やかでケンカも見ない。酋長が村長になってる。酋長さんはみな日本語できる。公学校で教えるから」

公学校というのは、大正十一（一九二二）年それまでの島民学校を南洋庁公学校と改称、現地日本人学校とはっきりと区別したものだ。教科は修身、国語、算術、図画、唱歌、体操、手工、農業（男子）、家事（女子）が教えられた。日本の敗戦まで二十三年間、多くの現地人が公学校を卒業し、まだ存命の人も多い。公学校には主に島民のカロリニアンとチャモロが通った。南洋群島は全般にカロリニアンが多い。そもそもサイパンにはカロリニアンはいなかったが、十九世紀カロリン諸島から移住してきた。それでもサイパンの多数派はチャモロで、これはミクロネシア全体ではむしろ珍しい。小山さんが一年ほど暮らしたヤルートもカロリニアンばかりだったはずだ。

「カナカは中国人より少し臭い、あれは食べ物のせいか。夜這いに来て臭くて分かったとか。日本人と結婚したがるが、浮気してしまう。家では小学校六年生くらいのカナカと日本人の合いの子リキオと、カナカのメートル、あと沖縄の姉ちゃんを雇っていた。リキオとメートルは日本語を喋れて書くこともできると思うが、一度も手紙よこさない、書いたところは見たことない。合いの子はアバタヅラで黒いとこと白いとこができてしまう。昔ドモって病気があったが、ちょっとかゆくて白くなる（それに似ている）。ただ、合いの子は頭いい。カナカと全然違う。日本人と変わらない。学校も優秀。みんな一番できる。公学校の優等生は合いの子。独身者の官舎では今度（日本から）来る人は私が、と（現地女性が）目当てにしている。だから子どももできちゃう。親にならなくても苦にならないんじゃないか。そういうついていくというしつこい根性がない。産みっぱなし。父のことは全く言わない」

南洋群島、すなわちミクロネシアの島々の多くが母系社会だと言われる。パラオに赴任した中島敦もこれを素材に「夫婦」という短篇を書いている。南洋において女性の立場がいかに強いかということが強調されていてコミカルな作品だ。父子関係よりも母方の叔父と甥の関係が重要と言われたり、多くの場合女性が切り出す離婚の率が高いと言われたり、母系社会において父親の影が薄いのは確かだろう。父親が誰であれ母親が産んだ、そのことが重要になるのである。その一方で、カロリニアンの女性が日本人との子どもを、と望むのは当然だったかもしれない。支配者である日本人が優位な社会において、自分と自分の子がより幸せになる可能性があるのなら、と考えてもおかしくはないからだ。

小山さんが強調する日本人とカロリニアンの合いの子が頭がいい、というのは、当然そうとはかぎらなかったろう。合いの子は頭がいい、カナカとは全然違う、という時、そこにどうしても浮かび上がるのは、カロリニアンは日本人より馬鹿であるという偏見である。土人、という言葉を使うことが当たり前であったのと同時に、こうした偏見もまた時代が生み社会に広く根付いていた「常識」の一つだろう。現代から見れば尊大であからさまな偏見、多分に自民族中心主義的な気分が、植民地を抱えこんだ小さな島国の人々の心に深く根をおろしていた。そういうことだろうか。

「テニアンには沖縄踊り芝居[*14]があった。移民は東北福島の人もいた。写真屋、豆腐屋、百姓などになった。朝鮮の人はいません」

「沖縄の人の言葉は……その、分かったんですか？」

「沖縄より福島の東北弁がおかしい感じだった。移民は百姓したが、ナスだって木みたいに大きくなってしまう」

沖縄より福島の東北弁がおかしい、私はこの意味がよく分からずにいた。後日南洋に渡った沖縄人の回想録を読んでみると、南洋では標準語を使っていたと書かれていた。はっとした。小山さんがテニアンで沖縄人に出会った時、沖縄で方言札[*15]が使われてすでに四十年近くが経っていたのだ。福島やその他日本各地からの移民のほうがよほど方言だらけで分かりにくかった、沖縄人は標準語を話していたというのはいやがうえにも、それを沖縄に強いた帝国と、否定された沖縄方言のことが思われて苦しい気分になる。いや、すでに身についた言語は便利な道具でしかないかもしれない。南洋には内地の企業も多かっただろうし、内地からの人間がほとんどの中、標準語を話せることは当然プラスとして認識されていただろう。そこに余計な感傷はいらないのかもしれない。ただ、羞恥心と一緒に母語をのどの奥におしこめねばならない、そんなやり方で彼らの標準語が美しくなっていったことは、余りにグロテスクである。ただ、かなしい。

小山さんが、朝鮮の人はいませんと言ったように、サイパンやパラオに比べてテニアンは朝鮮人が少なかったのかもしれないが、当時南洋で流行った歌に次のようなものがある。

一等国民日本人、二等国民沖縄人、三等国民豚・カナカ・チャモロ、四等国民朝鮮人

日本人の子どもが考えたものだろうか。この歌のためだろう、カロリニアンやチャモロの中には、戦後も朝鮮人を四等国民と見下す人もいたようだ。警官も暇で釣り三昧だったという平和な日常。衛生的で秩序だった街並み。日本移民による開墾や企業による産業の発展。穏やかな顔をしたこの島々はけれど、紛れもなく植民地であった。労働に対する賃金は多くの場合「大和（日本内地）人、沖縄人、朝鮮人、島民」[*16]の順で格差がつけられていたという。パラオ近くのアンガウルの燐鉱採鉱所は南洋庁が管理していたが、島民は内地人の五分の一程度の賃金しかもらえなかった。

私はふと中島敦の「マリヤン」を思い返した。マリヤンはカロリニアンでありながら、

＊14……琉球舞踊のこと。中国からの使節を歓迎する宮廷舞踊がもとだという。この頃「球陽座」という沖縄本島でも人気のあった一座が座長渡嘉敷守良《もりよし》に率いられ、テニアンで活動をしていた。少年の頃、旅行中のテニアンでこの芝居を見た沖縄出身の木版画家、儀間比呂志は渡嘉敷のもとに入団を請い、舞台美術に携わることになる。儀間は絵本『テニアンの瞳』に次のように書いている。「テニアンは狭い島です。周囲五十キロで、南北にジャングルがあるほかは、ほとんど平坦なサトウキビ畑でした。四、五日も歩きまわると、元の道に戻りました。夕ガ族遺跡の前の浜辺に立って夕陽を見ていると、ホームシックにおそわれました。それに輪をかけるかのように、沖縄のサンシン（楽器）と太鼓の音が、風に乗って聞こえてきました。血が血を呼んだといえましょうか。達治はふらふらと、音のする方向に引かれていきました。気がつくと、達治は『球陽座』の客席に座っていました。定員二百人ばかりの沖縄芝居の小屋です。周りは異郷に『ふるさと』を想う人たちで埋まっていました。人々は、沖縄方言で演じられる舞台に泣き、笑い、喝采し、指ぶえをとばす、フィ　フィ　達治の目頭もあつくなりっぱなしでした」

＊15……沖縄での標準語普及のために明治三十（一八九七）年頃から教育現場において見せしめとして使われた木製の札。方言を使った生徒に首からかけさせ、ほかに方言を使った生徒を見つけた場合、相手にかけ、自分ははずすことができた。

＊16……ここでは流行歌と違い、島民が最下位に置かれている。明確な順位付けはなかっただけに、島民と朝鮮人の間の微妙な緊張関係が感じられる。

内地つまり日本の女学校へ行った。小山さんの知り合いのカロリニアンやチャモロにもそういう人がいただろうか。

「優秀な合いの子で日本に行ったものはいないのでは。優秀な合いの子はボーイになる。働かなくてもパンの実もバナナもただで出るから生活には困らない。男は裸、女は洋装が流行ってきて着ていたが、洋装するにはお金がいる。たぶん魚売りや細工をやって物売りやっているからお金はあったか。真っ赤な珊瑚の帯留めとかようじとか。日本に持っていってみんな人にあげてしまった、あんまり安いもんで」

内地へ行けたマリヤンはパラオの中心地、コロールの名家出身の母を持ち、加えてイギリス人との混血のインテリの養父を持っていた。当時の島民の中ではかなり特別な存在だったのだ。中島はマリヤンの洋装について次のように書いている。


私はマリヤンの盛装姿を見たことがある。純白の洋装にハイヒールをはき短い洋傘を手にしたいでたちである。彼女の顔色は例によって生き生きと（あるいはテラテラと）茶褐色に光り輝き、短い袖からは鬼をもひしぎそうな太い腕が逞しく出ており、円柱のごとき脚の下で靴の細い高い踵《かかと》が折れそうに見えた。貧弱な体軀をもった者の・体格的優越者への偏見を力《つと》めて排しようとはしながらも、私は思わず噴出しそうになった。が、それと同時に、いつか彼女の部屋でロティを発見した時と同じような傷ましさを再び感じたことも事実である。

ロティとあるのは、一八八〇年に書かれたフランスの作家ピエール・ロティ[*17]の『ロティの結婚』だ。マリヤンはタヒチを舞台にしたこの作品の岩波文庫を読んでいた。それを見て中島は「傷ましさ」を感じたのである。中島はまたパラオの首都コロールについて次のようにも書いた。

熱帯的な美をもつはずのものもここでは温帯文明的な去勢を受けて萎《しな》びているし、温帯的な美をもつべきものも熱帯的風土自然（殊にその陽光の強さ）の下に不釣合な弱々しさを呈するに過ぎない。

日本人が、その前はドイツ人やスペイン人が南洋へと進出し、それぞれ文化を持ち込んだが、日本統治はとりわけ多くの庶民が海を越えて大量の文化を持ち込んだ。それが現地

＊17……本名はルイ・マリー＝ジュリアン・ヴィオー（一八五〇―一九二三）。ロティは長崎に一ヶ月日本女性と暮らして書いた『お菊さん』の著者としても知られており、日本滞在時鹿鳴館のパーティにも参加している。

に溢れていることへの違和感。南洋が、そしてそこに住む人間がそれらの文明を受け入れ、本来の姿、本来の美から遠ざかっていることへの違和感を中島は抱く。そもそも、では、本来の美、というものはあるのだろうか。美の認識は常に主観でしかない。植民地において、美は支配する側によって決められているとも言える。だから中島の、熱帯的な美をもつはずのもの、といった言い方をとりあげて、あれこれ言うこともできる。ただ、中島がすごいのは、多くの日本人が、海を渡って日本人街を作り上げ、かつおぶし工場をそこに建てて、日本人の商店で買い物をして、一度なまぬるくなった刺身を冷やして食べ、秋には冷凍さんまを焼いてにこにこしている時に、一人違和感を表明しているところだ。この事態はなんだかおかしくないか、と中島は一人つぶやいているのである。

「ブルースが流行って日本人が淡谷のり子の真似してカフェの前で歌ってた。テニアンのカフェで。二度と会えない〜腕にいかりのいれずみほって、マドロスのお国言葉は違っていても恋には弱いすすりなくってね。あと、ああそれなのにそれなのに、おこるのはおこるのはあったりまえでしょう、とかく会社で今頃はお忙しいと思ったのにああそれなのにああそれなのに、あったりまえでしょうって」

小山さんは長いフレーズを少し高い声で歌ってくれた。ずいぶん長く歌ってくれるなあと感じるくらいだったが、小山さんは歌いたいのかもしれなかった。その歌がまとった記憶のにおいを確かめるために、きっと最後まで歌う必要があるのだ。淡谷のり子の「別れのブルース」はテレビの「ものまね王座決定戦」でよく流れていたので知っていた。帰って調べるともう一曲は「あ、それなのに」という曲だった。星野貞志という名前でサトウ・ハチロー[*18]が作詞、作曲は古賀政男、美ち奴という人が歌っていたらしい。昭和十一（一九三六）年発表とある。「別れのブルース」は昭和十二（一九三七）年だ。ラジオは小山さんのところにはなく、現地の日本人が歌っているのを聴いて覚えたという。日本の流行歌が流れ、島民は公学校で「君が代」を習う。南洋に流れる音は日本一色だったんだろうか。そう思った時、小山さんがふと言った。

「マーシャル諸島でね、ジャズ、あれやってましたよ。一番毛唐《けとう》[*19]な人間がやると思ってたら、やだね、こっちあたりでもやるじゃないよ」

「こっちっていうのは……」

＊18……作詞家で佐藤紅緑の長男。作品に「ちいさい秋みつけた」「うれしいひなまつり」「わらいかわせみに話すなよ」といった童謡のほか、戦前の歌謡曲「リンゴの唄」「うちの女房にゃ髭がある」などがある。調べてみると加藤和彦が作曲した「悲しくてやりきれない」もサトウの作詞であった。母がよく口ずさんでいたこの名曲には思い入れがある。美しいメロディもものの悲しい歌詞もいい、と子ども心に思っていた。あれを口ずさむ時、母は悲しかったんだろうか、と思い至ったのはあとになってからだ。

「日本帰ってきたら、同じようなのラジオで流れてるからびっくりしちゃって」

小山さんいわく、「土人がジャズをやっていた」というのだ。思わず身を乗り出す。

「どこの島でも夜中二時までやってるよ、ちゃっちゃっちゃって。どうしてあんなに歌が好きだかね」

それはどういうことだろうか。島民が日本人の持っていたラジオを聴いて「ジャズ」を同じように再現してみたのだろうか。それとも、小山さんが「ジャズ」と言っているものが、ちょっとずれていて、キリスト教の賛美歌に近いものだろうか。あるいはスペインとドイツによってこの地に根付いたキリスト教の影響があるだろうか。アメリカの黒人たちがキリスト教と出会って生み出した黒人霊歌のようなものが、南洋にもひょっとしてあるんだろうか。疑問はどんどん湧きあがった。

手元の茶碗を口にあてたが、すでにお茶は残っていなかったので、こたつの上にまた茶碗をおいて、かわりにおせんべいを、ぽり、とかじった。小山さんが気づいてお茶を注いでくれた。

「南洋は行ってみる価値ある。どうせ行くならパラオあたり。どうせテニアンなんかも汽船が停まるから。テニアンのタガ族の遺跡は海岸端だからすぐ見れる。南洋気分はパラオ、トラックまで行かないと。サイパンは日本と同じ。ただ暑くてね。島自体がサンゴ礁だから綺麗。サイパン、テニアンには椰子の木なかった。ヤルートはみんな椰子の木。家の庭にも。青いうちに椰子をとってくれる。駆け上がって。ちょっとぴりっとする、サイダーみたい、おいしい。中は白くて寒天みたい。古くなると石鹼の材料」

サイダーみたいな椰子の実、飲んでみたいと思いながら、同時に耳に入ってきた言葉が頭から離れない。

「今度パラオ行ってきなさいよ。サイパンは日本と同じ。今に安くなるよ。外歩くに帽子かぶって、さらに傘さして」

南洋の陽射しを知る者らしく、小山さんは最後にそう教えてくれた。小山さんの知っている南洋。小山さんの知らない南洋。私はその両方を見られるだろうか。窓の外では信州の午後が暮れようとしていた。

＊19……江戸末期までは中国人を指す言葉だったが、その後中国人を支那人と呼ぶようになると、やがて欧米人を指す言葉となった。卒業論文を書いた時と修士論文をまとめて文春新書として出版した時、それぞれ松本市で川島芳子について講演をする機会があった。前者の時、私は発表の中でこの単語を「もうとう」と誤って読んだ。質疑応答の時、一番に年配のおじいさんが、「けとう、と読む」と訂正してくれ、恥ずかしい思いをした。侮蔑語でもあり、現在はほとんど聞くこともない言葉だが、小山さんの口から出たことからも、土人という言葉と同様に、年配の人の間では違和感なく使われていた言葉だったことが窺える。

第3章 Francisco Cruz Sato さん

ちょっと冗談みたいな坂だ。炎天下の中、蟻地獄の穴の下から上を見上げているような気分で、坂の上にそのまま続く青空を睨んだ。私はNorthern Marianas College（北マリアナ大学）を目指していた。サイパン唯一の大学だ。そこに行けば図書館があって、日本統治時代のこの島について何らかの情報を得られるだろう。

あいにくホテルのあるガラパンから大学まではバスが通っていない。数キロ離れていたが、地理を知りたかったこともあって歩いてみることにした。車の多い通り沿いに歩いていくと、中国人の経営らしいコンビニがあったので水を買う。兄弟なのか、近所の友達なのか、レジでは中国人らしき、高校生くらいの男の子と、漫画を読んでいる中学生くらいの男の子がいる。

サイパンの空港に降りて熱帯の湿度を帯びた風を感じつつ、ホテルまでのバスに揺られながら驚いたのは、街に中国語や韓国語の看板が沢山立っていることだった。近年はそちらからの観光客も多いと聞くし、もともと中国人は親戚を頼って海外へ移住したりすることが珍しくないので、考えてみればおかしくはないのだが、サイパンは英語一色のような気がしていたところに、漢字やハングルに次々出会ったので面食らった。いや、勉強している中国語が使えるかなとか、やはり少しかじっていたハングルが読めるなあとか、どちらかといえば嬉しかったのだが。

コンビニを出て水をごくごく、と飲む。再び炎天下の道路沿いを歩いていき、何度か道を曲がると、緑も増えてくる。住宅もぽつぽつと通り過ぎ、やがてその冗談みたいな急坂が現れた。そこを上がっていく車もあったが、明らかに難儀そうであった。私はそれこそ蟻みたいにちまちまと登った。登山の時みたいに、上がってくる呼吸を口の中で押し殺すようにして、静かにのがしていく。坂を登ってしばらく歩いたところに大学はあった。サイパン唯一の、といってもかなりこぢんまりしていて、白い四角い平屋建ての建物がキャンパス内に点在していた。学内図を見て図書館を探し、職員の人に、日本統治時代についての資料はないかと尋ねると、Olimpio T. Borja Memorial Library の一部屋に通してくれた。寄付金からなったものか、彼のコレクションの寄付であったか、ボルハとは地元の政治家の名前らしい。図書館といっても、蔵書がずらりと並んでいるわけではなく、閉架式で、ちょうど駒込の東洋文庫くらいの規模の図書室であった。奥から関係する本を持ってきてくれたのは五十代くらいの白人男性。「Special Collection Curator Martin Gerbens」と書かれた名刺をもらう。真面目そうな人だ。マーティンが招き入れてくれた隣の部屋の資料室には、日本統治時代の当時のサイパン島の地図や、「寺島屋　第八十四番」と書かれた石碑など、日本時代の遺物があった。石碑は日本人の商店に置かれていたものだ、意味は分からないが……とマーティンが言う。四国の八十八ヶ所巡りにあやかって作られたものだろうか、と思ったが、それを正確に英語にできそうもなく、マーティンには説明せず黙っていた。

こういう時片言でも相手に伝えようとすることが大切なのは分かっていたが、私は話すということがとことん苦手だった。日本語でさえそうで、瞬間的に浮かんでくる言葉をただ発した、自分の話し言葉というのは到底信じられなかった。たわいないおしゃべりならもちろん嫌いではないが、例えばとっさに答えを求められ、それが誌面やらウェブ上やらに掲載されてしまうインタビューはとても苦手だ。私のインタビューは多くの場合一言二言で終わってしまって難しい、とライターが嘆いていたが、それは故意に、ポーズとしてそうしているのではなく、短い時間の中で文章を頭の中で組み立てていくということがどうしようもなく苦手だからなのだ。だから喋ってくれる人がいればいつまでも聞いているし、その場に三人以上いると、多くの場合話をふられるまではほとんど喋らない。意図して喋らないというよりも、喋る状況にならない。世の中には沈黙に耐えられないという人が一定数いるようで、そういう人たちが頑張って色々喋ってくれるからだ。もっぱら聞き役である。

ライブラリーの閉館時間は早く、私は出してもらった資料に目を通しきれず、翌日また来る、と言って帰ることにした。職員のローラという四十代くらいの女性が、私の宿を尋ねたので答えると、タクシーを呼んでくれるという。日はようやく傾き始めていたが、まだ外は暑く、同じ道を歩いて帰る気もしなかったのでお願いすることにした。タクシーを待つ間、キャンパスを少しうろうろしていると、職員か学生に餌をもらっているらしい猫たちが数匹、木陰で休んでいた。暑い時は涼しい木陰を、寒い時は暖かいひだまりを、サイパンの猫たちも当たり前のように知っている。

キャンパスの外に車が来た。運転手は四十代くらいの女性だった。車には Beijing Restaurant と書いてある。はて、レストラン。戸惑う間もなく、見送ってくれたローラにさよならを告げ、車に乗り込む。運転席の女性に尋ねられて、日本人であること、日本統治時代のことを調べるために図書館に行ったことなどを英語で話す。中国語のほうが意思疎通に便利だと思い立って、出身は北京なんですか、と中国語で尋ねてみると、女性は一瞬息を呑んでから、あなたどうして中国語を話せるの⁉　と小さな声で言って一瞬後部座席のほうを振り向いた。中学から中国語ラジオを聞き始めたこと、高校の選択授業と大学でも学んでいたことなどを説明しながら、私は頭の隅で、なぜ、レストランの車がタクシーになっているのだろうと考えていて、それを質問してみようかとも思ったが、レストラン業に車を使わない時間帯も、それによってお金を生み出す、効率のよい彼らの「副業」なのだろうと察しがついたのでやっぱり黙っていた。こういう性格は語学上達の妨げにしかならない、と思うが、やっぱり仕方がない。

サイパンで日本人と中国語で話せるなんて、思ってもみなかった、嬉しいわ！ とレストランの女主人らしきその女性は運転しながら感激したふうに言った。私もまさか来る前はサイパンで中国人と中国語で話せるとは思わなかった。親の代からサイパンに来たのか聞いてみると、自分たちの代からだという。単純に中国の人口が多いということを別にしても、中国の人はよりよい明日を夢見て世界各地に散らばって、そこに根をはって生きている。中国語は案外、世界中で使えるのかもなと、窓の外を眺めながら思う。中国人に限らず、考えてみれば戦前の日本人だって同じだったろう。[*20] 日本で食えなければ、外へ活路を求めたのだ。サイパンにかつて渡った日本人も、前回書いた小山さんの場合のような官公庁の役人や教師の子弟などがやってくる前は、ほとんど商売人と農民だけだったわけだ。とりわけ最初は農民だ。彼らはサイパンに渡り、開墾からとりかかったのだ。今聞くと気の遠くなるような話である。

ホテルに着くと、女主人は Beijing Restaurant（北京レストラン）タクシーの名刺をくれた。他のタクシーより安い、というのが売りのようだ。明日も使うことになるだろう。

部屋に戻って一日別行動だった相方が帰るのを待ちながら、午前中に行った Northern

Mariana Islands Museum で見せてもらったビデオのことを、思い出しがてらまとめてみる。『海の生命線　わが南洋群島』という昭和八（一九三三）年のその映画は日本の海軍がスポンサーになっているだけあり、七十二分の堂々たるトーキーだ。南洋の習俗を内地の人間に伝えるためのドキュメンタリーらしく、「土人は内地の流行歌等覚えて巧みに歌うのであります」とのアナウンスも入っている。そういえば「君が代」がマーチ風に流れていた。今でもああいうアレンジは公に許されているのだろうか。清志郎さんの「君が代」は問題になってひっかかったけれど。マーチがよくてパンクやロックがだめ、その中間はどうなんだろう。どこまでが許容範囲でどこからが不謹慎なのだろう。もしかして今はマーチ風アレンジも不謹慎だろうか。知らないことが多すぎる。

翌朝、北京レストランのタクシーで図書館まで。マーティンに少し詳しく話をすると、

＊20……ふと最近の新聞で、東南アジアのタイやベトナムに出稼ぎに行く日本の若者が増えていると報じていたことも思い出す。日本企業が安い賃金で済むアジアで日本人を雇う。その安い賃金でもいいからと日本で職のない若者が渡る。日本にいるよりはわずかでも貯金ができるのだろう。嫌な世になったと感じる一方で、若者が南の国に活路を求めることは、この国で高い家賃の支払いに困ってのたれ死ぬより、見聞を広め、何らかの新しい出会いを得られるという意味でいくらか健全だろう、とも思う。

様々な情報を教えてくれた。どうやら一番行かなくてはならないのは Division of Historic Preservation（Historical Preservation Office／歴史保存局）という機関のようだ。図書室の机に座って、前日目を通しきれなかった資料に目を通す。書名を書き写し、気になるところをメモし終えると、マーティンがホテルまで送ってくれると言う。芸術と図書館学が専門だというマーティンは、私が前日炎天下のなか道路沿いを歩き続けて日焼けしたことを笑いながら話すと、突然真顔になった。それから、二度とそういうことをしてはいけないと言った。どうやらその真剣さから察するに、私が炎天下のなか二時間歩いて日焼けしたことへの注意ではなく、この島の治安が決してよくはないということを言いたいようだ。どうにも私の楽天の気性は、最悪の事態というものを想像するようにできていない。短い付き合いながらマーティンはそれを感じ取って心配したのだろう。

マーティンに日本統治時代、日本語教育を受けた老人に話を聞きたいと言うと、ガラパンの堀口ビルに沢山いるはずだ、と言う。ホテルに一度戻ったあと、早速教えられたところに行ってみると、守衛さんが入り口に立っている。日本語を話せるお年寄りが沢山いると聞いたのですが、と話しかけると、ここにはいない、と言う。その代わり、北のほうを指さしてあっちだよ、あそこに沢山いる、と教えてくれた。すぐそこだ、と言うので歩いて行ってみたところ、道の行き止まりに老人ホームのような場所があった。屋根付きのテラスには沢山テーブルが並び、そこで百人ほどの老人たちが思い思いにおしゃべりをしたり、何かのゲームをしたりしていた。テラスからすぐ入れる、机と椅子が置かれた広い体育館のような室内で、紙の花のようなものをつくる作業をしている老人たちもいる。日本の老人たちの地味な様子と違って、みな明るい色の服を着て花輪を頭に載せている。見知らぬ中国人だか日本人だか観光客だか分からぬ若い女が近寄ってきたのを見て、興味深そうな視線がいくらか集まる。私は目の合ったテラスの老婦人の一人に英語で尋ねた。

「日本語を話せるお年寄りを探しているんですが」

おばあさんは、私に手招きをして室内で作業をしていた別のおばあさんを紹介してくれた。しかし、その時すでに二時をまわっており、どうやらその時間にはこの憩いの場はお開きとなるようであった。

「どうしておそくきた」

日本語の拙さに起因するぶっきらぼうな言い方なのだが、圧迫感を感じて一瞬答えにつまる。明日もいらっしゃいますか？　となんとか尋ねると、なんでもない、という感じでおばあさんは言った。

「わたしがこなくてもたくさんいる」

流暢な日本語に自分の鼓動が速くなるのが分かる。

とうとうお開きの時間となったようで、室内もテラスもざわざわと老人たちが立ち上がって、みな廊下に向かい移動し始めた。各自、自分の部屋へ帰る時間なのだろう。おばあさんにさよならを告げて、ホテルへと戻る。歩いてすぐ行き来できる距離で本当によかった。帰国日まで三日ある。何らかの話は聞けるのではないか。これといったあてもなく、ただ現地で老人ホームを探して日本時代の話を聞きだそう、という大雑把な目論見は意外に早く実現しそうだった。ホテルまでの帰り道、彩帆《サイパン》神社を通り過ぎる。鳥居の前には日本統治時代、製糖業をこの地で成功させた松江春次[*21]の銅像が立っている。なんとなしに陰気な感じがするのは、それが過去の遺物であり、現代のサイパンにおける異物であるからだろうか。それとも熱帯地方のスコールで土が常に湿っている、単にそのせいだろうか。

翌朝十時半に同じ老人ホームを訪ねる。しかしこの日は室内でビンゴ大会が開かれており、みなそれに熱中していた。日本語を話せる人で暇な人が見つからない。仕方なくテラスでゲームに参加していない小柄なおじいさんに話しかける。どことなく日本人のような風貌だ。おじいさんは Felipe C. Serrano と私のメモ帳に名前を書いてくれた。七十歳で今の奥さんは二度目の人。自分はフィリピン人で今はここ Garapan Housing に住んでいる。六九年にサイパンに来て建設業に関わった。

英語で話すのは結構疲れる。私の外国語モードはすでに中国語になってしまっていて、日本語から英語にしようとしても、中国語の単語が口をついてしまったりするのだ。ハローのHを発音すべきところで、ニーハオのNが出てきてしまう時もあり、重症である。

フェリペさんが唐突にボーイフレンドはいるか、と尋ねるので、いる、と答えると、さも残念というふうなジェスチャーで笑わせてくれる。ランチの時間になり、沢山のプレートが運ばれてきた。午後はバンザイクリフまでサイクリングの予定だったので、ここで引き揚げることにする。

＊21……会津出身の実業家。南洋開発の父、シュガーキング（砂糖王）とも呼ばれた。東京工業学校（後の東京工業大学）を出たあと、大日本製糖に勤めると、アメリカのルイジアナ大学に糖学を学びに渡る。ちなみに同郷で同じ明治九（一八七六）年生まれの野口英世とは学生時代から交流があり、留学先のアメリカでも再会している。その後台湾の斗六製糖、新高製糖などで製糖業に関わり、大正十（一九二一）年、当時製糖業が軌道に乗らず、移民が窮乏していたサイパンに南洋興発を設立、一次大戦後の恐慌で製糖業が打撃を受けていた沖縄からの移民も募って、サイパンに本格的な製糖業の下地を作っていった。沖縄移民については、当初松江はその救済を強調して、サイパンへの移民を募ったが、内地人よりも低い賃金設定や収穫量の計測をごまかしてのピンはねなど、興発の不正に対して沖縄人がストライキを起こし、その後は沖縄を避け、鹿児島、山形、福島、岩手からの移民を集中的に受け入れた。この四県は当時内務省の統計で最も小作争議の少ない県だったそうで、なんとも嫌な感じだが、経営者としては徹底している。ともあれ、松江がサイパン発展に寄与したことは確かで、当時作られ、現在も残る松江春次像は、終戦後アメリカが壊そうとしたところ、現地人が残すよう要望したものだという。

レンタサイクルで自転車を借り、バンザイクリフのある北へと飛ばす。途中、日本軍の最後の司令部ラスト・コマンド・ポストや、サイパンでの日米の激戦で亡くなった朝鮮人や沖縄人のための慰霊碑などがある。いずれも山腹にあり、上り坂もあった。バンザイクリフへは長い下り坂をカーブしながら下ることになるのだが、これがなんともいえず爽快だった。風を受けて、空の青と海の青とに向かって一気に下っていく。たどり着いた崖から見下ろす海はどことなく暗い色にも見えたが、飛び降りたのは一万人とも言われる、その崖で繰り広げられた生き地獄を想像するせいかもしれない。直前までの爽やかなサイクリングとの折り合いが頭の中でつけられない。韓国人観光客が崖を背に記念写真を撮っている。確かに絶景だ。七十年近く前多くの日本人がここから飛び降りなくとも、サイパン北端のこの場所は観光ポイントになっていただろう。捕まれば米兵になぶりものにされて殺される。軍人が脅し、すでに一般市民にも十分に浸透していたそのデマが沢山の命を奪った。血の海になったという。鮮やかな熱帯の魚たちはしばらく人肉をはみ続けたのだろうか。三日前の、隣のマニャガハ島でのダイビングを思い出す。初めて海に潜った。インストラクターから教わったばかりの呼吸法を慎重に繰り返す。魚がそばをすっと通り過ぎていく。インストラクターが餌をまくと、色とりどりの魚たちが寄ってきた。もらった餌をまく私の手のすぐそばからぱくぱくっとキャッチしていく魚たち。人肉が餌となり魚にはまれたあの日は遠い。幸いにも。

日本軍最後の司令部、ラスト・コマンド・ポスト

翌日、マーティンに必ず行くべきと言われた歴史保存局を目指す。北京レストランのタクシーを呼ぶと、この日はご主人が来た。場所が分からないとのこと。途中のガソリンスタンドで聞いて、それらしきものをようやく見つけた。かなり空港に近い場所だ。コンクリートの古びた無機質な小さな直方体のオフィス。日本の統治時代について調べている、と受付で言うと、少ししてショートカットとメガネの似合うボーイッシュな女性が出てきた。ポロシャツからのぞく肌の色は浅黒く、おそらくチャモロだろう。名刺には「Historian Genevieve S. Cabrera」とある。ジェネビブは、日本時代についての日本の研究者がもっと必要、と歓迎してくれて、当時の写真の画像や、本などを見せてくれた上、一部は持ち帰っていいと言ってくれた。私は彼女がパソコン上で見せてくれた先住民が写っている写真について尋ねた。

「これはカナカ、こっちはチャモロですか？」

その途端、一瞬ジェネビブが戸惑いの表情を見せた。それから私を見つめてゆっくり諭すように言った。

「カナカ、というのは今では言わない言葉。言ってはいけない、その、つまり差別用語。正しくはカロリニアンなの」

私はびっくりした。そしてすぐにそれを恥じた。小山さんの口から何度も聞いて、聞き慣れていた「カナカとチャモロ」という言葉。「カナカ」が正式名称であると信じて疑わずに使っていた不勉強に顔が熱くなる。けれど同時に、当時南洋に暮らした老人たちで、それが差別用語である、という事実を知る者は少ないだろうし、まして若い世代の日本人でそのことを知っている人はほとんどいないだろうとも思った。ごく一部の、南洋に暮らしたり頻繁に訪れたりで現地に精通した日本人は別として、である。日本で中学高校と真面目に歴史を学んでも、南洋のなの字も知らず、自ら興味を持って来てみても、「カナカ」と言って恥をかく。もちろん直接には私の不勉強の結果であるけれども、このことは日本という国が歴史教育において、まるで記憶喪失になったみたいに、この地域のことを黙して語らない、教えない、その事実をも同時に浮き彫りにする。しかし、日本人が大東亜共栄圏ということを言った時、その大東亜の中にドイツから譲られたこの熱帯の島々も含まれていて、そんなところでも日本人が皇国民を作り出そうとしていたという事実は、大きな重たい意味を持っていると思うのだ。

ジェネビブはおそらく四十前後だと思うが、瞳は輝き、話し方も生き生きとしていて、若々しく見えた。もっと滞在が長ければブランコに紹介するのに、とジェネビブが残念そうに言う。彼は日本に行ったことのある数少ない「土人」の生き残りらしい。私もまた近いうち来なければ、と思う。帰りは、ガラパンまで無料タクシーの出ているグランドホテルにジェネビブが送ってくれた。とりあえず次回訪問時、真っ先に再会すべき人に出会えたことにほっとする。

相方と待ち合わせて、現地の料理も食べられる南十字星という日本人経営の店でランチするも、味はあまりよくない。ただ椰子の実で作ったというツバ酒が美味しく、おみやげで買えるというので、明日時間があれば寄って買おうと思う。午後はずっと雨だったのでホテルでジェネビブにもらった本などを読んで過ごす。半分は観光で来たこともあって、Garapan Housing でのインタビューらしきインタビューができぬまま、明日はもう帰国日だ。明日の午前が勝負。いい出会いがあるといい。

翌朝、少し早めにホテルを出て、Garapan Housing へ向かう。この途中には嫌な犬がいる。飼い犬ながら野良みたいに痩せていて、つながれておらず、威嚇するように近寄ってきては吠え立てる嫌なやつだ。怖い思いを何度かしたが、今日は眠っているようでそそくさと通り過ぎる。いつもと同じように日本語のできる人を探すと、今回はすんなり見つかった。

「おー、あなた日本人か。こんにちは」

テラスにいるキャップをかぶった六十半ばくらいの体格のいい男性だ。ノートに名前と生年月日を書いてもらう。「Francisco Cruz Sato」と読める。Sato とあるのは、日本人移民との「混血」なのだろうか。フランシスコさんは一九三三年生まれ、七十一歳だった。そうは見えない。少し考えてからペンを持った手が再び動き始めた。「フ・ラ・ン・シ……」一字一字思い出しながらゆっくりと書いていく様は、六十年以上前の記憶が、指先から引っ張り出されているような、不思議な、心動かされる光景だった。「フランシスコ・クルス」カタカナで確かにそう書かれた彼の名前は、「ン」が「ソ」に見えた。勢いのある字だ。「コ」を誤って左あきでなく、逆さまの右あき、ちょうど「区」の外側（かくしがまえ）のように書いたようで、それが上からペンで消してあった。「コ」が来るべきところには最初「カ」と書いており、その横に「オ」それから「コ」に至っている。彼が記憶をたぐって頭の中に再現したカタカナ一覧表をのぞき見るようで面白い。

「Sato はマレーシアの叔父の姓、両親はチャモロ」

マレーシアにも佐藤さんがいる。確か東南アジアには日本人町というのもあったはずだ。やっぱり日本人だって各国に散らばっている。

終戦時十二歳だったフランシスコさんは公学校の記憶もしっかりと残っていそうだ。

「公学校通ったのは八歳の時。九歳の時戦争が始まって一年だけ通った。朝五時に彩帆《サイパン》神社まで走ってお参り、『コウソコウソ』[*22]と唱える。そのあと家へ帰って学校の準備をして登校した。神社に行かないとどうしてか先生が知っていて殴られた。学校は八時から三時半くらいまで。月曜から金曜ね。勉強の前に毎日体操。昼は近い者は帰る。遠い者は弁当。自分は近かった。道ではモノを食べない、遅刻しない、旗（日の丸）の掲揚の時は気をつけ、守らないと殴られたあと、校庭十周走らされる。道にある旗、軍務所にもあったけど、これも気をつけにしないといけない」

私だったらこんな学校生活まっぴらだ。でもフランシスコさんの口調は暗くない。

「日本人は好き。先生も悪いことすると殴られたが、そうでなければ優しい」

ふと、若い頃代用教員をしていた祖父が、悪いやつはぶん殴ってやってね、と話していたのを思い出す。教師に殴られるなんて、今の感覚ではとんでもないが、昔は当たり前の光景だったのだろうか。フランシスコさんは当時としてはよい教員に当たったようだが、

＊22……「コウソ」は「皇祖」だろうか、その程度の類推はできたが、この時は詳しく聞き逃してしまった。翌年明けて再訪した際確認したところ、さらに長いフレーズを聞くことができた。帰国後調べると、それが「朕惟フニ我カ皇祖皇宗國ヲ肇ムルコト宏遠ニ徳ヲ樹ツルコト深厚ナリ」という教育勅語の冒頭部分であることが分かった。

なかには相手が「土人」ゆえ、だったのであろうか、行き過ぎた仕打ちをして、殺してしまった教員もいたようだ。

「日本語を習って桃太郎の劇も見た。うちに帰っても友達同士では日本語」

親とは当然チャモロ語しか通じない。チャモロ語はろくに分からないまま異国の言葉を覚えてくる子どもを見て親たちは不安にもなっただろう。しかし、フランシスコさんが日本語を話したのは一年ほどだった。

「家に帰ったら畑仕事の手伝い、友達と遊ぶ時間はあまりなかった。四三年からは（戦争で）日本語使わなくなった」

たった一年日本語を習い、一年使っただけなのに、六十年以上経ってこれほど語彙や会話力を維持しているのには驚いてしまう。それにしても、母国に外国人が押し寄せ、いつのまにか外国語が標準の社会になってしまうというのはどんな感じであろうか。

「その……、公学校というのはチャモロやカロリニアンだけですよね、日本人はいない。日本人と話すことはありましたか？」

「街に行くと日本人に会うが畑では少ない。魚や野菜は頭にバスケットを載せた日本人が売りに来る」

そもそもは、チャモロもカロリニアンも山に住んでいたわけではない。日本人が大量に押し寄せ、山のほうへ移住を余儀なくされたのだ。日本人が建てた建物ももちろん沢山あったただろうが、海岸近くの街中で先住民の彼らが住んでいた家などはそのまま日本人が住んだケースが多かったようだ。満州に移住した日本人が、そのまま中国人の家や田畑を使い、反感を買ったという話を思い出させるが、フランシスコさんの口調に恨めしい感じはない。もしもフランシスコさんの両親に話を聞けたら、また違った反応だったのかもしれないが。

日本人の人口はどんどん増え、商店も神社も寺も銭湯も映画館もできた。当時ガラパン中心部にあった商店をざっとあげれば次のようだ。パン屋、珈琲店、肉屋、メガネ屋、自転車屋、土産物屋、お菓子屋、酒屋、乾物屋、氷屋、床屋、かばん屋、八百屋、雑貨屋、レコード屋、薬局、金物屋、洋服店、本屋。小山さんが内地と変わらない、と言っていたのもうなずける。

「当時は二十五銭あれば一家五、六人の昼食、魚とコメはまかなえた。今ではチューインガム一つしか買えない。あの時はよかった。日本のお店もとてもいい。一銭でも五銭でもおとしていくならとても丁寧。何をお探しでございますか。今は（アメリカ人は）指さして終わり。あんな対応ではない」

中国や韓国とも、また日本の敗戦後欧米列強と再び戦って独立を果たした国が多い東南アジアとも違って、南洋群島は戦後アメリカに占領され続けた。独立する地域も出てきたのは八〇年代で、日本人が去ったあとはやはりそれまで縁もゆかりもなかったアメリカ人に支配されたわけだ。フランシスコさんの口調からはアメリカ占領下での暮らしが楽でなく、アメリカ人にも親しみが持てないというニュアンスが感じられた。過去は美化されやすい。現在が悪ければなおさら。日本人は礼儀正しくて、日本時代は生活もしやすく、その結果、南洋群島は親日的。もちろんその通りかもしれない。けれど、もしも、と思ってしまう。もしもサイパンが日本の敗戦後そのまま独立してチャモロとカロリニアンの国になってアメリカ統治を経験しなかったら、フランシスコさんはこれほどまでに日本の統治時代に未練を持っただろうか。

「日本人の子どもはめんこをやっていた。チャモロはやらなかった。兄は日本人と相撲をとっていた。自分は小さかった。剣道も日本人の子どもに教えてもらったが、公学校では教えていなかった」

日本では昭和十六（一九四一）年に中学校令が改正され、それまで教えることも可能であった撃剣（剣道）が柔道とともに必須科目となっている。サイパンの日本人子弟の学校も基本的にこれに基づいて剣道を指導していたわけだが、公学校にそれはなかった。皇国民を作る、日本語を教え、日本人にしたてあげる、そういう教育の建前の裏で、確実に一線は引かれているわけである。実際、公学校を終えたあと、実業学校などで日本人と一緒に高等教育を受けることは、一握りのよほど優秀な「土人」でなければ叶わなかった。普通の先住民たちは、公学校を出て多くが日本人の商店や家庭でボーイやメイドになった。

と、突然フランシスコさんが朗々と歌い始めた。

「あーいーにきたのーに　なぜでーてーあわぬー　ぼーくーのよぶこーえ　わすれーたーかー　あなたーのー　よぶこーえ　わすれーはせぬがー　でーるーに　でられーぬ　かごのーとーりー」

あわてて、歌詞をメモする。

「知ってるでしょ？」

首を振る。知らない。

「かーごーの　とりでーもー　ちえあーるーとりはー　ひーとーめしのんーで　あいにーくーるー」

何という歌だろう。帰国したら調べなければ。

「日本人が歌っていて覚えたよ。あとは、し〜な〜のよ〜る〜　し〜な〜のよ〜る〜よ〜」

李香蘭や渡辺はま子が歌った「支那の夜」だ！　まさか現代のサイパンでこの歌を聞くことになるとは。

「みーなとのあかりー　むらーさきーのよに……どうだったか……ああーああーわすられぬー　こきゅうのねー　し〜な〜のよ〜る〜　ゆ〜めのよる〜」

李香蘭主演の同題の映画でしばしば指摘されるのは、主人公の日本人男性の平手打ちによって李香蘭演じる抗日意識を抱く中国娘が男への愛に目覚めるというプロットに象徴される、プロパガンダ性だ。大東亜共栄圏という大義を掲げて、無謀な侵略の道を歩んだ大日本帝国。そこにはアジアへの愛があるのだ、という言説に知識人や宗教家なども含む多くの日本人が賛同し、軍部の独走を許したこと。南洋群島という地域も、侵略によって手にしたものではないにせよ、しっかりと大東亜共栄圏の一部として認識されていたこと。先住民のチャモロやカロリニアンにも日本語教育がなされ、日本の外地として存在していたことなどを考えると、今日本時代を恋しがるフランシスコさんが目の前で歌う「支那の夜」のどこか間の抜けたメロディが、不思議な色で響いた。それは安易な解釈を拒むような、複雑な音色に思えたが、それを聞いていると、ちょうどそう、支那とサイパン、大きな海を越えて、大東亜共栄圏の幻が一瞬立ち上ったような、そんな不思議な気分になった。

「中国人もいて飴屋なんか開いていた。バスもあった。新聞もあった。自転車乗ってる人もいたが、チャモロはあまり乗らない。牛の車。山に沖縄から来て畑している人が多いので沖縄語や歌も覚えた。朝鮮人もいた。チャラン・カノアは会社の偉い人がいて誰も行けない」

チャラン・カノアには製糖事業で発展した南洋興発があった。島民は出入禁止の場所となっていたようだ。「一等国民日本人、二等国民沖縄人、三等国民豚・カナカ・チャモロ、四等国民朝鮮人」という当時の替え歌を思い出す。

「四三年からは日本語使わなかった。戦争の時、山の防空壕で三十人くらいの日本兵と泊まった。日本人の隊長はスパイだった。薬も隊長からもらった」

「スパイというのは？」

「隊長はお前たち島民は怖がるな、アメリカは怖くない。アメリカが勝つ、と言った。それから日本の兵隊は、どうしても死ぬ、と言ってみんな死んだ」

アメリカが勝つ、当時そんなことを公言すれば確かにスパイ扱いされただろう。しかしその隊長は分かっていた。アメリカが「怖くない」ことを知っていた。おそらく、「スパイ」の隊長は自分たちが降伏してもアメリカは「怖くない」ことを知っていた。それでも部下と共に自害した。島民には怖がるなと言って死んだ。すごいことだ。まともなのかまともでないのか分からない。部下を説得して、自分たちの一団だけアメリカに降伏することもできたはずだ。それでも日本帝国軍人としての職務を全うするには「生きて虜囚の辱を受けず」を避けては通れない、そう考えたのだろうか。そうだとすれば改めて思う。東條さん、あんたはなんて罪深い一文を作ったんだろう。

「あ、これもあったね」

突然フランシスコさんの顔が輝き、この日三曲目の歌が始まった。

「とんとんとんからりと　となりぐみー　こうしをあければ　かおなじみ　まわしてちょうだい　かいらんばん　しらーせられたり　しらせたり」

えっ？　このメロディーは知ってる。ドリフの曲？　ドリフってそんな昔からあったのだっけ？　混乱する私に構わずフランシスコさんの歌はきっちり四番まで続いた。帰国してからネットで調べてみると、最初にフランシスコさんが歌った曲は「籠の鳥」[＊23]、ドリフの歌と同じメロディーは「隣組」[＊24]という歌であると分かった。ドリフが戦前の歌をぱっちり継承していたとは衝撃だった。しかも隣組である。昭和十五（一九四〇）年明文化されて、数世帯ごとに組織され、銃後を守るための配給制や思想統制に大きく貢献した。歌われていることは呑気でも、この組織が人々の相互監視に大きな役割を果たしたことは広く指摘されている。

さらに驚いたのは、ドリフの始まるずっと前、戦後まもない十九五〇年代から六〇年代にかけて人気を博した「お笑い三人組」というコメディ番組でも「隣組」の歌が主題歌に

＊23……大正十一（一九二二）年発表されて大ヒットとなったバイオリン弾き語りの街頭演歌師、鳥取春陽の作品。千野かほる作詞。二年後に同題で映画化されこれも大ヒットとなった。

＊24……昭和十五（一九四〇）年発表されたこの曲は作曲が飯田信夫、作詞がなんと漫画家の岡本一平だ。かの子の夫、太郎の父である。

1．とんとん　とんからりと　隣組
格子を開ければ　顔なじみ
廻して頂戴　回覧板

2. 知らせられたり　知らせたり
とんとん　とんからりと　隣組
あれこれ面倒　味噌醤油
ご飯の炊き方　垣根越し
教えられたり　教えたり

3. とんとん　とんからりと　隣組
地震や雷　火事泥棒
互いに役立つ　用心棒
助けられたり　助けたり

4. とんとん　とんからりと　隣組
何軒あろうと　一所帯
心は一つの　屋根の月
纏められたり　纏めたり

漫画においては社会や政治風刺の色あいが濃かったようだが、「隣組」の歌詞は毒にも薬にもならない感じで、彼の風刺精神は見られない。同様に昭和十八（一九四三）年「勝ち抜き太鼓」（中山晋平作曲）も「村は真っ先だよ日の丸積んだ　どどんと繰り出す勇馬　神代この方勝ち抜く国よ　戦争の矢玉は　引き受けた」という具合で、完全に時局に乗った作詞となっている。だから作詞家岡本一平がいいの悪いの、という議論はつまらない。重要なのは、多くの表現者が同じような形で自然と戦争を支持する仕事をこなしていったという事実、だろう。

サイパンの隣、マニャガハ島は「軍艦島」とも呼ばれた。いまでも、当時の砲台がそのまま残っている。

なっていたということだ。戦時の生活を象徴するメロディーが戦後、お笑い番組の中で採用され、私が思っていたように「ドリフのオープニング以外のなにものでもないはず！」と広く思われている戦後とはなんだろうか。単純に曲がいいから、色々使われるんだろう、小難しいことじゃない、そう言われればその通りかもしれない。でも私はやっぱりひっかかるのだ。自分たちはだまされていた、軍部が全部悪い、自分たちは無力な被害者にすぎなかった、そう決め込んで、かつて提灯行列や相互監視や密告によって銃後を、戦争体制を支えていた人たちが、戦後、まんざらでもない、と「民主主義」社会に溶け込んでいく。相反するはずのものへといつのまにか移動しているその気持ち悪さ。否定しようのない連続。そういう気持ち悪さを、隣組とドリフの連続に感じるのは、考えすぎというものだろうか。

フランシスコさんの口から次々立ち現れる、過去の物語とメロディーとそれが次々呼び起こすまとまらぬ思考とに、冷めやらぬ興奮を抑えつつ、時計をのぞくと飛行機の時間が近づいている。ツバ酒を買う時間があるだろうか。また近く来ますと約束し、Garapan Housing をあとにした。陽はちょうど南中しそうに高く、またこれから暑くなりそうなサイパンの午後を思った。東京もやっぱり晴れ、だろうか。

第4章　Vicent Sablan さん

冬のサイパンはどんなだろうか。五ヶ月前の夏、初めて降り立ったサイパンで、日本人観光客や昨今増えたと言われる韓国、中国からの観光客たちに交じって半分観光をしながらも、「南洋群島」時代の痕跡を探した。その過程で北マリアナ大学の図書館長や歴史保存局の歴史研究家に出会い、帰国日には老人ホームで、日本時代の公学校に通ったフランシスコさんの話を聞くことができた。いろんな人脈もできたところで、次回のサイパン行きは調査に没頭しようと思っていた。それもなるたけ早く。時は過ぎ、生き証人は次々死んでしまう。明治生まれの川島芳子について十年近く調べて関係者を探す中で自分が痛感したことだった。

平成十七（二〇〇五）年一月。十五時前、サイパン空港に到着してバスで移動、ホテルにチェックイン。とりあえず夕飯を調達しなくては。ジョーテン・ショッピングセンターという大きなスーパーに入ってうろうろしていると、AIKO'S DELI という惣菜屋を見つけ、ほっとする。いわしのグリルと、鶏と野菜の煮物とごはんを買ってホテルの部屋に戻る。

一月のサイパンは暑いという感じはなく、ひたすら過ごしやすい。ホテルの部屋もオーシャンビューで前回来た時より贅沢だ。安いパックの指定ホテルだったが、大分いい。一月中旬という、繁忙期をはずれた時期だからだろう。

サイパンには本屋が一軒しかないという情報はすでに得ていたが、前回は探しあてる時間がとれずに終わっていた。夕飯を食べ終えてガイドブックを眺めていると、ちょうどよく今回はホテルのすぐそばにその唯一の本屋「ベストセラー・ブックセンター」[*25]があることに気づく。店名から品揃えの悪さをなんとなく予感したものの、到着したお店に入って

＊25……平成二十七（二〇一五）年当時でも、公式な本屋はこの一軒だけだった。ただ、北マリアナ大学のわざわざ日本人留学生向けに作られた日本語ページには購買部の説明があり「書籍は、一般書籍よりも、辞書やペーパーバック、教科書が中心です。サイパン島には書店が多くないため、本好きな人には利用価値が高いようです」となっている。「書店が多くない」という表現なので、古本屋などさらに小さな書店は探せば見つかるのかもしれない。しかしこの購買部の説明も、読めば読むほど不思議で、「本好きな人には利用価値が高い」と言いながら、一般書籍はほとんど扱っていない様子。サイパンの読書環境は決して恵まれていないことが分かる。なお、図書館はこれもさほど大きくないものが一つ、メインストリート沿いにある。本屋が少ないせいなのか、日本の図書館よりは人がいる感じがしたが、これも島唯一の図書館にしては広さがないためかもしれない。

みるとその小ささに驚く。こんなところに欲しい本があるだろうか。日本統治時代やサイパン戦を経験したサイパンの人の自叙伝のようなものがあれば是非入手したいと思っていた私は、あまり期待もせずに、しかし一応じっくりと店の棚を眺め始めた。一通り店内をぐるりと回ってやはりダメか、と帰ろうとした時、ふとレジ前のスペースに平積みになっている本の題名が目に入った。"We Drank Our Tears"。ジャングルの洞穴に不安そうにひそむ五人の現地人の絵が表紙になっている、分厚くて大きなその本を手に取ると"Memories of the Battles for Saipan and Tinian as Told by Our Elders"（「お年寄りの語るサイパン戦、テニアン戦の記憶」）という副題がついている。ぱらぱらとめくると沢山のお年寄りが孫に語るという形式でそれぞれの経験が記されている。自身と孫の写真、それから孫が祖父母から話を聞いて描いた絵もそれぞれのページに添えられている。迷うことなくレジに進んで購入しホテルの部屋へ戻ると電子辞書でぽちぽち調べながら、夜中一時半まで半分ほど読む。読み進めていくと、それぞれの思いは本当に様々だった。父親を日本兵に殺された人、一緒に洞窟に隠れていた日本人がアメリカ兵の投降の呼びかけに応じず、そのまま手榴弾で殺されるのを目の当たりにした人、日本兵に住む家を追われたが、その中の一人の日本兵にアメリカが勝つ、とこっそりもらされた人、日本人教師の体罰で二人の公学校の生徒が殺されるのを目にした人、兄が日本のために働いて結局賃金をもらえなかった、という人、日本人のもとで働いて服の作り方を学んだ、という人。

思わず目を止めたのは、エスコラスティカさん、七十四歳、チャモロのおばあさんの言葉。「戦争前はサイパンは平和だった。状況が変わると日本人は現地人を奴隷のように扱い始めた。人の家から彼らの欲しいものを奪い、それに反対すれば脅された。現地人はサイパン戦ですべてを失った。アメリカ人がそこから救ってくれ、よりよい生活の再建を手伝ってくれた」。サイパン戦。それは日本とアメリカとの戦い。作戦がどうだった、日本側、アメリカ側の負傷者数がどうだった、といった情報は日本でも簡単に調べられる。そこではまるでいなかったかのように言及されないが、現地人チャモロとカロリニアンも傷つき、あるいは亡くなり、多くを奪われた。エスコラスティカさんの証言は日本にいてはなかなか聞こえてこない、声なき人の声だった。彼女の意見は「日本時代はよかった」と回顧してアメリカによる戦後を否定するフランシスコさんのそれとは明らかに違った。どちらがどうというのではなくて、違う、ということに、胸が震える思いがした。「南洋群島は親日的」。日本に溢れていた大雑把であまりにも一面的な物言いが、やはり現地では通用しないのではないか。人の数だけ思いがある。その思いも決して一つの原色ではなく、一言では表現できない繊細な色合いだったりするのだ。改めて、もっと沢山の人に話を聞かなくては、と思う。明日は前回知己を得た歴史保存局のジェネビブに電話してみよう。もしかしたら彼女が言っていた、少年時代来日したというブランコさんにも会えるかもしれない。寝る前にふと南十字星でも見えるかと思い出しベランダに出て空を仰ぐと、星は少なく、東のほうに変な形のオリオンが浮かんでいた。空は曇りがちでそれもすぐに見えなくなった。

翌朝ジェネビブに電話すると、明日には会えるとのことだったので、この日はGarapan Housingを再訪することにする。今回のホテルからは少し遠かったが、ホテルからギャラリアという免税店まで五分ほどの距離を無料タクシーが出ているので利用することにした。そこからGarapan Housingまではそう遠くない。タクシーに乗り込むと、運転席にはおばあさん。一瞬大丈夫かなと思うが、話しているとまだまだ元気そうではある。私が日本からと分かると突然おばあさんが言った。

「日本語はまだ喋れる」

「あ……公学校に通われていたんですか」

「五年通ったよ。日本の先生は厳しかったけど、全部自分のためになっている」

おばあさんは公学校で厳しく身につけさせられた日本式の教育に感謝しているようだった。もっと話が聞きたい。でも目的地のギャラリアはもうすぐそこだ。

「あの、日本時代のことに興味があって調べているんですが、お名前を伺ってもいいですか？」

「フェリサ。これが番号」

そういうと携帯電話の番号を書いたメモを渡してくれた。おそらく七十歳前だろう。シワの寄って日に焼けた手からメモを受け取る。仕事で忙しそうではあるが、帰国までに何らかの話は聞けるかもしれない。

思いがけない出会いをあとにして、歩いて五分ほどの Garapan Housing を目指す。五ヶ月前にも見かけた覚えのあるお年寄りがテラスに三、四人いる。いつものように、日本語を話せる人を、と話しかけるとその中の一人が職員の男性に日本時代を知る人を紹介するよう話をつけてくれた。その職員が連れてきてくれたのは、前回のフランシスコさんほどではないが、やはり恰幅のいい、好々爺然としたおじいさんだった。Vicent Sablan さん、大正五（一九一六）年生まれ、八十八歳。とてもそんな歳には見えない。例によってノートに名前を書いてもらう。

「目が悪いからな。ひらがなも書けるが、カタカナのが」

ノートを見直すと「ビセンテ・サブラン」とはっきり書かれている。

「大正五年八月十二日ね、辰年。ドラゴンね。おたくはどこから？」

「東京の杉並です」

「あんま聞かないな。銀座はあれだが」

住所の載っている名刺を渡してみる。

「寺の尾っぽ」

ビセンテさんが愉快そうににこっと笑う。

「少ないね、さほどというのは」

日本語がとにかく綺麗だった。名前への反応もまるで日本人のネイティブみたいだ。飛び抜けて優秀だった人なんだろうか。

「僕は日本時代の学校の時流行った『村の男』[*26]というのとても好きだった。僕はいつもみんなに聞かせるんだ」

ビセンテさんがポケットから取り出したのは折りたたまれた紙切れとハーモニカだった。ハーモニカで低いドから高いドまでいっておりてくる。ドレミファソラシドドシラソファミレド。優しく、でもはっきりとしたハーモニカの高い音は、平和なGarapan Housingの午後をいくらか劇的に彩ったので、何人か振り向いたお年寄りと目があった。音出しのウォーミングアップを終えたビセンテさんはハーモニカで前奏を吹き始め、「村の男」を十番まで歌いきった。なんという記憶力。

＊26……帰国後調べてみるとエノケンが歌ったことで有名な曲「洒落男」であることが分かった。作詞作曲は一八八〇年代生まれの二人のアメリカ人Lew KleinとFrank Crumitというシンガーソングライターで原題は「A Gay Caballero」、スペイン語で「陽気な紳士」という意味だが、原曲の歌詞ではこの「Caballero」がリオ出身となっている。だがブラジルならポルトガル語のはずだ。知人に聞いてみるとポルトガル語になると綴りも読み方も違ってくるらしい。Crumitがブラジルはスペイン語と勘違いしたのだろうか。悩んでいると、知人から「英語に

入ってるスペイン語じゃない？」との指摘。調べてみると、アメリカにスペイン語が入ったと思われるのは、一九二〇年代の移民法成立以後だ。これは移民を規制するものだったが、メキシコ系移民は免除されていたため、二〇年代に入ってアメリカへのメキシコ系移民が急増したという。この曲の成立年はきちんと特定できなかったが、どうやら二五年前後であるようで、とすると、「Caballero」という単語はメキシコ系移民たちが増えたことによって急に聞かれるようになった、耳新しい単語だったのかもしれない。それを「リオ出身」としてしまったというのは、メキシコもブラジルも同じようなイメージだから、ではないだろうか。例えば日本人が「タイとベトナムってどこが違うの？　料理もよく似てるよね」というレベルの無知、無関心に似たような心性をこの「Caballero」の使い方にも感じてしまう。それがいい悪いという話ではなく、当時のアメリカの聴衆がこれを聴いた時に受けとった「Caballero」像、田舎者で陽気で滑稽な外国人像というのは、リオ出身ブラジル人ではなく、身近に増えていたメキシコ人のイメージだったのではないか、という気がするのだ。イメージというのは古今東西を問わずいつだっていい加減で無責任なものだ。訳詞は坂井透で、この人は昭和初期に誕生したカレッジ・ジャズバンドの一つ、慶應義塾大学の「レッド・アンド・ブルー」のバンジョー奏者だという。ほぼ忠実な対訳だが、「リオ出身」というところは、ただの「東京は銀座へと来た」と日本人の田舎者として描くにとどめており、原曲の「Caballero」がいくら楽しく陽気な人物であっても、リオ出身という意味で、これを聴くアメリカ人にとってはどこまでも「他者」であるのに対し、日本語詩では田舎者の日本人という設定になったことで、聴衆の多数が自分をそこに投影できてしまう、という構造になっており、他者性が大きく薄れている点が、結果的に全く違っていて面白い。もともとはエノケンとも共に活動していた二村定一が昭和五（一

「まだあるからね、これを」

そう言ってもらった紙切れを開いてみると、そこには今ビセンテさんが歌った曲の歌詞が十番まで書かれていた。

俺は村中で一番 モボだといわれた男 うぬぼれのぼせて得意顔 東京は銀座へと来た そもそもその時のスタイル 青シャツに真っ赤なネクタイ 山高シャッポにロイド眼鏡 ダブダブなセーラーのズボン 我輩の見初めた彼女 黒い眸でボッブヘアー 背が低くて肉体美 おまけに足までが太い
（中略）
おおいとしの者よ 俺の体はふるえる お前とならばどこまでも 死んでも離れはせぬ 夢かうつつかその時 飛びこんだ女の亭主 物も言わずに拳固の嵐 なぐられた 我輩は気絶 財布も時計もとられ だいじな女はいない こわいところは 東京の銀座 泣くに泣かれぬモボ

男の一人語りの形式から展開していくユーモラスな歌詞。「銀座」と比べればのどかな田舎だっただろう「杉並」はもちろん出てこない。

「僕は日本の歌好きだからね。『愛国の花』[*27]、『シンセンだより』、島民（先住民）にもでき

九三〇）年発表したものだが、その直後に訳者の坂井も「村のしゃれ男」としてレコードを出している。ビセンテさんが「村の男」と題名を記憶していたところをみると、坂井盤を聞いたのだろうか。YouTube でエノケン、二村、坂井の「洒落男」が聞き比べられるが、癖のあるエノケンと飄々とした二村、素人臭くもインパクトのある声の坂井とそれぞれの持ち味が楽しめる。帰国後しばらくしてから、面白い二人組のライブを見た。片方は小さい人で片方は大きい人だった。彼らは「洒落男」を歌っていた。その後縁あって二人のうち小さいほうのバロン中沢さんにはその後レコーディングに参加してもらったり、ライブでご一緒する機会があって「洒落男」も共演した。ビセンテさんの歌声をサイパンで聴いてから五年目にしてこの曲を歌った。あの時すでに高齢だったビセンテさん、生きていて欲しいと思う。

＊27……「シンセンだより」は聞き間違えかもしれず、うまく調べられなかった。以下ビセンテさんが歌ってくれた歌の詳細である。

・「愛国の花」作詞：福田正夫　作曲：古関裕而　歌：渡辺はま子

真白き富士のけだかさを　こころの強い楯として　御国につくす女等は　輝やく御代の山ざくら　地に咲き匂ふ　国の花

昭和十三（一九三八）年発表のこの歌は、銃後を守る女性を歌っている。渡辺はま子の声は今聴くと心地良いというよりも、よく声は出ているが、気張った感じがする。それも銃後の「欲しがりません勝つまでは」的な精神主義の空気にマッチしていたのかもしれない。作詞の福田はその第一詩集の『農民の言葉』という題名からも窺えるように、「民衆詩人」として知られる。作曲の古関は山田耕筰にその才能を見出され、軍歌も多く残した。戦後も応援歌や映画音楽を手がけるなど平成元（一九八九）年に亡くなるまで幅広く活躍した。「モスラ」や森

1930年代のコロール市街
（『南洋群島写真帖』より）

たんだ、その歌ね」

順繰りに歌ってくれるがどれも知らない。それでもよほど歌が好きなようでビセンテさんの歌はまだ続く。「九段の母」「金剛石」「ソントクニノミヤ（二宮金次郎）」。

「教会へは毎日曜行くが、最近では体の調子で行けないこともある」、というのが年齢を聞かなければ俄《にわか》には信じられないくらい、朗らかで元気なおじいちゃんだ。

「父はドイツ時代ドイツの兵隊に入っていた。日本は陸海軍分かれているが、ドイツは一緒だった。父はサイパン生まれだが、仕事でパラオへ行った。[*28] サイパンからパラオへ行ったのは五家族しかなかった。サブラン、あとカブレラとか。パラオの公学校は本科三年しかなかったので、そのあと補習科があったが、僕は卒業してすぐ会社で仕事した。補習科は二年、そこをすませて木工二年[*29]があった光子が平成二十一（二〇〇九）年まで四十八年間出演したことで知られる「放浪記」の音楽もこの人だという。

・「九段の母」作詞：石松秋二　作曲：能代八郎　歌：塩まさる

1．上野駅から　九段まで　勝手知らない　焦れったさ　杖を頼りに　一日がかり　倅来たぞや　逢いに　来た

2．空を衝くよな　大鳥居　斯んな立派な　御社に　神と祀られ　勿体なさよ　母は泣けます　嬉しさに

戦死して靖国に祀られた息子を拝みに上京した母親の心情を歌ったものだが、表向きはともかくとして、本当に息子を亡くしてなお、こんな「愛国婦人会」的な心情の母親はいただろうか。実際に戦争で息子を亡くした母親は白々しさと怒りをもって聴いた人のほうが多かったのではないか。それでも大ヒットした作品だというから、息子を亡くした母親に表向きにでも慰めを与え、それが支持されたということなのだろうか。あるいはこの美談めいた歌詞が、息子を亡くしていなくても、愛国心溢れる人々にとっては「泣ける」というレベルで支持されたのか、いまいち分からない。作詞の石松は終戦時満州で暮らしていたらしく、ソ連軍に殺害されたという。作曲の能代は「九段の父」という曲も作っているが、こちらは大高ひさを作詞で、亡き戦友の父をしょって九段へ行く、という設定。こちらは軍国的というよりはただただ切なさの伝わる歌詞だ。

・「金剛石」作詞：昭憲皇太后　作曲：奥好義

金剛石もみかかすは　珠のひかりはそはざらむ　人もまなひてのちにこそ　まことの徳はあらはるれ　時計のはりのたえまなく　めぐるかごとく時のまの　日かけをしみてはけみ

が。全部で七年しかなかった。兄弟は十七人いる。アメリカ海軍とはサイパンで仕事した。[*30]アメリカがサイパン入ってきた時はパラオのアンガウルから移って南洋アルミニウムのあるガラスマオに移った。アルミニウムの砂があるのでそこで仕事した。そこで戦争終わった。その時アンガウルに姉さんがいたので、僕らのファミリーは僕を連れてアンガウルに行って、そこに一年いて、それから一九四六年にサイパンに来た。サイパンの人はみなサイパンに戻るよう命令があったので」

ビセンテさんのすぐ下の弟マニュエルさんは、船乗りの仕事をしていたが、一時ガラスマオで働いていたビセンテさんを頼ってやはり南洋アルミニウムの下で一緒に働いている。マニュエルさんは戦後船乗りの仕事に戻り、アナタハンの比嘉和子[*31]を救出する船の操縦もしたという珍しい経歴の持ち主だ。

「(パラオの)公学校は八歳で入った。島民は八歳でないと。日本人は七歳から。校長先生は大橋先生。その奥さんの大橋菊先生。子どもは一年生十人から十五人くらい。二年生には掛け算割り算を知らなきゃ先生が怒る。二一が二、二二んが四……」

南洋群島では公学校は大正十一(一九二二)年に設置されているからビセンテさんはその二年後から通っている。といっても日本の南洋における島民教育の始まりは八年前に遡る。そもそも第一次大戦の起こった大正三(一九一四)年、日本は早々にドイツから南洋群島を奪っており、初年から試験的に島民教育と「調査」が始まった。この占領初期は主

なは　いかなるわさかならさらむ

作詞は明治天皇の皇后、作曲は宮内省の楽人だった奥だ。明治二十（一八八七）年女子学習院に贈られた曲というだけあって、詩はいかにも上からの訓示めいて面白くないが、作曲がなかなか洒落ている。奥という人は一八五八（安政五）年生まれ、宮内省で雅楽の演奏をしていたが、西洋音楽の素養もあったらしく、メロディーに対してつけている和音の響きがモダンで、決して覚えやすい展開にはなっていないが、ちょっとシューマンを聴いているような気分にも、讃美歌を聴いているような気分にもなる。こんな曲を安政生まれの楽人が作ったというから不思議である。ちなみに奥は「君が代」の旋律を拾ったことでも知られているようで、私は以前から「君が代」の響きが感動的なのはドイツ人編曲家がつけた和音が素晴らしいからだと考えていたのだが、奥の功績も小さくないのかもしれない、と考えを改めた。「君が代」の原型というのは、高校の音楽の授業で聴く機会があったが、西洋の譜にはできないような、曖昧な音で、しかも聞いたあとメロディーらしいメロディーも頭に残らないものだったので、そのことがかえって強烈に印象に残った。あの混沌とした音の中から、現在の「君が代」のメロディーを拾い上げたのはやはり西洋音楽と雅楽双方の素養のある奥であったからできた仕事だったのかもしれない。

・「二宮金次郎」文部省唱歌

柴刈り縄なひ草鞋をつくり　親の手を助け弟を世話し　兄弟仲よく孝行つくす　手本は二宮金次郎

明治四十四（一九一一）年発表。文部省唱歌は作詞者、作曲者両方が併記されているもの、片方だけのもの、全く表記がないものなど表示が一貫しないのだが、この曲も誰が作詞作曲に

に軍人が教壇に立ったという。この「調査」の結果、翌年発布された規則では、ドイツ時代は七歳からだった島民教育が八歳からとされた。[*32]

「公学校三年のあと補習科が二年間あったが、兄さんが優秀で行った。でも食い物から洗濯から自分でやらなきゃならないから辛くて、父さんが私は行かせないと言った」

パラオにはコロール、マルキョク、ガラルド、ペリリュー、アンガウルと五つの公学校があったが、その中で補習科も併設されているのは首都のコロール小学校だけだった。ビセンテさんのお父さんはアンガウルの燐鉱で働いていたからビセンテさんたちはアンガウルの公学校に通っており、お兄さんはコロールの補習科に通うにあたって、一人での生活が始まったのだろう。お父さんは行かせたくなかったようだが、ビセンテさんは補習科に行ける学力も意欲もあったのかもしれない。

「タバコはみんな吸っていたが、公学校の一年生の時、（先生が）ニコチンが脳みそにきて詰まっちゃうから気をつけなさいと言ったので、それを本当と思ってタバコは吸わない。運動会もあった。俺速いほうだよ。天中節[*33]にあった。（その時食べる）餅が好きで、中にあずきが入ったやつ。大橋先生（に）はものさしでたたかれる。そうすると病気が治る。先生はでもかわいがってくれる。菊先生は特に良かった、みんな子どものようにね。島民の先生は村長の息子。子どもたちの分からない言葉を訳す。日本語で僕らの分からないところを教える。算術、修身、音楽。音楽では『君が代』と『荒城の月』とか。俺歌好きだ関わったのかは謎だ。文部省唱歌の選定委員会のようなところで、いろんな作曲家がいじった末できた曲だったりするのかもしれない。

＊28……ビセンテさんの弟マニュエル・サブラン氏によると、父親はドイツ時代からアンガウルの燐鉱で働いていたという（M・サブラン「帝国海軍軍属『南鉄太郎』」『太平洋学会誌』第五十二号、一九九一年十月）。日本統治移行後は南洋庁の管理下で引き続き働いていたのだろう。

＊29……大正十五（一九二六）年パラオのコロールに設立された南洋群島木工徒弟養成所（通称：木工学校）。公学校の成績が良いものは補習科、さらに狭き門ではあったが、男子にはその後の木工学校への道が開かれていた。木工学校は平たくいえば大工の養成所で、卒業生たちは戦時中は軍属の仕事を受けたり、戦後も大工として、地元で活躍している。卒業生の一人でサイパン出身のホセイ・トデラ氏は戦後グアムで大工を続けたが、「グアムのチャモロが、やっぱりサイパンの大工さんはとても優れているといっていました。何故かというと、サイパンから行った人は、みんな日本の学校（パラオの木工徒弟養成所）を卒業した人だったから、仕事が優れていて、やっぱり早かったです。みんなびっくりしたんです」と語っている（「私は日本の技術で名大工になった」『太平洋学会誌』第五十三号、一九九二年一月）。

＊30……昭和十三（一九三八）年三井鉱山と南洋拓殖が設立。ガラスマオやアルマテンで飛行機製造に欠かせないアルミニウムの原料ボーキサイトの採掘が進められた。

＊31……昭和二十（一九四五）年から同二十五（五〇）年にかけてアナタハン島に漂着した日本人男性たちと比嘉和子という女性一人の共同生活が、やがて和子をめぐって男同士の殺人事件へと発展し、俗にアナタハンの女王事件と言われる。平成二十（二〇〇八）年発表の、この事件を下敷きにした小説、桐野夏生『東京島』（新潮社）でも再び注目された。

パラオの南洋神社

った。体操は毎日する。神社は参拝するが、十五分か二十分くらい坂があるので、一週間に一回くらい学校のある日に先生が連れて行ってくれる。十人くらいで行く。特に唱えたりはしない、手を叩いて、お参りする。子どもだからいたずらみたいなもんだ」

　アンガウル神社は坂の上に建てられていたようだ。大正六（一九一七）年、南洋群島内の神社としては二番目に建立された。燐を産する場所の特性から、沢山の燐が出るように、無事故無災害で、といった祈願を掛ける意味で早々に作られたのだろうか。南洋庁の首都コロールに南洋神社[*34]ができるのが、意外にも昭和十五（一九四〇）年という遅い時期であるのと比べると対照的だ。サイパン公学校のフランシスコさんは、毎朝五時に彩帆《サイパン》神社まで走って参拝してから学校に通っていたと言っていたが、昭和十六（一九四一）年に通ったフ

＊32……ドイツ時代はドイツ語を島民に教えつつも、島民の民族性を尊重し、第三学年まではチャモロとカロリニアンを分けての母国語での授業を行った。また宗教の授業はよく理解させるために引き続き彼らの母国語で行ったというから、先住民を「島民」とまとめて区別せず、母国語の使用を厳しく禁じて日本語を強いた日本のやり方との違いが明白になっている。ただし、ドイツは統治のはじめから島民教育を宣教師による教育に任せてきた経緯があり、国をあげての島民教育をしようと動き出したのは、もはや統治末期になってからであった。そのため官立の島民学校は南洋群島の中で数校置かれていただけで、パラオにも日本統治まで学校は存在しなかった。島民の進路として高等教育が考えられなかった点では日本もドイツも同じであったが、ドイツは優秀な島民生徒に関しては青島に留学させていたという（高岡熊雄『ドイツ内南洋統治史論』日本学術振興会、一九五四年）から興味深い。宗主国と植民地間だけでなく、遠く離れた植民地と植民地間でも人的な交流や移動があったことに改めて気づかされる。

＊33……天中節は端午の節句のことでビセンテさんのいう餅は柏餅だろう。

＊34……昭和十五（一九四〇）年、南洋群島の中心としてパラオの首都コロールに建立されたが、昭和十九（一九四四）年にはパラオ空襲を受け、ジャングルの中に御神体を遷座させている。この混乱までの束の間にあたる昭和十六（一九四一）年七月、中島敦が南洋庁の役人として赴任、この年の大晦日に「土俗学者H氏（彫刻家土方久功）」と「島民女」マリヤンと一緒に南洋神社に詣でている。初詣の一年後中島は東京で病没しており、南洋神社のほうは遷座の翌年はもう敗戦で、アメリカの了承を得て奉焼されたという。ともに短く定められた二つの運命が交差した昭和十六（一九四一）年の大晦日のパラオの夜を改めて想像する。時代のきな臭さと、自らの病と、南洋の刺激と、島民のための日本語教科書を作るという役人仕事のアホらしさと、

ランシスコさんと違って、まだ公学校の教育ものんびりしていたのか、ビセンテさんはそうした指導はされなかったようだ。

「農業は週に一時間くらいやる。大橋先生が教えてくれた。その後に大橋先生の代わりに歌の好きな先生が来て歌ばっかり。先生が話して（歌って？）くれた。これは日本人の友達が教えてくれた」

そう言うとビセンテさんの口から桃太郎の話が始まった。なにやら講談調で時折歌も交じっていて面白い。

「相撲、野球、テニスはやったが剣道はやってない。テニスはゴムのボールで空気を入れてやった。日本の店は山田、吉田、万富。万富は合資して作ってある。食べ物とか色々。『キング』を買いに行っていた。毎年本が変わる。食べ物、服、これはお母さんがシンガーミシンがあって縫ってくれるので日本から来た反物買って来てね。昔（日本統治前？）は絹はないから草の葉っぱで作ってヤップ（の人が着ているやつ）みたいなのだが。ヤップは今でもそういうのいるか」

雑誌『キング』[*35]は大正十四（一九二五）年創刊の国民的大衆雑誌だ。ビセンテさんが公学校二年の時の創刊になる。「社長から丁稚まで」読んでいたと言われるほど国内で広範な読者を獲得したこの雑誌は、ブラジルや中国大陸にも輸出され異郷の日本人にも読まれていたが、朝鮮、満州など植民地において日本語を獲得した人々にも読まれていた。戦時色が濃くなると「大衆の良き日本人化＝国民化」という方針を明確に打ち出し、国内の総力戦体制を支えた「キング」だが、そうした「良き日本人たらん」というメッセージは海を越えて「皇国民教育」を受けた植民地住民においても十分に、いや場合によっては内地の日本人以上に浸透した可能性があるだろう。

「同級生にチャモロは少なかった。五家族だったから。一番多かったのはトラック（島出身）が多かった。日本時代から四万人くらいいたか。トラック、ヤップ、チャモロの三つくらい。朝鮮の人はいじめられてはいなかった。差別はなかった。[*36] アメリカのような奴隷島民たちと。晩年の南洋での中島がそうした出会いや日常から紡ぎ出した傑作の一つが「マリヤン」であるように思う。なお平成九（一九九七）年、右翼団体清流社が神社跡地に小さな社殿を再建しているという。

＊35……メディア史に詳しい佐藤卓己は、総ルビの徹底やイラストを多用した「キング」は、それまで本を読めなかった層をも刺激した例として、教育を受けていない母親に「キング」の読み聞かせをしていたところ、今では自ら仮名を追って読み、自分と手紙でやりとりできるまでになった、という当時の読者の投書を紹介して、識字能力の低い層をも意識し、徐々にそのレベルを引き上げていく、という「キング」の編集の方向性を指摘している（『キングの時代国民大衆雑誌の公共性』岩波書店、二〇〇二年）。その意味で言えば、日本語を習いたての植民地の人々にとって、楽しみながら日本語に親しめる「キング」は教科書と違って、まさに一石二鳥の読み物だったに違いない。

はなかった。人間は人間」

「アメリカのような奴隷はなかった」。ビセンテさんの言葉に一瞬なんのことか戸惑った。サイパンにとっての戦後はアメリカ支配の戦後だけれど、奴隷……？　次の瞬間、アメリカが十九世紀まで、四世紀近くの間アフリカから運んでいた黒人奴隷のことを指しているのだ、と気づく。日本人の私が今アメリカ、と聞いても、あるいはアメリカ人と遭遇しても、かつて奴隷をこきつかっていた国だ、とかそういう非道なことをした国の人間だ、ということはほとんど思いつかない。けれどそれはたぶん、植民地となったことのない国に育った人間の感覚なのだ。十六世紀から二十世紀までスペイン、ドイツ、日本と、異なる支配者を次々迎えてきた南洋群島の人々にとって、支配者がどんなことをしてきた人間なのか、自分たちに対して何をするのか、というのは自らの幸不幸、場合によっては生死に関わる大きな問題に違いなかった。日本の敗戦によって、南洋群島が国連の太平洋諸島信託統治領という形で、アメリカの支配下に置かれることになった時、ビセンテさんはアメリカ人に奴隷にされやしないか、と身構えたのかもしれない。

「二十二の時に日本の愛知県の名古屋に行った。僕の姉さんが土山キサクという長崎の人と一緒になって、名古屋に（当時土山さんの）子どもがいるが、俺がついて行った。土山さんはもともと奥さんも子どもも二人大きくなっていたが、奥さんが死んだので（僕の）姉さんと結婚した。刑事が来て南洋から来ていると事情を話すと、どうするつもりか、と言う。南洋から来た島民は長くいられないと聞くが、と言ったら、そんな馬鹿なことはない、留まりたいならいればいい、と言われる。それで旋盤工になって大成製作所の町工場で働いた。当時職人が三千人もいた。炭鉱、第一工場、第二工場とある。名古屋にある」

ビセンテさんの流暢な日本語の理由がここにあったのだ。なんとビセンテさんは昭和十三（一九三八）年名古屋に来日していた。

「土山さんと姉さんは子ども二人。今（子どもは）二人ともアメリカにいる。お母さん（お姉さん）はこっちにいるが、今九十五歳。土山というのはシャベルの機械を持ってきて組み立てるという仕事でパラオに来ていて、済んだら日本に帰る人だったが、その時姉さんと知り合った。土山さんの会社は分からないが、それをガラスマオの南洋アルミニウムに渡しに来た。会社は大きかった。でも空襲がひどくなって仕事ができなくなったが。ボーキサイトっていうのはガラスマオにしかない。当時姉さんは仕事はしていなかった。三千トンの近江丸に乗って三日かけて三人で土山さんの会社がある名古屋へ行った。名古屋にカトリック教会もあったが。僕らのお母さんも土山さんがカトリックだからいいだろ

＊36……ビセンテさんのお父さんが働いていた南洋庁のアンガウルの燐鉱にしても、島民は内地人の五分の一の賃金で働かされるなど、賃金体系上明らかに差別は存在した。労働力としては奴隷的な位置づけとも言える。それでもビセンテさんの目から見て、その扱いや一対一の関係性は人間的であった、ということなのだろう。

うと。長崎（出身）だからカトリック。[*37]土山さん、姉さんは名古屋で暮らしていたが、昭和十四（一九三九）年土山さんが脳溢血になって亡くなったので、姉さんが（パラオに）戻ってきた」

土山さんとお姉さんの子どもが二人ともアメリカにいるのは、日本での生活期間がほとんどなくパラオで育ったためだろう。南洋群島は戦後アメリカ支配に置かれたので、より高度な学問や有利な職を求めて多くの若者が島を出て、アメリカへ留学したり、就職したりしている。

「日本には三年いた。最初の冬は辛かった。工場だろ。鉄も冷たいし、よく火を焚いているところに行っていると工場長が来て〝こらなにやってる〟〝ごめんなさい、サイパンから来て冬は辛い〟と言うと笑ってね。二十五歳くらいまで名古屋の大成製作所にいた。熱田の。熱田神社がある。何年か働くと休暇があって、岐阜県まで行った。犬山を見た。土がとても高い」

犬山は愛知と岐阜にまたがっており、信長の叔父信康によって建てられた犬山城がある。土がとても高い、というのは面白いが、日本の城のように高いところに土を盛って建てられた建築物というものをサイパンやパラオで見たことがなかったビセンテさんの素朴な感想なのかもしれない。

「名古屋のしゃちほこ。アメリカの人が（こんな歌を）作ったんだよ。東京の娘さん、東京の娘さんいかがです。銀座の、すこぶる冷たい。今度は横浜の娘さん何見て泣くの、船見て泣くの。名古屋の娘さん、食べることならない金のしゃちほこってね。[*38] あの当時は削岩機というのか、ダイナマイト入れてそれで満州へ送った。それでその削岩機をつくっていた。山田平三が僕らの社長。大成にいた時はラジオがあった。ラジオでエノケンを知っ

＊37……長崎に教会が多いのは知っていた。しかし長崎、出島、オランダという詰め込み世界史的な貧弱な発想から、あれ、オランダはプロテスタントでは、と一瞬思うも、そもそも海外布教に熱心だったのは旧教カトリックであったことを思い出す。十六世紀、最初に長崎に布教に訪れたのは、あのフランシスコ・ザビエルだそうだ。ザビエルが日本で布教活動したことは教科書に載っていたが、それが長崎に沢山残る教会と結びつかずにいた。ザビエルの足跡が今日まできちんと残っているのだ。幾多のキリシタン弾圧や、ドレミがイロハに直されるような極端な国粋主義の戦争の時代を経て、である。そう思うと見たこともない長崎の教会に感慨も湧いてくる。人の信仰の強さというものに思いを馳せてみたくなる。長崎の小中学校は地域学習で多少詳しく学ぶのだろうけど、長崎じゃなくて、他の地域の学校でもそういうことを感じられるような授業があったら素敵なのに、と思う。

＊38……帰国後も誰のなんと言う歌か分からずにいたが、平成二十四（二〇一二）年十月に麻布でふちがみとふなとのお二人とツーマンライブをした際、彼らがこの歌を歌っており、仰天した。日本語で歌う戦前のアメリカ人歌手バートン・クレーンの「ニッポン娘さん」だった。バートンはジャーナリストとして東京に派遣された特派員だったが、現在はエノケンらと共にコミックソングを多く残した歌手として名が知られている。

た。新聞は朝日があったたな。提灯行列は日本で見た。満州南京陥落でね。パラオに戻ったのは昭和十六（一九四一）年くらいか」[*39]

大成製作所について、会社のあった名古屋市の中央図書館に問い合わせて調べてもらうと、昭和十九（一九四四）年には確かにあったが、昭和二十三（一九四八）年にはなくなっている、ということしか分からなかった。戦後マッカーサーがまずしたことは軍隊の解体、戦犯の逮捕、連合国側に不利な報道の規制、そして軍需産業の解体だったというから、ダイナマイト入り削岩機を作って満州に送っていた大成製作所も解体を命じられたのかもしれない。そのあと広尾の都立中央図書館で戦前の新聞記事の検索をすると、昭和十四（一九三九）年六月十七日の朝日新聞に大成製作所[*40]の記事を見つけることができた。記事は大成製作所が、社員と工員の両親、子どもにも毎月の手当を出す、と決めたという内容で、「両親、子供にも手當支給　親心滿點！　この待遇改善」と題がついている。この記事から大成製作所の本社が名古屋市熱田ではなく名古屋市昭和区瑞穂町花目にあったこと、社員が七百人であることなども分かった。花目というのは今も花目町として残っていて、名鉄名古屋本線の堀田駅周辺だ。熱田神宮までは一キロちょっとという近さなので会社は熱田、といってもおかしくはない。社員が七百人というのはそれ以外の工員を入れていない数字なのだろう。いずれにせよ、戦時色の濃くなっていくこの時期にこれだけ太っ腹な方針を打ち出したところに、削岩機製造企業の好調ぶりを見ることができるし、同時に社長の人柄によるのだろうか、ビセンテさんと工場長とのほほえましいやりとりにも見られるような、社風の良さを垣間見ることもできる気がする。

「(パラオに)帰ってから戦争が勃発した。パラオに戻ってからはガラスマオのアルミニウム会社。僕の奥さんはガラスマオの女だった。昭和五十二(一九七七)年に亡くなったが。僕の妹が会社で電話交換手をしていて、妻も一緒に仕事していた。妹の友達だった。一緒になった時は若かった。あいつが十六で、僕が二十八。子どもは十五人。男は三人し

＊39……ビセンテさんの記憶では日本滞在は二十二歳から二十五歳くらいまで、なのだが、そうなると昭和十三(一九三八)年から昭和十六(一九四一)年ということになる。ただ南京陥落の提灯行列は昭和十二(一九三七)年だし、実際は二十歳から二十三歳くらいまでの三年間だったのかもしれない。ここでビセンテさんが「満州南京陥落」と言っている真意は定かではない。南京を満州国の一部と誤解した発言だろうか。南京には後に日本の傀儡とも言われた汪兆銘による南京国民政府が成立はするが、終戦まで変わらず中華民国の一部であった。

＊40……後日、もう少し手がかりはないかと再び名古屋市の中央図書館に電話をかけたところ、ラッキーなことに今回はその時とは違う資料を提示してもらえたのだった。担当者が違うと出てくる資料も違う。一度資料がないと言われても、再度電話をかけてみる価値があるようだ。新資料『名古屋工場要覧　昭和十二年版』によって、大成製作所の創立が昭和三年であること、東京の銀座と九州の飯塚市にも出張所を持っていたこと、削岩機のみならず削岩用ののみを削ぐシャープナーなどの附属品も製造したことなどがさらに分かった。

アンガウルの燐鉱
（『南洋群島写真帖』より）

かいねんだ。女十二人。男なら兵隊に、女なら看護婦にって歌があるが、僕の子どもはなってない。（日本からは）帰りたくなかったが、母が（電報で）病気だというふうに言って、何かあれば病気だと言って、戻ってきた。（ガラスマオでは）危ない仕事だった。百メートル位のところ、ケーブル実車を上げて空車を上げる。間違ったら何人かやられてた。とても危なかった。土を山から下ろすのに、泥を洗って、アルミニウムだけとって日本へ送る。九トンくらいのものを山から下ろす。汽車機械でブレーキもあるが、滑ったら危ない。汽車の重さで上げるが、四人位やられた。レールがあるが、滑ったら空車の下敷きになる。汽車が来てまた山へ引っ張る。[*41] 仕事しているのはパラオの人、カロリニアンが多かった。西カロリンと東カロリン、西はパラオ、ヤップ、東はポナペ。沖縄の人も積む仕事していた。沖縄の言葉も少しは分かった。朝鮮の人も会社で僕らと一緒にやっていた。支那の人はいなかった。ドイツ時代には使っていたが、日本になってからはいない」

中国人が使われなくなった背景には、ドイツから南洋群島支配を引き継ぐ時に日本が、ドイツやイギリスの交易会社やそれまで燐鉱採掘に従事していた中国人を排除し、経済権益を独占しようとしたことがあるらしい。ちょうどビセンテさんがガラスマオでアルミニウム（ボーキサイト）採掘に関わり始めた頃、南洋では朝鮮人労働者が激増している。戦時色も濃くなると、南洋群島では鉱物の増産が求められた。それにもかかわらず軍事的な工事や軍のための食料増産のほうにそれまでの主要な鉱山労働力だった島民が駆り出され、数が減少してしまったので、そこに朝鮮人が補塡されたのだという。ビセンテさんの言葉からはかなり危険な仕事だったことが窺えるが、日本の敗戦と同時にそれまでの賃金未払[42]いや渡航途中での一方的な契約変更などについて朝鮮人労働者の間から不満が噴出し、南

＊41……字面を眺めているだけではなかなか現場を想像しにくいのだが、うっそうとしたジャングルの中にガラスマオのボーキサイト採掘で使われたレールが二本、現在も残っている写真がある。この様子から想像するに、少々の上り坂を汽車は空車をひいて引っ張り上げ、上でボーキサイトを空車につんだあと、そのまま線路を下方に戻り、ボーキサイトを下ろすとまた下から空車を引っ張り上げる、という繰り返しだったのかもしれない。ブレーキなどはあったようだが、坂道での重たいボーキサイトの運搬はやはり危険そうだ。

公学校での授業風景
（『南洋群島写真帖』より）

洋庁は対応に追われたようだ。現場でも特にきつい仕事は朝鮮人、沖縄人、ヤップ、トラックなどのカロリニアンがやらされた。こうした労働者たちがガラスマオに集まり、その状況は「第二のコロール（パラオの首都）」と言われるほどだったという。（飯高伸五「ガラトゥムトゥンの踊る安里屋ユンタ」『民俗文化研究』八十七号、二〇〇六年）

「何回か船に（アルミニウムを）積んで四、五回日本に行ったが、昭和十五（一九四〇）年に空襲が来て工場なんか爆弾でめちゃくちゃになって、それで今度はアイライの工場。今度アンガウルとペリリューも空襲されて。日本のどこに運んだかは秘密だったのでよく分からない。南洋アルミニウムでは朝礼があった。我がコウソコウソとね。みな怪我しないように気をつけなさいと。トラックの人は怠け者だ、朝仕事行くが事務所行って、病院行くって言う。事務所の人が怠け（るつもり）で来たと分かる。病院にはくさい薬があって、背中にいっぱいつける」

「我がコウソコウソ」はフランシスコさんの時も出てきたように教育勅語の冒頭だが、ここでビセンテさんが「トラックの人は怠け者」と言っているのは面白い。ビセンテさんはクリスチャンで、サイパンの先住民チャモロ族だ。「トラックの人」とは違う、という意識がある、というのはもちろん分かる。私が思い出したのは中島敦の「雞」という短篇だ。冒頭では「ある島の公学校」での新任教師が次のように「挨拶」する。

「今日から先生がお前等と勉強することになった。先生はもう長いこと南洋で島民に教えとる。お前等のすることは何から何まで先生にはよう分っとる。先生の前でだけ大人しくして、先生のおらん所で怠けとっても、先生にはすぐ分るぞ。」

＊42……今泉裕美子「南洋群島への朝鮮人の戦時労働動員」『季刊　戦争責任研究』第六十四号、二〇〇九年夏季号。今泉先生はお会いしたことはないが、法政大学で国際関係学を教えていて、南洋群島関係の論文を沢山書かれている。また、文学のフィールドで早い時期から「南洋」に注目して植民地と文学の問題を研究されてきた川村湊さんもやはり法政大学で教鞭をとっているので、なんとなく学者を目指していた頃は法政大の院に進もうかと考えていた。実際大学院に進んでみると、修士論文を書くことが苦痛で仕方なく学者どころではなかったのだが。

中島と思われる「私」はこれを見て「不審」な感情を抱く。この「私」がマルクープという老人から彼の死後三回に分けて、それぞれ違う使者によって三羽の鶏を贈られる、というのがこの短篇のあらすじなのだが、なぜ三回に分けて、と「私」は不思議に思う。すると三人目の使者が「島民の中には約束を守らぬ者が多いですから」と日本語で答えるのだ。最初の二人の使者は「若者」、この最後の使者は「年齢も少しは上らしい男」、とされている。中島が南洋を訪れた昭和十六（一九四一）年、ビセンテさんは二十五歳。若者はすでに公学校教育を受けた世代と言える。最後の使者も日本語を話すところをみれば、公学校卒業者だろう。「雞」の冒頭部分や、フランシスコさんやビセンテさんの回想から窺えるのは、公学校は日本語やその他科目をただ教える場所ではなく、同時に島民を厳しく日本式に鍛錬する場所となっていた、ということだ。そういう教育の中で怠けること、嘘をつくこと、遅刻をすること、などは体罰を以て罰せられた。公学校卒業生にとっては、こうした規範が正に、身に染み付いた、とも言えるだろう。ビセンテさんの「トラックの人は怠け者」と言う時、その「トラックの人」に投げられた視線の内に、そんな公学校出身者である若者の、規範意識を読み取ることもできるかもしれない。

「戦争前には山本五十六（海軍大将）の話を聞けば、日本がアメリカと戦うのはまだまだ、もっと勉強してからやらないと、と言っていた。陛下は原子爆弾でもうやめようとしたが、兵士のほうが降参しなかった。その時僕はパラオの山にいた。ある朝飛行機がとても低く飛んでいるが、前みたいに攻撃されない。外に出てみるとパイロットが手を振っている。戦争やらないからもう出てきなさいと言って喜んだ。山の中には一年半くらいいた。戦後はアメリカ海軍で仕事をした。仕事は自動車のバネも錆びているので、切って他のものをつける。この時ね、アメリカ人が僕に〝お前たち先住民には絶対に解けない〟と言って問題を出した。[*43] 十分で解けたよ」

ビセンテさんの顔がにっこり輝いた。この柔和な笑顔の裏に、人種の違いはあっても能力に差はないとその場で見せつけたチャモロ青年の自負と、同時に、支配する者が必ずと言っていいほど抱いている、支配される者への蔑視や偏見に対する怒りが隠されているのだろうと思った。

「自動車の修理は昭和二十一（一九四六）年から十五年間くらい。仕事変わって旋盤工を

＊43……牛が二〇ドル、豚が三ドル、羊が五〇セントの時それぞれ何頭ずつ買えば、ぴったり二〇〇ドルになるか、という問題。数学の苦手な私は、一般的な方程式の使えないこの問題をとてもその場では解けず、持ち帰ってホテルの部屋でしばらく取り組んで、結局パターンをいくつも書き出していくという稚拙なやり方でやっと答えを出した。苦労して出てきた答えを眺めながら、あらためてビセンテさんがその場で米兵を驚かせた得意さを思った。翌日 Garapan Housing に答えを持って行くと「どう、できたかな？」といたずらっぽい目で笑うビセンテさんが待っていた。

やった。それも十五年。三十二年間仕事していた。竹内コウジって（日本人の知り合いがいて）、親父が軍属でニューギニアに行って死んだが、竹内はサイパンで生まれたんだ。横浜にいるが。二、三年前にここへ来て石碑を作って、毎年三月に来ている。僕をお父さんみたいに思ってる」

日本人が多数移住し、戦禍に包まれた南洋群島は、中国大陸に勝るとも劣らず、未だにいろんな人々の思いが交錯している場所だ。「南洋」を追いかけてあと幾人の声が聞けるだろうか。

第5章 Shameem, Felisa, Genevieve——三つの出会い

やっぱり上着を持ってくるべきだった。ビセンテおじいちゃんの話を聞いた足で、午後は日本時代のビデオを見せてもらおうと、冷房のききすぎた Northern Mariana Islands Museum の館内で二時間近く視聴していたらすっかり凍えてしまった。常夏のサイパンだから仕方ないが、一月中旬に冷房なんておかしな感じだ。東京で北風に凍えて、サイパンでは冷房に凍えて。東京に戻ったら体がおかしくなりそうだけど、東京の北風とサイパンの冷房とは温度差がなくてかえって負担はかからないのか。余計なことを考えながら、館内の係の人にビデオが終わったことと、わざわざ見せてくれたことへの謝意を伝えて、立ち上がる。

この日見たのは南洋興発が作った、ハワイアン風音楽で始まる写真映像『テニアン写真集』[*44]、記録映画『内南洋の事業』、最後に見たのは毎日新聞とNHKの三分ニュース映画。『内南洋の事業』はポナペの発電所とかダムとか南洋庁長官の紹介なんかが続く一方で、島民の様子も沢山映っていたが、この中に蓄音機から流れる音楽に合わせて島民が踊るシ

ーンがあり、思わず映像を見ながらとったメモに何重も線を引く。「土人が夜中までジャズをやっていた」という南洋に暮らした小山さんの証言を思い出したからだ。その一瞬の映像は、小山さんが聞いた「ジャズ」が彼らの内から出てきたものか、教会のゴスペルなどの影響によるものか、はたまた日本人との接触によって生まれたものなのか、ずっと気になっていた私に、答えへたどり着くためのヒントを一つ与えてくれた。例えば裕福な日本人家庭に雇われた島民が、レコードに親しみ、それを仲間と再現してみようとした可能性。再現された音はどんなものだったのか、楽器はどんなものを使っていたのか、想像するだけで面白い。

夕飯はAIKO'S DELIで牛肉の醤油煮、野菜のフリッターを買ってホテルで食べる。十二時半くらいまで辞書をひきひき本を読む。寝る前ベラン

1992年につくられた南洋庁サイパン医院の建物は、現在Northern Mariana Islands Museumとなっている（『南洋群島写真帖』より）

ダに出てみると星がよく見える。南十字星がどれかはやっぱり分からない。

翌朝、ジェネビブから電話があり、会ってもらえる予定だったブランコさんの都合が悪くなってしまったとのこと。とりあえず明日お昼にジェネビブと会う、ということだけ決めたので、無料タクシーで免税店ギャラリアまで行き、再びGarapan Housingへ。ちょうどビセンテさんがテラスに出てきたところだった。ビセンテさんは手招きすると、Continental Airlines製のトランプで手品をあれこれ見せてくれた。歌にしろハーモニカにしろ、人を楽しませるのが本当に好きなおじいちゃんだ。ふとテラスを見渡すと、夏に来た時話を聞かせてくれたフランシスコさんがいる。挨拶をしに行くと、最初忘れていたようだが、すぐ思い出してくれた。

「あんた、勉強が好きなら、英語勉強させてあげるよ。そこのNorthern Marianas College。私お金出すから。英語をね」

いえいえ、と断るもヒアリングがもっとできたらなと頭の片隅で思う。それにしても、

＊44……館内に入った時流れていたビデオは、おそらく日常的に流れていると思われる、南洋興発の経営者、松江春次についてのビデオだったが、松江の故郷、会津関係者による制作なのでかなり彼を美化して作ってあるものだった。故郷の人物が必ず英雄になってしまうのは、古今東西仕方のないことなのだろうか。ビデオが終わると、視聴していた中年の日本人女性二人が「いいお話でしたー」と立ち上がって展示コーナーへ歩いていった。

二回会ったきりの日本人に学費提供を申し出るとは、フランシスコさん、そんなにお金持ちにも見えないけども……。話を聞いてみると、奥さんはだいぶ前に亡くなり、数年前フィリピン出身の若い女性と再婚するも、だまされて逃げられたらしい。

「本当にひどい。私は愛していたよ。彼女を。私はさみしいよ」

大柄な体でフィリピン女性の裏切りを嘆くフランシスコさんは哀れに見えた。

「しちゃいけない。そういう、人をだますことはね。あんたは英語勉強したらいいよ、しばらくこっちで暮らせばいい。お金は出してあげるから」

ありがたい申し出だけれども、伴侶がいなくてさびしいと嘆いている（そして若い外国人と再婚して逃げられた経歴のある）おじいさんに学費を出してもらうというのも、気乗りしない話なので、適当に流させてもらう。その時、館内からおばあさんたちがガヤガヤと出てきたので何かと見ていると、どうやら今日は「ボウリングの日」で、これから老人たちはバスでボウリングセンターへ出かけるらしい。フランシスコさんも楽しみにしているようで、「あんたも一緒にどうかい」と誘われたが、落ち着いて話を聞けそうになかったし、ボウリングは苦手だったので断った。本当はフランシスコさんに会った時のために前回のインタビュー後の追加質問を二十くらい控えてきていたのだが、仕方がない。

Museum でこの日はアメリカ側が製作したテニアン戦のビデオ"GHOSTS ON THE ROAD TO TINIAN"を見せてもらう。日本の古いビデオと違って、映し出される当時の写真がカラーなのが、とてつもなく新鮮に見える。投降を日本人に呼びかけているカラー映像もあった。同じ時代、同じ場所を写したものなのに、日本の写真や映像に写っている場所とは全く違うところみたいだ。そこに写る人々は、私たちの時代と隔絶した特別な時代に生きたのではなく、確かにつながっている時代に生き、今と同じ青い空を眺めて同じようなことを感じていたんだ、そんなことに改めて気づかされる気がした。ビデオが終わってから、博物館の人に、前から気になっていた展示資料のコピーがとれるか尋ねてみると、すぐには無理だが、時間をもらえればコピーを日本に送る、ということだったので、送料を払って郵送をお願いした。*45

夕方暗くなるにはまだ早かったので、サイパンに着いてから一度も下りていなかったビーチへ行ってみる。ぶらぶら海岸を歩いていると、マリンスポーツのインストラクターらしい、カロリニアンらしきお兄さんに声をかけられる。日本語が上手い。ホテルに所属して、日本人観光客を相手にするうち覚えたらしい。地黒のカロリニアンかと思ったのは真っ黒に日焼けしていたからで、尋ねるとチャモロだという。

＊45……結局これは届かなかった。このあたりの適当さというのは世界的に見ると標準レベルなんだろうか、などと思うが、自分もどちらかというとずぼらなタイプの人間なので追及する気力もあまり起こらない。

「名前はシャミム。誰と来たの？」

一人で、と答えるとシャミムの顔が曇る。

「友達いないの？」

思わず笑う。日本時代を知っているおじいさんおばあさんの話を聞きに。

するとシャミムはしょうもないものを見るみたいに笑った。

「君はおばあさんじゃないんだから」

遠浅の海岸に少し強い波が押し寄せた。少しどきりとしたからそう感じただけだろうか。

そう、私はおばあさんじゃない。実際この前の夏は恋人とここに来たし、観光もしたしダイビングもやった。でも今回は違う旅。

「夜海岸に出ておいでよ。星がきれいだよ。十時半は？」

デートの誘いなんだろうか。強姦されるかも分からないし、断ってもよかったが、気になっていることがあった。

「あんまり遅いのは……、八時くらいは？」

「十時半が好き」

面白い日本語。

「サザンクロスを知ってる？」

「知ってる」

それは素敵。

「たくさん星が見えるけどどれがそうか分かる？」

「分かる」

十時半海岸になってしまった。泊まっているホテルの従業員だからそんな変なことにはならないだろうとたかをくくって、あいかわらず楽天の気性で決めてしまった。楽天の気性といっても、危険を予想しないわけではない。予想するけれど、それだからどうだという気分がどこかにある。死ぬ時は死ぬし、助かる時は助かる。それだけだ。重い怪我をして障害が残っても、心に傷を抱えたとしても、そこから歩き出すしかない。生きるのなら生きたいのなら、それしかない。以前はこういうものの見方というのは、本当の愛情の対象を持たないから成り立つもので、子どもでもできれば、死ぬことが怖くなるのだろうと思っていた。さて、二児の母となってみたが、あんまり考えは変わらなかった。もちろん子どもが生まれてから、きちんと育ててあげるまでの準備をしておくという意味で、保険に入ったり、経済的な人生設計は真面目に考えるようになったが、ここで自分が死んでしまっては絶対にいけない、という気分にはとうとうなれなかった。親というのは子どもにとって、もちろん大切な存在ではあろうけども、すべてではない、と思うからだ。もしここで余命一ヶ月ですと宣告されたら、もちろん一時は失うことになる家族との時間を惜しんで涙するだろうけども、実際は自分がいなくなった後のあれこれを考え、できるだけ支障のないように人と連絡をとり、伝えるべきことを伝え、そんなことで忙しくして感傷に浸る暇はあまりない気がする。重要なのは自分がいなくなった後に愛情を受けられる環境を確保し、教育のためのお金を少しでも残してやること。親子であった縁というのは決して薄いものではないのだろうから、来世でまた出会えるだろう、とも思うのだ。

たまに極端に死を怖がる人がいる。朝日新聞の土曜版の悩み相談[*46]で二十代の女性が「死ぬことを考えると怖くて眠れません」と投稿していた。自分とあまりに違う心性にびっくりしたが、確かにまわりには、飛行機に乗るたび落ちるかもしれないとびくびくする人、ケーブルカーが風で揺れるたび震え上がる人もいることに気づく。その人には悪いが私はその様子が面白くていつも笑ってしまう。

坂口安吾の短篇で特に好きなものに「風と光と二十の私と」があるが、その中で安吾は「私は近頃、誰しも人は少年から大人になる一瞬間、大人よりも老成する時があるのではないかと考へるやうになつた」と書いている。大人が失っていく鋭さと大胆さと無私な心の持つ強さと、そんなものを若者の一時期に見る安吾の視点が好きだ。私の場合そんないいものではなくて、ただ生まれ持った図太さからくる怖いもの知らずとでも言ったほうがいいのだが。

十時半に海岸に下りていくと、シャミムが砂浜に座っていた。雲が少し出ているが、星も少し見える。

「どれがサザンクロス？」

「雲が少しあるから。しばらくしたら見えるかもしれない。それよりお酒を買いに行こう」

お酒か……。酔って乱暴されたりするのはやだな、と思いながらシャミムの車に乗り込む。

そういえば、中国の深夜タクシーでも運転手と、なぜか途中から乗り込んだ運転手の友人という男と三人で、このまま誘拐されたりしないといいなあと思いながら、九華山《きゅうかさん》という、寺のある観光地を目指して明け方まで走ったことを懐かしく思い出す。その時も結局後部座席ですやすや寝てしまったのだったが。

車窓から覗く空は見える星が減って、目立った星しか見えなくなる。他の星に埋もれるようにしてある南十字星、サザンクロスはもちろん分からない。

高校二年の三月、私はサザンクロスを求めて花屋を何軒もまわった思い出がある。オー

＊46……この欄は毎回見逃せない。故・車谷長吉さんが回答者の時は特にそうだった。他の回答者もそれなりにウィットに富んだ答えを用意はしているが、車谷さん以上に真面目で的確、且つお腹を抱えて笑いたくなる答えを用意できる回答者を知らない。

ストラリア原産のピンクの花をつける植物だ。花が星型で南十字星を思わせるので、同じ呼び名を与えられたのだという。春から秋まで花を楽しめるのだが、三月というのはついている花もほとんどなく、お店にもあまり置かれない。ようやく見つけた鉢植えも、花はほとんどついていなかったと思う。それを私は当時一番好きだった人の誕生日にあげた。地学の先生で、父親より年上、奥さんも子どももいたけれど、そういう状況に反比例するみたいに、どうしても好きだった。先生が授業中に教えてくれた、北半球からは見えない星の名は、幻の星といわれるカノープスや、観測の難しい明け方の水星[*47]と同じくらい、しっかり私の心に棲みついてしまった。職員室に鉢植えの入ったビニールを提げていって、先生の机のところまで行って先生に渡すと、よくご存じで、と少し照れたようにうつむいた。「へえ、これサザンクロスっていうの。知らなかった、ありがとう」。先生の家のベランダにまだあのサザンクロスはあるだろうか。とっくに枯れてしまっただろうか。

　高校を卒業して五年、先生への恋はもちろん過去のものにはなったのだけれど、やっぱりその思い出はどうしても特別で、あの時、季節はずれのサザンクロスを探し回ったみたいに、今回のサイパンでどうしてもサザンクロスを空に見つけてみたかった。それはなんのためか、もはや分からなかったけれど、その執拗さだけがかなしく心にあったのだ。

　酒屋につくとシャミムは、缶ビールを何本か買った。私もそれでよかった。瓶で何本も買ってラッパ飲みでも始めたらやだなと思っていたので少しほっとした。海岸に戻ると、私たちは決まりきったように、砂浜でおしゃべりをした。色々話したはずだが、シャミムがサイパン出身だけれどグアムの大学に行っていたことぐらいしか思い出せないのは、私が夜空ばかり気にしていたからかもしれない。日本から見える星座を知っていても、南国の夜空は全く違う星座模様なので歯が立たない。私はあれが南十字かな、と空に勝手に十字を見出しては、やっぱり違うか、と打ち消したり、別な場所に次の十字を見出したりしていた。雲が晴れて星が溢れるくらい見えてきていたが、シャミムはなかなかサザンクロスを教えてくれなかった。教えたらそこで私が帰ると思ったのか分からないけれども、いつまでもじらした。

シャミムが嘘をついていたのが分かったのは、半ば予想していたシャミムの下心が行動に移った時だった。ちゃんと教えてと制止した私にシャミムは言った。

「知らないんだ。ごめん。星のことは分からない」

涙がこぼれた。嘘をつくのは別にいい。ただ、サザンクロスが急に自分から遠くなって

＊47……水星は観測できる時期や時間が限られているため、惑星の軌道について法則を打ち立てたドイツの天文学者ケプラーも水星だけは観測できなかったと言われている。地学の先生への恋心が、もともとあった宇宙への興味をぐっと押し広げ、望遠鏡を購入、私の高校時代は天体観測とともに過ぎた。水星観測も早起きをして自宅ベランダで敢行、その日先生に報告したのは言うまでもない。

しまったことが悔しかった。子どもがねだる単純さで、ただただ見たかった南国の星。ああ、先生に会いたいな、と思う。先生、今私はサザンクロスの真下にいるのに、どれがそうだか分かりません。馬鹿な誘いに乗っかって、見ようとしたものは結局見えませんでした。

先生には奥さんがいて子どもがいて、そんなどうしようもないことに真面目に苦しんでいた高校時代の恋はもう過去のことなのに、どうしてその時の苦しさを今思い出すんだろう。どうしてこんなに涙が出るんだろう。

シャミムは思ったよりずっといい人で、ごめんと謝ってそのまま部屋に帰してくれた。つまらない女の子を引っ掛けたもんだと思ったことだろう。

もう眠くもあったので、部屋に入るとすぐベッドに入った。眠りにつく少し前、ふと思った。サイパンには沢山の日本人が移り住んだけれども、南十字の位置をきちんと覚えて日本に帰った人はいくらいただろうか。神社を作り、寺を作り、商店をこしらえ、現地人に日本語を教育し、まるで内地、と言われた「彩帆」を作り上げた人々に、南十字星は見えていたのだろうか。

翌朝、ぼんやりとした頭を取材モードに切り替えなければと、前回、ギャラリアまでの無料タクシーでたまたま出会った、公学校出身者の運転手フェリサのことを思い出す。彼女にもらったメモを見ながら電話して、公学校時代の話が聞けないか尋ねると、五分くらいでホテルの下に来られると言う。ロビー前には何台も無料タクシーが並んで、ギャラリアまで観光客を運ぶべく待機している。早めに下りた私が順番に乗るべきタクシーに乗らず、フェリサのタクシーを待っているのを警備員が不思議そうに眺めている。合流した私たちは早速ギャラリアへと向かったが、まだ開店まで少し時間があったので、向かいのファストフード店で少し話を聞くことになった。コーヒーをごちそうになる。いつものごとくノートに名前を書いてもらうと、Felisa CH. Baza と書いた上に「フェリサ　シエイチ　バザ」とフェリサはルビをふってくれた。かなでも書いてみてくれたが、「ふぇりさ」の「さ」が「よ」のようになって少し違っていた。「ばざ」の「ば」も上手く思い出せないようで、どう書くのだったか尋ねられた。私が「ばざ」と書くと、ああ……と思い出したようだった。一九三〇年生まれ。七十五歳。七十歳前のような気がしていた。七十代でも現役で働いているとは、ずいぶんバイタリティー溢れるおばあちゃんだ。

「卒業式はあれ、『蛍の光』を歌った。遠足もあった。そこの山に登って。公学校は宿題をしていかないで、定規でびんたをもらったけど、それで分かった。自分のためになったよ。ある友達はアメリカの時代になったら、礼儀正しくなくなった。でもそれがなくなったら変な日本人、変なチャモロ。礼儀がなければ習慣を守らない」

変な日本人、変なチャモロというのは、一言で言えば「らしくない」ということだろう。日本の公学校で身をもって教わった道徳規範の一つ「礼儀」をフェリサがチャモロらしさ、と結びつけて捉えているところが興味深い。

サイパンではないが、同じ日本による教育がなされた南洋群島のポナペでもこんな証言者[*48]がいる。

「アメリカが来て色々何かして、（若い人は）アメリカしかないと思って真似してね。若いからね。われわれとはあまり気が合わなかったですよ、あの時ね。段々とみな分かってきてね。それからわれわれのほうに向いてきて。そうかやっぱり日本時代の教育を受けた人たちは、働くとか、正直だ、礼儀正しい、真面目だ、とてもいい。みんながそれを見てね、また覚えてきた。また元に戻って仲良くなった。最初はねー、われわれをまるで日本人だと思ってきたかも知れない。段々とわれわれのやることを見てね。それから、あーやっぱりこれがいい、われわれがやったことはね。日本人とやったことはやっぱり昔ポナペの習慣と同じですね。礼儀を守るとか、働くこととか。それでみんなが、やっぱり本当ポナペの文化も日本と同じ。これはやらなくちゃあならない」

日本は、言ってしまえば島民を教化啓蒙すべき「未開」の人間として、公学校を設置、日本人学校とははっきりと分けて島民教育をした。しかし、教育を受けた側は、日本の教えを全く新しい規範として捉えたというよりは、自分たちの民族の教えの中にも見られる、その民族にふさわしい規範にも通ずるものとして日本の教育を捉えていたと言えるだろう。日本側の教育の背景には「怠惰、役に立たない」など一方的な島民観があり、それを日本式の道徳教育によって矯正しようとしていたのに対して、教育を受けた島民側はそれをより普遍的な次元へと引っ張り出し、自らの民族らしさにもひきつけて、理解していたわけだ。[*49]フェリサは「変なチャモロ」という言い方をしたが、その反対、例えば「本当のチャモロ」は礼儀がないといけない、日本人がそうであるのと同じように、といった具合に。実際は明らかに日本人から下に見られていたチャモロやポナペ人だが、この論法でいくとチャモロやポナペ人が日本人と比べても遜色ない存在、同等の存在、と言えるようになる点が面白い。

＊48……ポナペ公学校を卒業後、補習科に進み、熱帯産業研究所で働いた経験も持つ弁護士、William Prens の証言（宮脇弘幸「旧南洋群島における皇民化教育の実態調査（２）――マジュロ・ポナペ・トラックにおける聞き取り調査――」『成城学園教育研究所研究年報』第十七集、一九九四年）。

＊49……心理学者エリクソンはアイデンティティが二つの対象の間で揺らぐ時、人はより普遍的なレベルに立ってその二つを結び付けようとするということを言っていたと思うが、日本の皇民化教育というのは、日本語と共にその規範意識を教えたために、教育の受け手のアイデンティティに大きな影響を与えてきたと言える。

公学校の国語の時間
（『南洋群島写真帖』より）

気づくと目の前のギャラリアが開いていた。一口だけ飲んだまま冷めてしまった薄いコーヒーをぐっと飲み干す。

「開いたね」

フェリサが立ち上がる。そう、彼女は現役の勤労者だ。Garapan Housing にいる老人たちとは違う。

フェリサと一緒にタクシーに乗り込んで、ギャラリアの前で降りる。フェリサはギャラリアの受付で何やらレシートのようなものをやりとりしている。最初送ってもらった時はすぐ Garapan Housing まで向かったので気づかなかったが、あのレシート一ヶ月分の束が彼女のお給料になるのだ。観光客向け無料タクシーのタクシー代をギャラリアが負担しているのか、ホテルが負担しているのかは分からないが。

「ホテルまで戻る？」

お昼から歴史保存局のジェネビブと会う予定だったので、そうしてもらう。

「じゃあギャラリアの中を通って。向こうの出入り口にいるから」

フェリサが小声でささやいた。そう、無料タクシーを使ったからには一応ギャラリアに来た買い物客を装わなければならないのだ。

ギャラリアはアメリカの企業で、免税品店としていまや世界中に支店を持っている。高級ブランド品やみやげ物屋が入っている綺麗な店内を素通りして、反対側の出口から出る。

タクシーに乗り込むと、フェリサが言った。

「まだ時間がある？　そしたらもう一度（ギャラリアに）行ってもいい？」

お昼まではまだ時間があったので快諾したが、一瞬戸惑った。このきらびやかなギャラリアと豪華なホテルの間を行き来するタクシードライバーたちはレシート一枚単位で働いて、いったいどれくらい稼げているのだろう。

「ミスター・ブランコ、明日会えるそうよ」

ホテルロビーで再会したジェネビブが人懐こい笑顔で開口一番そう言った。小学校時代日本で暮らしたというミスター・ブランコ、どんなおじいさんだろう。

今日はジェネビブが日本時代の史跡を中心に案内してくれるという。まず案内された南洋寺跡には「多寶山　南洋寺」と彫られた石の門柱と、脇に「多寶山　南洋寺　青柳貫孝」と住職の名前が彫られた細い石柱が残っていた。日本を遠く離れ、南洋の地で寺を開いたこの人物は何者なのだろうか。

　青柳や南洋寺について得られる情報は決して多くなく、書籍や文献においても少ない。インターネット上には南洋寺の住職は「青柳貴孝」、と名前を間違って伝える情報も多かった。ネットで拾える情報の一つに、南洋寺の前に文京区潮泉寺の住職だった、というものがあった。そこで潮泉寺に電話してみると、すでに先代から丸山という住職に代わっており、先代が生きていれば色々分かったのでしょうが……との答えであった。

　青柳貫孝で検索をかけるともう一つ彼についてまとまった情報を得られるページがあった。それは壺月遠州流と呼ばれる茶道についてのページで、これによれば青柳は京都知恩院の僧侶でこの茶道を伝えた二代目にあたる。しかし、ここにはサイパンのサの字も、南洋のなの字も書かれていない。かわりにインドの大学で茶道を教えた際の教え子にタゴール[*50]がいたと書かれている。本当に南洋寺の青柳と同一人物なのだろうか。壺月遠州流を確立した一代目渡辺海旭について調べると、ドイツ留学経験のある浄土宗の僧侶でカルピスの名付け親、武田泰淳の叔父にあたるとある。渡辺は明治五（一八七二）年の生まれである。明治、浄土宗僧侶、ドイツ留学、カルピス、武田泰淳、茶道。それぞれが私の中では全く結び付かないファクターだっただけに戸惑った。そしてその渡辺と青柳とを結ぶものは浄土宗と茶道。しかしそれしか分からない。青柳についての情報をもっと得られないかと、私はこの壺月遠州流茶道の四代目にあたる中村如梅《にょせん》氏のＨＰからメールを出してみた。すると昭和四十八（一九七三）年生まれの中村氏から早速返信があった。

先代の父は青柳先生の最後の弟子で父は青柳先生をとても尊敬しておりました。ですので、色々と先生の事は聞いております。（私も子どもの頃先生のご自宅におじゃました事があります）

中村氏が青柳に直接つながる人であったことも思いがけず嬉しかったが、さらに氏は青

＊50……タゴールについてはガンディーとも親交が深く、日本にも何度か来日したノーベル賞詩人、という程度の知識しかなかったのだが、インドとバングラデシュの国歌の作詞作曲は彼の手によるのだという。日本でいうと宮沢賢治ばりに多才な人であったようなのだが、タゴールは、様々な創作の中で最上のものは歌、と言っていたらしい。私はふと三年前大林宣彦監督の事務所を訪ねた日を思い出した。二十五年ぶりのセルフリメイク作品『転校生 さよなら あなた』の主題歌に私の「さよならの歌」を使えないかとお話を頂いたのだった。監督はにこにことして「言葉が一番幸せになった形が音楽なんだよ」とおっしゃった。

サイパン家政女学校
（『南洋群島写真帖』より）

柳直筆の「履歴書」など資料も保存しているという。中村氏が親切にもそれらを郵送で貸して下さるというので、私ははやる気持ちを抑えつつ、資料を待つことにした。

次にジェネビブが案内してくれたサイパン高等女学校跡は第一ホテル（二〇〇五年十二月改称、現フィエスタリゾート&スパ　サイパン）の敷地内にあたるが、ビーチに碑は建てられない、というホテル側の意向で旧南洋寺跡に碑が建っている。サイパン高等女学校関係者は、実際あった場所に碑がなければいけない、と不満が残っているようだが、そもそも南洋寺とサイパン女学校は太いつながりがある。南洋寺住職の青柳が、内地に帰らなくともサイパンでしっかりした日本人子弟の教育が受けられる必要がある、と当時の愛国婦人会に呼びかけて、昭和十一（一九三六）年前身のサイパン家政女学校[*51]が作られたからだ。一学年は四十人程度だったが、寄宿舎などもあり、南洋群島各地から生徒が通ったという。ここで教員をしていた杉浦延子の回想によれば、日本人と島民との混血児童は三、四人、島民はチャモロで優秀な生徒が一人だけいたという。サイパンの思い出として杉浦はこんな回想もしている（注51）。

夕方になりますと、沖縄の人の家のあちらからもこちらからも蛇皮線の音が聞こえてくる。沖縄の人は誰でもあれば、弾けるらしゅうございましてね。そして、それに合わせてゆっくり流れてくる歌声は、少し寂しげに思いました。たまには夕方、外に出ますと、島民が集まって独特の甲高い声で賛美歌を歌っておりましてね。幼いころ日曜学校に行ったことなど、懐かしく思ったものでございます。

島民がジャズを歌っていた、と小山さんが言った背景には、やっぱり、賛美歌の影響もありそうだ。スペイン、ドイツいずれにせよサイパンに作られてきたのはカトリックの教

＊51……この後、赴任する校長らと青柳との間に色々と軋轢があったことを、裁縫や作法の教員だった杉浦延子が証言している（「戦火に消えたサイパン高等女学校」『太平洋学会誌』第五十二号、一九九一年十月）。

サイパンのカトリック教会
(『南洋群島写真帖』より)

会だから、プロテスタントから生まれたゴスペルよりも、より賛美歌らしい歌だったのかもしれないが、それでも、島民が歌うことによって、それは正統な賛美歌そのものとはまた違った色合いのものになっていたような気がするのだ。考えてみれば、当時のサイパンに溢れた音楽のなんと多様であったことだろう。日本人家庭の蓄音機から流れる日本の流行歌、時にジャズ、時にクラシック、そして沖縄三線のもの悲しいしらべ。島民たちの賛美歌[*52]、あるいは日本人から教わって歌う、日本の歌の数々。多様な民族が集まれば、多様な音楽が溢れ、あるものは混ざり、影響を受け、独特のものへと変化していく。資料としては見つけられていないが、朝鮮人[*53]が残した影響も確かにあるだろう。島民が歌った賛美歌も、多様な音楽が溢れたサイパンにおいて、ゴスペル的な変調の兆しを含んだものだったとしてもおかしくない。ゴスペルがそもそも黒人奴隷たちのふるさとアフリカのリズムやスケールと、ヨーロッパの賛美歌とが結びついたものであることを考えればなおのこと、島民たちの歌にも彼らのもともと持っているリズムや節回し、そしてまわりで耳にして体に馴染んだ音楽が入りこんで当然だと思うのだ。

南洋寺跡、サイパン高等女学校跡をあとにして、ジェネビブの車はタッポーチョ山へ向かった。天気は快晴、風が強い。まさに三六〇度、島のまわりを見渡すことができた。なんて美しい海の色だろう。標高四七六メートルとサイパンで一番高いこの山は、日本時代は「達宝頂」と書かれ、学校の遠足などでもよく登ったようだ。フェリサの口からも名前が出たし、サイパン高等女学校の生徒たちも隣の電信山からタッポーチョ山までコーヒー

＊52……一九二七年生まれの永山幸栄はサイパン実業学校時代、各学年に数人しかいなかった優秀なチャモロの島民たちがギターでスペイン風の曲を弾くのを聞いている。（小西潤子「戦前沖縄からの旧南洋群島移民の音楽芸能行動と三線」『沖縄県立芸術大学音楽学研究誌』第十六号、二〇一五年）賛美歌を聞いた時に日本人が抱くイメージを大きく超えた生き生きとした音楽が生まれていた気がする。

＊53……九州大学大学院教授で韓国の研究者、松原孝俊は平成二十一（二〇〇九）年パラオ調査で、パラオ人老婆が、当時朝鮮人から習ったアリランを思い出しながら歌うのを聞いている（松原研究室「パラオ調査日記」http://matsu.rcks.kyushu-u.ac.jp/lab/?page_id=409）。

の花を楽しみながら遠足で歩いたという。教師だった、先の杉浦によれば、頂上からの帰り道には町内会が作った八十八ヶ所の仏像が置かれており、これを数えながら下ったそうだ。ぴんときた。私が北マリアナ大学図書館でマーティンに見せてもらっても、何のために作られたのか説明できなかった「寺島屋　第八十四番」の石碑はこれだったのだ。太平洋学会理事長の中島洋によれば、現地の日本人有志が日本人住民の「魂の癒しに」と作ったものらしい。

やがて戦争の足音が近づくと、サイパンの在留邦人の間で自主的に民間監視隊という組織ができ、タッポーチョにも監視所ができて二十四時間体制で空と海の監視が行われた。[*54] 隊員の半数はチャモロとカロリニアンで無給で動員された。

当時のものものしい監視体制を想像するのも難しいくらい、頂上の景色は穏やかだ。地元の人か、観光客か、戦没者の遺族か、アメリカ人が強い風にあおられながら数人写真撮影をしている。すがすがしいタッポーチョをあとにして、ジェネビブが運転してくれた先は American Memorial Park。太平洋戦争終結五十周年を記念して平成六（一九九四）年に作られたこの公園にはアメリカ軍の戦没兵慰霊碑があって、夏に来た時もふらっと寄ってみた場所だった。広い公園なのでその時は見逃していた大きな碑があった。それに向かってジェネビブはどんどん歩いていく。半円を描くように曲線美が美しいその碑には、沢山の人の名と年齢が刻まれていた。碑には“Marianas Memorial”と銘打たれ、“Your destiny is not yours to design.〟と共にその和訳「自分の運命は自分で決めることができない」という一文も彫られていた。

「地元の犠牲者、チャモロとカロリニアンの名前が刻まれているの、まだ建ったばかり」

どうやらジェネビブもこの碑の建設に、少なからず貢献したようだ。平成十六（二〇〇四）年六月除幕式があったというから、この公園が作られて十年たって、戦没兵の慰霊碑とは別に、こうした名もなき人々の碑が作られたのだ。とても大きな意味があると思った。いや、名もなき人々と呼ぶことは許されないだろう。そうやってひとくくりに語られ、あるいは語られることさえ忘れられてきたことに対して、一人一人の犠牲者名を刻むこの碑は大きな「ノー」をつきつけているのだ。

＊54……二年隊員を務めたホアン・サンチェスは「モシ船ノ煙デモ見エタラ、ドコドコニ何マイル、進行方向ハドコドコダト言ッテ下（監視所）ニ知ラセルノヨ。手旗信号ナラッテ、（サイパン周辺を巡航する）警戒船ト話（連絡）スルノ」と証言している（野村進『日本領サイパン島の一万日』一九三頁）。監視隊員に限らず、島民には勤労奉仕という作業が割り当てられるようになり、草刈などにも動員されていたようだ。これに対してとりたてて盾突いた島民もいなかったらしく、こういうところに為政者側が道徳や規範を教え込む意味があるのだなあと思ってしまう。

このマリアナ記念碑は、第二次世界大戦中命を落とされたチャモロ人とカロリニア
人の方々に敬意を表するものです。
彼らの苦境と犠牲は、永遠に記憶されるでしょう。

英語の本文の下にこうした和訳が刻まれ、その下にチャモロ語とカロリン語と思われる訳が刻まれている。チャモロとカロリニアンのための碑ならば、チャモロ語、カロリン語が上に来るべき、とも思えるが、そうではなく英語と日本語訳が上に来ているところに、この碑を作った人々が、誰に向けてその無念を訴えたいかが表れているのかもしれない。甚大な被害を島にもたらしたサイパン戦は、地元の人間が始めたものではないのだ。降りかかってきた悲運としか言いようがないが、悲運と片付けるにはあまりにむごい仕打ちであり、無駄な犠牲であっただろう。半年前にできたばかりの碑に手をかけて、チャモロのジェネビブは少し悲しそうな笑顔を向けた。私が本屋で見つけた現地の被害者の証言集“We Drank Our Tears”の出版も平成十六（二〇〇四）年だった。現在はアメリカの一部、というサイパンの現状の中で、悲しい過去ではあるけれども、自分たちチャモロやカロリニアンの歴史を保存し、発信していこうという機運があり、それがここ数年で次々実現している、その風をジェネビブの傍らで感じられたようで嬉しかった。
明日はいよいよブランコさんに会える日だ。

第6章　青柳貫孝とMr. Blanco

「お台所の時間なの、わかるでしょう？」

　その声は大きないらだちを隠しきれないようだったので、一瞬呆気に取られて、はぁと答えるのが精一杯だった。すいませんと言う間もなく、もたもたしている間に声の主はガチャリと受話器を置いた。携帯の通話ボタンを切って、手元のハローページのコピーにびっしりと並んでいる横浜市神奈川区の「青柳さん」のリストを見つめる。携帯の画面をもう一度見ると十七時五分。次の青柳さんにいこうかいくまいか。迷って結局やめてしまった。

　ハローページに個人名と個人情報を載せているのは大抵年配の人だ。これだけプライバシーの権利が叫ばれ、個人情報保護にやっきになっている時代に、ハローページにはそこだけ時代の流れが止まったかのように膨大な個人情報が載っている。もちろん希望すればすぐに削除してもらえるのだろう。それでもなんとなく惰性でそのまま載せている人が多いのかもしれない。いずれにせよ、年配の人たちである。この日、何人もの青柳さんにか

前列中央、和服姿の青柳貫孝
サイパン家政女学校にて、昭
和13年頃

けた電話の中には「主人はもう亡くなりました」という答えもちらほらあったし、耳がどうしようもなく遠く、いくら声をふりしぼっても意思疎通の困難なおじいさんもいた。ガチャリと切った奥さんはまだご主人も健在なのだろう。美味しい夕飯をつくってくださいと心でつぶやきつつ、自分も夕飯の支度をしなければならない。青柳貫孝《あおやぎかんこう》の遺族捜しは今日はここまでだ。

青柳貫孝。サイパンにかつてあった南洋寺の住職。サイパンの歴史保存局のジェネビブに南洋寺跡へと案内してもらった時、弾丸が入って古びた門柱脇の細い石碑にその名前は刻まれていた。帰国後、インターネットや手持ちの資料から分かったのは、青柳が壺月遠州流という武家茶道の二代目にあたること、インドに渡ってタゴールに茶道を教えたこと、文京区潮泉寺の住職だったこと、サイパン高等女学校の前身、サイパン家政女学校の生みの親だったことだけだ。全く点と点でとりとめがない。

たまたま持っていたサイパン高等女学校の教師杉浦延子の回想録に青柳の写真が掲載されていた。寺の住職と聞けばつい高齢のお坊さんを想像してしまうが、ここに写る青柳はまだ四十代前半だろうか。当時の日本人としては背丈があり、目鼻立ちもくっきりとしていてなかなかの男前だ。しかし杉浦は当時を回想して、青柳が自らを設立の功労者、校長であるべきだと思っていたのでは、と回想している。杉浦によれば、横田文蔵という婦人会から派遣された校長代理は「青柳さんに、箸の上げ下ろしまでというように、あら探しされ」たという。

なにやら癖のある人物だったのだろうか[*55]、杉浦の回想からはいい印象は得られなかった。住職としては思いがけない若さと、目を引く風貌、そして謎に包まれた性格。青柳はどんな人物だったのだろうか。

＊55……この杉浦の青柳像について中村氏は「師は気骨のある方でしたので、それ（校長との確執）はおそらく宗教的な信念などからきたものだったと推察します」としている。息子の孝壽氏も「成功するとすぐそれを手放す癖がある」と父について語っており、校長の地位をめぐっての確執、という杉浦の観察は少し実際とはずれていたのかもしれない。

青柳は、武家茶道と言われる壺月遠州流の二代目にあたる。四代目の中村氏に連絡をとってみると、親切にもいくつかの資料を送ってくださったが、その中には青柳が昭和五十三（一九七八）年に書いた直筆の履歴書があった。履歴書によると本籍は文京区、前住所はサイパン、現住所は埼玉県所沢市となっている。若い頃に茶道、華道、礼法の資格を続けてとっているのが分かるが、「箸の上げ下ろし」にうるさかったというのも、なるほど、こうした背景があったのだ。驚いたのは、昭和二十四（一九四九）年に青柳が八丈島に渡っていることだ。インド、ビルマ、セイロン、サイパン、そして八丈島。青柳の軌跡は浄土宗の一僧侶が描いたものにしては、あまりに大きい。昭和二十四年当時青柳は五十五歳。人によってはもう引退の文字も頭に浮かぶ齢、しかも日本は敗戦後という時だ。そのまま内地に帰って家族と暮らしたとしてもおかしくない。なお彼を南島へ動かしたものは何だったのだろう。中村氏によれば、青柳は戦後横浜の六角橋のほうで易をしながら暮らしていた[*56]ようだ。とりあえず、青柳の親族がいるならば会ってみたかった。しかし青柳は明治二十七（一八九四）年生まれ、もし青柳に子どもがいて生きていても八十、九十という高齢だ。ぐずぐずしている時間はない。すぐに編集の藤井さんに文京区と六角橋のある横浜市神奈川区、それから所沢市の「青柳」さんのハローページのコピーをお願いした。もらったコピーを見ると所沢の「青柳」さんがやたらに多い。そこで自分では文京区と神奈川区の電話かけを始め、所沢のほうはFさんにも協力をお願いした。

すると思いがけないメールがサイパンから届いた。平成二十二（二〇一〇）年十二月二十五日のことだ。差出人はサイパンの旅行会社パウパウツアーズの「yasui」さんという方だった。面識は全くなかったが、このパウパウツアーズのブログはサイパンの歴史、特に日本統治期に関するコラムを沢山載せており、その中に青柳や南洋寺についても書かれていたので、何か資料など持っていないか数ヶ月前にメールで問い合わせていたのだ。メールには、パソコンの不具合でしばらく返信ができなかったことを詫びる文の後に次のように続いていた。

南洋寺の資料は「南の島に鐘がなる」という青柳孝壽氏が編集されたものがあります。パウパウツアーズのオフィス兼店舗が入っているホテルがフィエスタリゾート&スパという所で、南洋寺があった敷地です。その関係で南洋寺関係者の方が時々お見えになりますのでその際に頂いたり、お伺いしたお話が基本となって居ります。

＊56……中村氏によれば、中村氏の父は二十代の頃、横浜駅で易をする青柳に鑑定してもらった縁で弟子入りして、壺月流の三世になったのだという。

胸が高鳴った。「青柳孝壽氏」は明らかに青柳貫孝の親族に違いない。「ご結婚され、ご子息がおりました」という中村氏の言葉だけをたよりに、名前も住所もよく分からずに探していたところに、光が差し込んだ気がした[*57]。急いでハローページのコピーを取り出してみると、所沢市の「青柳」の一覧の中に「青柳孝寿」の名があった。同一人物だろうか。電話をかけて青柳貫孝について尋ねてみると電話口で女性は答えた。「はあ、それはうちの主人の父のことですね[*58]」。こうして思いがけず青柳貫孝の息子孝壽《たかひさ》氏を捜し当てることができ、年始に所沢のご自宅でお会いすることになったのだった。

*

平成十七（二〇〇五）年一月、サイパン。半年前のサイパン旅行の際には会うことのできなかったブランコさんにやっと会えることになった。歴史保存局のジェネビブの車でブランコさんのところへ向かう。てっきり、彼の自宅へ向かうのかと思ったら車はホテル向かいの連邦政府の敷地に入っていく。どうやら偉い人[*59]なのだろうか。ジェネビブがオフィスの一室をノックすると背の高い背筋の伸びたおじいさんが迎えてくれた。Juan Blancoさん、一九二三年八月二十九日生まれの八十二歳。

「親父は日本の教育受けていないが（日本語が）上手かった。一八八〇年生まれ、スペイン時代でグアムにいた。ドイツの学校も行かなかったが、（ドイツ語が）できた。まだスペイン時代、（お父さんが）小さい時サイパンに来て、ここの土地もらって、まだ独身だった。サイパンにはいい女がいなくてグアムのアガニャに行って奥さん連れてきた。その母は一八八九年生まれ。兄弟は全部で九人、私入れて十人。あと二人いたが、はしかで男

＊57……パウパウツアーズの yasui さんからのメールはまたとないクリスマスプレゼントだった。加えて yasui さんは親切にも入手困難な資料『南の島に鐘がなる』の全文をメールに打って送ることを申し出て下さったのだ。

＊58……「突然のお電話すみません。ちょっと伺いたいのですが青柳貫孝さんというお坊さんがご親族ではありませんか」というセリフを繰り返し、否の返事を聞き続けてきた身にこの奥様の返事はしみるように嬉しかった。テレフォン・アポインターのバイトをしたことがあるが、時に丁重に時に憎しみをもって断られ続けてきた末、じっくり話を聞いてくれる人にあたった時の嬉しさに似ているかもしれない。しかしテレアポの場合それがゴールではなく、そこからアポイント獲得までにもう一つ大きな壁があるわけで、振り返ってあらためて労多い仕事であったと思う。

＊59……太平洋戦争に関連したオーラルヒストリー研究で知られる Bruce M. Petty の "Saipan: Oral Histories of the Pacific War" (McFarland & Company, 2001) によれば、ブランコさんは戦後アメリカ軍のもとで働き、その後議会の議長を務めたあと、二十三年間サイパンのアメリカ銀行支配人を務めている。

の子二人亡くなった。女七人、男三人、今まで五人生きている。三人はアメリカ、二人サイパン、アメリカにはコンセプション、アントニオ、ジョセフィン、サイパンは私とロサ。公学校は日本人と比べて一歳遅れて八歳の時[*60]（入った）。一学年三十人くらいいたか。女もいれるともっといた。クラスは（男女で）分かれていた。男・男・女（の三クラス）だったかな。五学年あったから先生は十人くらいじゃないか。島民の先生はあとからニコラス先生とホワキン先生[*61]って聞いたことあるが、見習いだろう。神社への参拝は全然なかったね。自分たちで参拝してた。（日本人の）学校の生徒は時々やったみたいだけど、宗教のことは厳しくやらなかったみたいだな」

同じ公学校卒業生でも通った時期によって、その指導方針は異なった。平成十六（二〇〇四）年に話を聞いたフランシスコさんは昭和十六（一九四一）年から公学校に通ったが、毎朝五時に参拝が課されていて、行かないと殴られた、と証言した。ブランコさんはその十年前、昭和六（一九三一）年から公学校に通ったことになるが、強制はなかった。公学校の神社参拝の強制はいつから始まったのか、はっきりした境目は分からないが、次のような証言がある。

「一九三七年か三八年から、毎朝早く神社参りするようになったんだよ。『宮城遥拝』と言って、北の方を向いて頭下げる」（野村進『日本領サイパン島の一万日』に記されたチャモロ人の公学校卒業生フランク・パラシオスの証言）

野村によれば、こうした公学校の指導の変質の背景には、南洋庁は関わっておらず、島の有力者だった松江春次や山口百次郎ら、ビジネスで成功した在留日本人たちが公学校に足を運んで、参拝を要請したらしい。現在まで残る彩帆香取神社はそもそも香取神社と名づけられた小さな祠だったが、それを現在の位置に建立しなおしたのも彼らの自発的な動き[*62]によるものだった。

優秀だったブランコさんは公学校の卒業を待たず、日本への留学が決まる。

＊60……島民が通う公学校は、日本人の小学校より入学の年齢が一歳遅かった。当時の日本が、島民の知能を一律に低く見ていたことがこの制度にはっきり表れている。

＊61……ホワキン先生というのは公学校の助教員を務めたホアキン・パンへリーナンのことだろう。彼の同僚は日本人から「天皇陛下は生きておられるが、おまえらのキリストは石じゃないか」とからかわれ、「天皇陛下は、明日亡くなるかもしれない。でも、僕らの神様なくならない」と答え、警務部で厳しい取り調べを受けた、と野村進が証言を書き残している（『日本領サイパン島の一万日』一八七頁）。

＊62……タッポーチョ山の民間監視隊もそうだが、こういう時の日本人の団結力は強いなあと思う。同時に上海事変の時、民間人による自警団が沢山の中国人を殺した事件や、遡れば、関東大震災の時のやはり民間人自警団による朝鮮人虐殺も脳裏によぎる。仲間内の結束力というのは、平和な時には無害だが、非常時は、自分たちの身は自分たちで守ろうというスローガンの下、先頭きって加害者に変質しうるのが怖い。

「公学校は三年はいなくて二年半。昔は四月に入ってまだ三年終わらない時に、八月に日本に行った。それで（当時の校名は）小石川小学校。昔の林町小学校。今の文京区にあります」

＊

「釣鐘は小石川の源覚寺に寄附されたんだ。ここの和尚は渡辺先生の兄弟弟子だった。昔はおはじきで一〇八つ数えた。除夜の鐘、小学校の頃だな」

平成二十三（二〇一一）年年始、青柳貫孝のご子息を所沢に訪ねると[*63]、昭和二（一九二七）年生まれ、八十三歳の青柳孝壽氏は、住職の息子として南洋寺の鐘をついていたことをそう振り返った。昭和十二（一九三七）年に源覚寺から贈られた南洋寺の釣鐘は戦後アメリカ側に接収され、長いこと所在が分からずにいたが、昭和四十九（一九七四）年アメリカから源覚寺に返還され、この時南洋寺の元住職として貫孝もNHKに出演したという。文京区小石川にある源覚寺は眼病治癒のこんにゃく閻魔《えんま》で知られる、やはり浄土宗の寺だ。貫孝が住職を務めた本駒込の潮泉寺からは一キロちょっと、現在は都営三田線でいうと源覚寺の最寄り駅が春日、潮泉寺が白山で一駅の距離だ。

貫孝が潮泉寺の住職をした時期は昭和五（一九三〇）年からサイパンに移住する昭和九

（一九三四）年まで四年足らずだった。ブランコさんがサイパンから小石川にやってきたのが昭和九（一九三四）年だったので、ちょうど入れ替わるようにして貫孝とブランコさんはすれちがっている。[*64] 日本の南洋統治という状況下で、国籍の異なる二人が奇しくも同

＊63……孝壽氏を所沢のお宅に訪ねる日は十時に訪問する約束をしていた。十時に所沢に着くには大分早く家を出ていつもより早い時間に娘二人を保育室に預けなければならないが、なんとかなるだろうとたかをくくっていた。目覚ましをセットしていつもより早起きをし、朝食を作り始めると次女は起きてきたが、長女が全く起きない。朝食ができても起きない。布団をはいでしばらく放っておいてみたがそれでも起きない。再度はいで着替えるようせかすもその通り動いてくれない。最後はお願いおっかあは仕事だから急ぐのよ、と懇願してようやく出発した。結果三十分ほど遅刻することになってしまい、約束の時間にお詫びの電話を入れて遅れる旨を奥様に伝えた。お宅に到着し、遅くなってすみません、と入っていくと奥で待っていた孝壽氏が机に座って「人と約束して遅刻したりしちゃ絶対にいけないんだ、腹がたって仕方ない！」と一喝された。ひたすら平謝りであった。インタビューに入ると孝壽氏はすっきりと怒りを整理したように、快く質問に答えて下さった。お話はユーモアに富んでいて、沢山笑った。孝壽氏の厳しさと優しさが併存するところに、貫孝の面影が見えるような気がした。

＊64……孝壽氏は小学校の一、二年を駒込小学校、三、四年をサイパン小学校、五、六年を日本橋の城東小学校で過ごした。小学校一年の時貫孝はサイパンへ先に渡ったが、南洋寺の諸堂ができあがった昭和十（一九三五）年孝壽氏ら家族もサイパンへ渡った。つまり昭和九（一九三四）年、十（一九三五）年と、孝壽氏もブランコさんと同じ文京区内に生活していたことになる。

時期にサイパンと文京区という生活の場所を入れ替わったとも言え、興味深い。

貫孝と源覚寺との縁は釣鐘を通して一つたぐれるが、もう一つ深く関わりのあった人物がいる。それが孝壽氏が言うところの「渡辺先生」だ。渡辺海旭《かいぎょく》というこの浄土宗の僧侶は、貫孝の一生に大きな影響を与えた人物だが、もとは浅草の生まれだった。その海旭が仏門へ入ったのは源覚寺の和尚に見出されたためと言われている。

「渡辺先生ってのはえらい坊さんで芝中、芝高校たてたんだね。肩がどっちかおっこってたが。壺月全集ていうのも出してね、哲学者じゃなかったかな。うちの親父も芝中の第一期生で卒業した」

貫孝は新潟県高田町上越市の善導寺住職の家に五人兄弟の三番目として生まれた。長女の美智子とすぐ上の長男武は幼くして亡くなり、父達存が亡くなった時は中学四年の貫孝が実質的に長男であった。善導寺の壇家は二つに分かれ、貫孝が大学を出て住職となるまで待つか、他所から住職を迎えるかで議論となったが、結局後者が優勢で、貫孝たちは寺を追われることになったという。貫孝は後年も弟子であった中村氏の父に「寺を乗っ取られた」と言っていたというから、子どもながらに理不尽と悔しさとを感じていたのだろう。父の死後、貫孝が東京に出てきて寄宿したのが海旭が住職をしていた深川の西光寺であった。貫孝はここから芝中へ通い、その後大正大学を卒業する。

「昔の坊さんは何でもできた。生花でしょ、作法、それから割烹、お茶、盆栽のなんていうのかな、石や何か置くの、それと易学。そういうのみんな免許とったの。今の坊さんはさ、頭（の毛）伸ばしちゃってさ、昔の坊さんていうのはしきたりがあって、何でもできなきゃいけなかった。お、渡辺先生は（坊さんなのに）毛伸ばしてるな、おかしいな。親父も少し伸びてるか。何しろ先生の言うとおりにしたらしい」

ユーモア溢れる孝壽氏は、貫孝や海旭が写った古い写真を見せながらそう語ってくれたが、石上正夫は『日本人よ忘るなかれ』（大月書店、一九八三年）の中で晩年の貫孝に取材して、海旭がよく言っていたという次の言葉を聞きだしている。

われわれは浄土宗に身を置くが、一宗一派に固執するようなことがあってはならない。真の仏教徒はいっさいを差別せず、働く者、貧しい者の味方でなくてはならない。貧しい者から寄付をもらうな。人は収入を得て、妻を養い子を育て、おつきあいだ、交際だ何だかんだとお金はいるもんだ。向こうさまから余った金をくださるのはかまわない。こちらからもらってはいけない。人の沢山いるところに行きたがり、葬儀屋の手代のようなことをしたら破門だ。金襴や錦の衣を着て、壇家から寄付を集めることばかりを考え、夜ともなれば酒をくらう糞坊主にはなるな。

海旭は弟子に結婚は勧めたが、自身は一切女性と関わらなかった。そんな、日本の僧侶としては珍しいほどの厳格さも伝わってくるが、全体に海旭の人間的な温かさがにじんでいる言葉だ。

壺月遠州流の茶道の初代にもあたる海旭は、武田泰淳の伯父にあたり、浄土宗の僧侶でありながら、教育、社会事業、宗教研究など多方面に功績を残した人物だった。芝中のほか、小石川の淑徳女学校の運営にも貢献しており[*65]、貫孝は孝壽を芝中に、娘の弥生を淑徳女学校に入れている。明治五（一八七二）年生まれの海旭がユニークなのは浄土宗最初の留学生としてドイツに十年以上も暮らしていることだ。この間渡辺は研究の傍ら、社会主義者たちとも交流し影響を受けたと言われる。海旭は帰国後、大学などで教鞭をとりながら社会事業の分野で先進的な試みを繰り広げ、労働寄宿舎、職業紹介、簡易食堂、公益質屋、幼児昼間預かり、廃疾者救護手続、住宅改良及び授産などの各種事業をおこしていった。海旭は次のように言う。

欧羅巴では宗教が貧富の調和者となつて居る。貧民の友人となつて居る。社会が進むと貧富の度が甚しく隔たる様になる、文明の恩恵を頂戴するはおかねのある人と計《ばか》りとなつて仕舞ふ。今の社会はどうも悲しむべきことだがコーなるから仕方がないことだ。そこで、劣敗者、貧賤者、下層社会に教育もすれば慈善もする生産も与へるといふのは宗教者が先に立たねばドーしても出来ぬことだ、宗教の信仰から来ぬとどうしても箇様な崇高な実行や事業は出来ぬのだ。

（『壺月全集下巻』四一一—四一五頁）

日本では貧富の差が開いても仏教がその「調和者」となっていない、新しい時代に即した仏教の形が必要だ、そう考えた海旭はそれを「新仏教」と呼んで、仏教界に社会事業や慈善事業への関わりを呼びかけたのだ。私は海旭の存在を知って心の昂《たかぶ》りを抑えきれなかった。正直なところ現在の日本の寺には何も期待できない＊66のではないか、と思っていた。だからこれだけ聡明な僧侶が大正時代、社会で活躍し社会の変革に携わっていた、ということがわけもなく嬉しかった。そして海旭のそうした特質が、ドイツ留学によってもたらされたものである、という点がとても面白いと思った。調べてみると、浄土宗がドイツに留学生を送り出した背景にはどうやら明治の廃仏毀釈、仏教弾圧があるようだった。これにより仏教界は大規模な変革を迫られたわけだ。時代は文明開化、キリスト教の活動も目立ってきている。そのためだろうか、この時期浄土宗のみならず各宗派が中国などアジア

＊65……満州の鏡泊学園の総長にも推されたり、国士舘の理事におさまったりもしているほか、設立や経営などに関わった学校を挙げると、大乗学園、巣鴨女子商業学校、大阪女子商業学校、岩淵家政女学校、東洋大学、大正大学、仏教連合大学と枚挙にいとまがない。

だけでなく西洋にも留学生を送っている。海旭の場合ドイツで比較宗教学を学んで帰国したわけだが、その副産物として大正日本に社会主義的な社会改良への発想がもたらされ、「社会事業の先駆者」といわれる僧侶が誕生したのだ。

国を飛び出して生活してみることはいつの時代も十分に有意義だ。海外を見ることでいくつもの発見があり知識と経験の獲得がある。それは広い意味でものごとを「知る」ということだろう。誰の言葉だったか、人にとって知らなくていいことなど一つもない、という言葉を思い出す。「知る」ことで人は強く、賢くなる。

＊

「日本に来たのはそりゃ驚いた。昭和八（一九三三）年からかな、南洋群島に大きい船が来て、時々大学の教授や学生が来るんだ。二回目の時かな。学者たちがサイパンに来て、（どうして）島民と日本人と一緒の学校行かない（の）か、と差別に気がついたんだな。それからここ（サイパン）の人がパラオみたいに黒くない、それもあったのだろう。それで個人的にサイパンから学生を留学させようと決めたらしいんだ。それで私が選ばれた」[*67]

パラオにはカロリニアンが多いため、色黒の人が多いが、サイパンのチャモロはスペインやメキシコ、フィリピンなどとの混血が進んでおり、少し浅黒い感じだ。それで多少の

＊66……平成二十二（二〇一〇）年秋、私は「THE BIG ISSUE」というホームレスの自立支援雑誌と組んで、あるイベントの企画に関わった。その会場となったI寺のスタンスに共感できないことが多かった。詳しくは書けないが、社会を変えよう、その一翼を担おうという気概や問題意識がほとんど感じられなかったのだ。表面だけを見れば開放的にイベントなどを行っている寺ではあるだけに残念だった。私はなんだかとてもむなしくなって、日本にいくつもお寺があるのにキリスト教の教会に比べて日本の仏教の実態はなんと内向きで惰性の中にあるのだろう、とほとんど悲観的になったのだった。中島岳志さんに別件でメールした折にこんな気持ちをもらしたところ、中島さんも似たような気持ちでいることが分った。中島さんはインドや仏教を多方面から研究調査していらっしゃるので、日本の仏教の現状に、より深い失望があるように感じたが、それでも日本の若い問題意識をもった僧侶たちとのネットワークもあるようで、少し光が見えたように思った。かくいう私も右のI寺でのイベントを通じて安永さんという魅力的なお坊さんとお知り合いになれた（I寺のお坊さんではなかった）。安永さんは熊本の赤ちゃんポストに代表されるような、この世に生まれながら事情によって母親が育てられない命と、子どもが欲しい人々とを結びつける運動に関わっていらっしゃる。不妊治療に多くの人が取り組み、その経済的、精神的負担が注目され問題になっているが、「子ども」を得る、その選択肢の一つとしてもっと安永さんたちの活動が紹介されていいのではないかと思った。

＊67……ブランコさんは、日本人の一個人によって留学させてもらった形だったが、当時日本に渡った島民は意外と多い。大正四（一九一五）年から昭和十四（一九三九）年まで、大正九（一九二〇）年を除いて毎年内地観光団なるものが募集され、延べ六百六十人の島民が日本に渡ったという記録がある。これらは統治政策の観点から島民有力者たちの間に親日意識を植え

親近感を持ち、教育し甲斐があると日本人が考えた、とブランコさんは言っているわけだ。

「私の親父も日本語が上手かったのでその点かも分からない。親父は娘が七人いて彼女たちも有名だったからその影響かもしれない。父はスペイン、ドイツ、チャモロ語、カナカ語、日本語みな上手かった。その（公学校の）とき私も級長やっていた」

ブランコさんは確かにカナカ語、と言った。日本人の私に分かりやすいようになのか、日本統治時代はカナカと普通に言っていたからか、その名残なのか、いずれにせよ、ジェネビブが「差別語だから使ってはだめ」と私に教えてくれた「カナカ」をブランコさんが口にしたのでどきっとした。

「面白い話だけど、日本人は南洋（に）いるのは真っ黒けの人食い人種だと思っていたようで、（自分たちと）同じじゃないか、と驚いていた。[*68]日本では同じ三年生に入って勉強して負けなかった。昭和九（一九三四）年。あの時まだ東京は賑やかじゃなかった。車もあまりなかった。ダットサン、トヨタのオリジンはダットサン。それはあった。小さい車。三菱もあった。私はボーイスカウト[*69]に入って[*70]いた。私が東京にいた時二・二六があった。雪で寒い日だった。怖かったな。小学校は東京で二年いたが、四年を卒業する時、清水へ行った。姉が清水に来て、やはりサイパンから留学で、マリア・アリオラ、ルフィナ・ムニャ、エリザベス・ブランコ三人が留学した。成島病院の院長成島貫一[*71]がサイパンから三人連れてきて看護学校に行かせた。姉が清水に行ったので、私も行った。森厚（という学付けるという目的で実施されたもので、皇居や動物園、靖国神社などを見学、観光団の二回目以降は京阪まで予定に組み込まれ、京都御所、平安神宮、大阪城などもまわっている（千住一「軍政期南洋群島における内地観光団の実態とその展開　占領開始から民政部設置まで」『太平洋学会誌』第九十二号、二〇〇三年十月）。

＊68……島田啓三の漫画『冒険ダン吉』の影響だろうか。ブランコさんの来日の前年昭和八（一九三三）年に『少年倶楽部』で連載が始まっている。ダン吉が南の島で島民を支配していく話だが、初回には人食い人種が登場する。

＊69……日産自動車の前身、快進社が橋本増治郎によって作られたのが明治四十四（一九一一）年、三年後の東京大正博覧会に純国産自動車の第一号として出品したのが「脱兎号」だが、昭和五（一九三〇）年、これの息子を意味する「DATSON」という商標で販売開始、後に「損」を連想するため、太陽の「SUN」に変更した、という車名だ。ブランコさんが言っているように、日産に数年遅れでトヨタもダットサンの製造に乗り出している。ちなみに「DAT」は快進社創立メンバー三人、田健治郎、青山禄郎、竹内明太郎の頭文字をとっているそうだ。田健治郎は台湾総督を務めた人であり、平成二十一（二〇〇九）年に亡くなった田英夫社民党参院議員の祖父だという。竹内明太郎は高知出身、コマツ（旧小松製作所）の創業者だというが、高知県工業高校の創設者でもあった。この高校が明治四十四（一九一一）年に作られてまもない頃、私の曽祖父寺尾豊がここに学んでいる。竹内とは四十近く違うので、接触はなかっただろうが、製作所を作ったり、後に政界に進出したりと竹内との共通項もあって興味深かった。私自身はブランコさんが「ダットサン、ダットサン」というのを「ダットさん」かと思ったくらい、車とか工業とかには関心が持てないでいるのだが、そんな曽孫を曽祖父は天界から嘆い

生）、この人が専修大学を卒業して、向こうの先生と相談して清水へ行かせた」

清水でブランコさんを引き取った成島は産科医のほかにもう一つの顔を持っていた。清水のボーイスカウト、当時の清水少年団のまとめ役である。昭和十四（一九三九）年八月二十二日の朝日新聞には井の頭公園で日本少年団連盟の興亜青少年訓練大会が開かれ、そこで地方代表として清水少年団成島貫一氏が挨拶した、という記事がある。成島氏のこうしたボーイスカウトの活動を見ると、東京の森家からブランコさんのホストファミリーを引き継いだり、新たにサイパンから三人を看護学校にやったりとあれこれ世話をしている経緯にも合点がいく。ブランコさんが東京でボーイスカウトに入っていたと言っていることから、森厚自身もボーイスカウトに関わっていた人物かもしれない。ちなみに新聞記事の昭和十四（一九三九）年はもうブランコさんがサイパンに帰国する年だが、この井の頭公園での大会には「満州帝国協和会青少年団」[*72]の少年十五名が参加したり、タイやアメリカの少年団も参加していたようだ。

ブランコさんは Bruce M. Petty の著書“Saipan: Oral Histories of the Pacific War”でもインタビューを受けているが、これとあわせて読むと、ブランコさんより九歳年上だった森厚が専修大学学生時代にブランコさんの留学受け入れを決め、タバコや菓子、野菜などの雑貨を扱う商いをしていた東京の実家に引き取ったこと、ブランコさんは船中ほとんど船酔いで医者に診てもらうほどだったこと、日本へ行くのに喜びと不安とが入り混じっ

ているだろうか。

＊70……発祥の地はイギリスで、明治四十一（一九〇八）年ベーデン・パウエルという軍人によって創設されていた。ベーデンは軍人ではあったが、途中動物学者シートンの発案なども採り入れたことからも分かるように、目指したものは少年たちが夢中になれるような平和的なものであった。しかし、各国に広まったあとは、少年たちを訓練するという特性から為政者に利用され、軍国主義と結びついてしまう例も多かった。シートンはこうした運動の変質とそれに対するベーデンの態度に、激しく抗議したと言われる。日本には大正四（一九一五）年静岡と東京にそれぞれ少年団という名前で誕生しているが、東京に来たブランコさんが参加したのはおそらく小石川少年団だろう。

＊71……『清水市人名録』（清水商工会議所、一九六七年）によると成島貫一という人は、明治二十二（一八八九）年生まれ、清水市上清水で成島産婦人科医院を開いていた。大正十三（一九二四）年には清水市医師会の理事になっている。昭和二（一九二七）年に熊本医学専門学校（現熊本医科大学）を卒業しており、卒業前に理事になっているのは不思議な気がするが、『清水市医師会七十年史』によると、父親の成島道統がすでに開業しており、そうした相続医の場合は当時無試験でも開業が許可されたのかもしれない。貫一は三十八歳で正式に免許をとったことになる。調べると当時の成島医院の場所は現在も成島姓の人が住んでいた。電話番号も分かり、何度かかけてみたが、とうとうつながらなかった。

＊72……協和会の指揮下に入る前は「満州国童子団」として存在していた。国民党にもボーイスカウト組織があり、これは童子軍と呼ばれていたため、童子団として区別したという。ただ、この日本の肝入りの組織は指導者養成を短期間で行ったため質的にも活動の活発さでも国民党

ていて、最初の東京での二ヶ月は夜ホームシックで泣いていたことなどが分かる。森家では、火鉢のみの暖で寒さがこたえ、拭き掃除を任されて手がしもやけになったことなども回想している。

「映画なんかも見に行った。清水でよく見た。怖い映画見るとさ、一人で帰るのも怖かったな。おばけとか侍の映画だな。ちゃんばらが好きだった」

ブランコさんが日本に滞在した昭和九（一九三四）年から昭和十四（一九三九）年までの五年ほどの間に、嵐寛寿郎の『鞍馬天狗』シリーズ、大河内傳次郎[*73]の『丹下左膳餘話百萬兩の壺』、阪東妻三郎の『恋山彦』『血煙高田の馬場』などの「ちゃんばら映画」が上映されている。「おばけ」の映画、怪談物はまさにブランコさんが清水で過ごした時期にあたる昭和十二（一九三七）年には三十本以上も作られている。『四谷怪談』などは昭和十一（一九三六）年から三年連続で甲陽映画、新興キネマ、日活がそれぞれ別作品を作っている。「怪猫シリーズ」としてヒットした鈴木澄子主演の『佐賀怪猫傳』も昭和十二（一九三七）年公開だ。昭和十一（一九三六）年には渡辺はま子の「忘れちゃいやよ[*74]」が煽情的として発禁になったり、またこの頃、千人針や慰問袋づくりが盛んになって、「パーマネントはやめませう」という標語も流行している。世相が息苦しくなるにつれ、人々は怪談とかちゃんばらとか日常から大きく離れた世界で息抜きを求めた、ということだろうか。あるいは、製作陣側もプロパガンダ的な作品が求められていく中で、ある程度自由の童子軍に及ばず、指導者採用に及んでも国民党が養成した指導員を採用するなど、不思議な状況が生まれていたという。

＊73……大河内傳次郎ときいて、ちゃんばらにあまり興味のない私が思い浮かべるのは、京都嵯峨野の大河内山荘だ。大河内がかなりの財をつぎこんで、三十四歳から亡くなるまで、三十年かけながら造園したと言われる。当時フィルムの長期保存が難しかったため、大河内は永遠の美の追求を造園に見出したのだと言われるが、若いうちからずいぶん風雅な感性を持っていた人なのだなと感心してしまう。修学旅行のグループ行動でこの庭を訪れることにしたのはたぶん、入場者に抹茶とお茶菓子のサービスがあるとガイドブックに載っていたからだと思う。ぴりっとした空気の中で、少しあたたかい抹茶をすすって、十二月の空を眺めると何にも音がしないで、しばらくその静寂にたゆたっていた。大河内が庭を愛した、というのは、同時にこの嵯峨野の静寂をも愛したのであろうと、今振り返って思う。それくらい、印象的な静けさであった。

＊74……最上洋作詞、細田義勝作曲。歌詞そのものというより、渡辺はま子の歌い方が問題になったと言われる。「ねえ　わすーれーちゃあ　いやあよぉ」というフレーズの「ねえ」が半音下がったような甘さがあり、「いやあよぉ」の「やあ」で声が途切れそうに高くなるのが、確かに「煽情的」なのかもしれないが、また随分微妙なニュアンスに対して発禁処分を下したものだなあと、それを下した検閲官がふくらませただろう妄想まで連想してしまっておかしくなる。YouTube に投稿された音源への書き込みの中に、「当時、父がこんな歌を禁止して戦争に勝てるかと怒っていた」というものがあったが、色気なしで禁欲や節約、愛国や奉仕を呼びかけるスローガンばかりが溢れていく時代というのは、つまらない窮屈なものだっただろう。

に作れて咎めも受けない安全牌がちゃんばらものや怪談ものだったのかもしれない。

「（東京から移ったのは）清水の岡小学校。昭和十四（一九三九）年に、姉も一緒に、危険になったので（サイパンに）帰ってきた。当時はシナと戦争していて、だんだん危なくなったので。成績調べればまだあるだろう。友人が調べに行ったが、まだレコードがあるようだ。剣道得意でした。岡小学校には二年以上いたか」

だんだん危なくなった、というブランコさんの言葉が表すように、ブランコさんがサイパンに帰国した二年後、校名は岡国民学校と改名される。国民学校はナチスドイツの初等教育を参考にしたとされ、「子どもが鍛錬をする場」として位置づけられた。国への忠誠心を持った少国民育成が目指されたのだ。


岡小学校は現在も静岡市立清水岡小学校として存在しているが、戦前の成績を保存しているかどうか電話で問い合わせたところ、出た男性曰く「十年くらいじゃないかなあ、保存は」とのことだった。条例などが変わってもう廃棄されてしまったのだろうか。静岡県教育委員会に問い合わせると「成績一覧表の保存年限は五年です。在籍が確認できる指導要録は二十年ですが」ということだった。ブランコさんの友人が、例えば一九七〇年代に記録を確認できたとしても三十年以上成績が保存されていたことになるわけだが、いつ廃棄されてしまったのだろう。

「最近のことを言えば、個人情報保護の観点から、あまり情報を学校が持ち続けるのはよくないということになっているんです。七〇年代くらいまで学校に保存されていたとしたら、そういう条例なりが整備されていなかったということでもありますね。旧清水市は平成九（一九九七）年に公文書の保管年数について細かい規定を設けていますから、それ以前は学校によっては古い記録も残していた、ということだと思います」

ちょっと調べてみます、と言って折り返し電話をくれた男性職員は丁寧にそう教えてくれた。自分の成績や情報を学校に長いこと管理される、というのは確かにあまり気持ちのいいものではないけれども、翻って振り返ってみれば歴史的な意味のある人物の情報がそうやって簡単に廃棄され、今後は機械的に消されていってしまうというのも、あじけないものだ。今はただ、昭和二十（一九四五）年の空襲による全焼を経て、戦後ブランコさんの友人が閲覧するまでよく学校に文書が残っていたものだ、と思いを馳せることしかできない。

「サイパンに帰ってきて、（自分は）日本人じゃなかったが特別、日本の学校に入れてもらった。高等小学校卒業して、実業学校入った。なぜかその時にはわれわれの名前を使えなかった。日本では自分の名前でよかったのに。神山精一にした」

商業科と農業科をもつサイパン実業学校は昭和八（一九三三）年に設置されている。先のサイパン女学校と同じく、日本人のための学校で、島民はごく優秀で、名家の者だけが進学でき、学年に数名いるかいないかであった。ブランコさんはその数少ない一人だったのだ。強いられた日本名に疑問を感じつつ、学校生活は始まった。

「実業学校の商業科。ここは邦人がほとんど。農業科もあったが、ほとんど沖縄（人）だった。沖縄の人にやられるんじゃないかってちょっと気持ち悪かったな。島民のくせにおれたちよりできるはずないじゃないかって気分があったんだろうな」

実業学校を出ると、サイパンの南洋興発に就職して農業指導を担当したり、東南アジアの日系企業に就職できたりと、将来に有利であったため、沖縄の人たちも学費を工面できる層は息子を農業科に入学させた。ブランコさんが感じた沖縄人生徒からの視線は、サイパン社会に歴然と日本人（内地人）を頂点とした階層社会があり、それ以外の朝鮮人、島民、沖縄人の間に微妙な序列意識が存在していたことを感じさせる。

昭和九（一九三四）年貫孝は南洋の島民のチャモロ青年六名を伴って東京で開かれた汎太平洋仏教青年大会参加のため来日した。

以下は『大法輪』の創刊号（一九三四年）に載ったその時の座談会の一部だ。

アンセルモ　あちらに居る日本人の方の中には随分意地悪な、不親切な方があります。然しその人達は斯う云ふ立派な進歩した内地のことを知らないやうですね。みんな青

サイパン実業学校（『南洋群島写真帖』より）昭和８年３月、南洋庁令によって開設、修業年限は３年。受験資格は、高等小学卒業者またはそれと同等以上

柳さんのやうな方だとい丶のですけれど……

青柳　いや、僕がい丶のぢやないのです。つまり意地の悪い方が、僕より少し悪いのですよ。（笑声）

フランシスコ　私たちは心から日本の方と融合し、それによつて向上しようと努力してゐます。ですから教養ある内地人には非常に尊敬の念を抱いてゐるのですが……

青柳　その通りですよ。実際あちらにゐる心なき内地人が島民を馬鹿扱ひにするのは非常に困ります。折角日本式の教養を施して相互の融和提携を図らうとしても、さう云ふ人があるため却つて悪影響を及ぼすのです。

貫孝はすでに述べたように、サイパン家政女学校を作った。やがてサイパン高等女学校となるこの学校は日本人女子のための教育機関で、島民は優秀な者が学年に一人、いるかいないかであった。つまり、島民の大半は公学校が終わったあとなんら教育を受けることがなかったのだ。貫孝はもっぱら家政女学校の設立者として語られることが多いが、同時に島民のための技芸女学校を作ったことも見逃してはならない。ここで貫孝は得意のお茶やお花を教えた[*75]ようだ。

貫孝が島民に「日本式の教養を施して相互の融和提携」を目指した、そのことの是非はひとまずおいておかねばならないだろう。同化主義のあらわれ、皇民化教育の片棒を担いだ、と現在の時点から批判することは容易である。それでも、少なくとも貫孝には島民を馬鹿にする内地人に対して「非常に困ります」という憤りがあった。島民を一段下に見て日本人とは学校を分けた南洋庁の姿勢とも違っていたと言えるだろう。公学校での皇民化教育は日本語を教え、日本の道徳を教え、宮城遥拝や神社参拝をさせても剣道は教えないなど、日本人のための小学校とは明らかにカリキュラムが違ったし、教育システムとしても、ごく限られた島民が進んだ木工徒弟学校を除いては、島民のために公学校以上の教育機関を設けなかった。

差別されたのは島民だけでなく、沖縄などの貧しい日本人も同じであった。貫孝が学校設立に向けて再三要請しても、南洋庁は日本人のサトウキビ労働者の子女や島民にこれ以上の教育はいらない[*76]、と設立許可を渋ったのである。渋る南洋庁に広く教育の場をと迫りサイパン家政女学校設立を実現させた貫孝の功績は正当に評価されなければならない。日本人と島民、富裕な内地人と沖縄人など貧しい農民を対等に見て、ひとしく教育を受けさせようとした貫孝は、「皇民化」をうたいながらその下に島民や沖縄人への明らかな差別意識が存在した南洋庁の教育システムの欺瞞を感じ取っていたのではないだろうか。

南洋の東京と呼ばれたサイパンだが、そこには確かに多民族状況が発生し、生々しく人間の序列化が行われていた場所でもあった。貫孝の学校設立への行動は、いわば教育制度における差別を浮き彫りにしたと言えるが、優秀な島民生徒としてサイパン実業学校に入り、今も日本人の友人が多いブランコさんは、はたして学校という現場で差別される当事者としての記憶をもっているのだろうか。

＊75……孝壽氏は貫孝の茶道は丸い表に図説したものが用意されており、習う人は手順ややり方をすぐ覚えることができた、と語ってくれたが、これは島民に教える際採り入れた教授法かもしれない。壺月流の三世にあたる中村氏の父は貫孝から棒で叩かれて怪我をするほどの厳しい教授を受けたそうだが、伝統的な固定化した方法だけでなく、習う側に立った合理的な教授法をあみ出していくようなところに、貫孝の闇雲な厳しさだけではない、柔軟な合理性が見られる気がする。

＊76……南洋在住の日本人でも、お金に余裕のある者はより高い教育を受けさせようと内地へ子どもを返すのが一般的だった。実際、ヤルート支庁長を養父にもち、サイパン高等女学校に通った小山たか子氏は「内地より程度は低かった」と回想していた。

第7章　貫孝のお経とMr. Blancoの涙

「物忘れがすごくひどくなったね。髭剃りの充電器のコードが見つからなくて、しょうがないから仏壇に行って、知っていれば教えてくださいと拝んだ、三十分したら頭にひらめいた。目の前の箱に入ってた（笑）。元気は元気、まだ夫婦げんかするくらいだから。パソコンも長く座っていられない」

青柳孝壽《たかひさ》氏は中国の青島で終戦を迎え[*77]、戦後入間のジョンソン基地内のマンハッタン銀行に勤めた。自らの老いをちゃかしてそう語った孝壽氏だが、平成二十三（二〇一一）年八十三歳ながら、メールはもちろん、デジカメの画像を取り込むのもお手の物というパソコン精通ぶりで、最近になって私へのメールはｉＰａｄから送信されてくるようになった。いいおもちゃなのよ、と横で奥様が笑う。孝壽さんが「一目惚れだった」と断言するくらい、今でも若々しく品のいい奥様だ。

「おじいちゃんは風呂場行って転んで頭打ってその日のうちに亡くなった、あっという間。おばあちゃんも昼間近所のお年寄りと赤飯食べて、それで気分が悪いからと言うんで……。

最後まで意識もあったしね。看病で苦労しなかった」

奥様がそう語る、孝壽氏の両親、青柳貫孝《かんこう》と千代は晩年を、今も孝壽さんたちが住む団地で過ごした。新所沢駅からほどないところに位置し、平成になってから建て替えられた団地は今では、エレベータもついており、古さは全く感じさせない。

＊77……予科練の航空隊に入った孝壽氏はその後上海へ赴任、そこから希望した青島へ飛んで終戦となった。十二月に青島から佐世保に帰ってきて、両親と再会している。千代と貫孝は、貫孝のおとうと弟子の寺、百体観音で有名な群馬・沼田の正覚寺に疎開していた。孝壽氏は南洋寺の隣にあったホテルの話になった時次のように語った。「コンチネンタルホテルは（今では）中華系になっている。大きな声では言えないが、中国っていうのはね山賊だからね。青島いた頃ね、パーロって八路軍ね、あれが、今の台湾に行ってる国府軍を追っ払ってね。終戦後青島の街を守ってくれって言うんで、鉄砲持たされて守ったんだ、八路軍から。青島から（日本へ）五日間僕が乗った船は食糧がなくて、帽子に入れた乾パンだけ。ひどかった」。平成十八（二〇〇六）年『蟻の兵隊』というドキュメンタリーが話題になったが、ここで明らかになった山西省における日本軍残留問題と同じような国共内戦の現場に、孝壽氏が終戦後巻き込まれていたことが分かる。『蟻の兵隊』の山西省や、孝壽氏の青島での戦いは共に国民党軍に協力したものだ。協力と書くと、あたかも志願兵のようだが、実態は日本軍上層部と国民党軍との取引の中で、切り捨てられた、残留＝置き去りであった。共産党側の八路軍に協力した日本兵もいたと言われる。

「おやじは怖かった、明治二十七（一八九四）年生まれで、坊さんでしょう、気合いが入っていて、おやじのそば行くのも怖いくらいだった。女中と書生がいたんだが、僕が駄菓子屋行ってると、今先生帰ってくるから早く戻りなさいって、そんなのしか覚えてないね。今の若い人には話しても分からないかもしれないけど。姉がサイパンで死んでそれから人間変わったみたいに優しくなったんだ」

青柳貫孝は新潟の高田市（現上越市）の善導寺の息子として生まれたものの、父親の若すぎる死によって継ぐ寺を失った。サイパンに渡って南洋寺という寺を開いた貫孝は、当然サイパンの悲惨な運命に巻き込まれる。サイパンに連れてきた時小学生だった長女の弥生は、その後内地の淑徳女学校に進学、卒業後は一人サイパンに残った貫孝の生活を気遣い、内地から再びサイパンに戻って父の世話をしていた。すでにサイパン戦が始まり、遺骨安置所となっていた南洋寺の住職として、貫孝は白木の箱に遺骨がわりに入れる片木卒塔婆（経木で作った小型の卒塔婆）を調達せよ、という軍命令で千葉の館山へ飛んだ。その間のことだった。軍の伝令をしていた弥生は十九歳という若さで戦禍の中、命を落としたのである。

＊

幼い頃の青柳孝壽さん、弥生さん姉弟

「バナデルのラスト・コマンド・ポスト、あそこは私たちのものだった。あれはあとから名前をつけた。あそこから見ると六百位の船がサイパンを取り囲んでいる。あの時は日本は負けると思ったな。カラベラ洞窟は二つの穴がある。一つは千人壕。入り口のところに大きな石があった。それでなかなか攻撃されても当たらなかった。中にはほとんど興発の人。千人位いた。私たちは初めて入った人間。軍事部の姉は女たちと一緒になっていた。二日目の時艦砲射撃は大きなのが当たった。上の方の石が割れて何回も飛行機が来て三分の一位いや半分位死んだ」

平成十七（二〇〇五）年、北マリアナ連邦政府のビルに置かれた事務所を訪ねた際、ブランコさんはサイパン戦の始まりを振り返ってそう語ってくれた。興発というのは松江春次が製糖事業を成功させた南洋興発のことだ。サイパン実業学校で日本人に交じって学び、卒業した数少ないチャモロの一人であるブランコさんは、その後南洋興発に勤めることになった。興発は当時満州でいえば満鉄に匹敵するような大企業だ。ここで日本人の同僚と共に働いたブランコさんは、戦後も彼らと交流を持ち続け、それ故に日本人の知己が多い。日本人と同じ学校に通い、一流企業に勤める。優秀な島民であったブランコさんの経歴だけを見ると、日本人と肩を並べてエリート街道まっしぐらとでも形容でき、サイパンに存在した、内地人・沖縄人・朝鮮人・島民という人種差別のピラミッドなどまるで存在しなかったようにも思える。しかし、興発就職にいたるまでに、ブランコさんは忘れがたい苦い経験をしていた。

「僕はいつも五番のなかに入っていた。いつも負けなかった。自分は優秀だと思っていた。ところが卒業前に吉田先生が来た。クリスチャンだったようだったが、とても優しい人で商科の簿記の先生だった。それで親父に会いに来て、私は聞いてはいけないと（場所を移されて）姉（二つ上のロサ）が通訳みたいにしていた。お詫びしに来ました。残念で。実業学校のPTAが、島民が優等生になって卒業するということに対してとても反感を持つということで来た。ワン君（ホワン・ブランコさんのこと）は優等だけれども（と言われ）……。免許だけもらった。私は卒業後、軍事部で仕事したかった。コンセプション、今サンディエゴにいるが、彼女も軍事部で仕事していた。しかし吉田先生が、島民は軍事部とか政府の仕事すると絶対に日本人の給料もらえないから、お前さんが、がんばっても自分より下の日本人よりもらえないと言ったら嫌だろう、と言って南洋興発、そこに入れてもらった。それは（日本人と）ほとんど同じ待遇だったのでとても嬉しくて」

サイパンの多くの日本人にとって、島民は公学校を出て、ある程度の日本語を覚え、どこか日本人の家庭の使用人として働いてくれていればそれでよい存在であった。だからこそ、島民の正規コースは小学校に相当する公学校までしかなかったのだし、それさえ落第するものがいるらしい、と笑っていられるのが日本人のはずだった。政府の軍事部で働く島民の給料は大分低かったようで、南洋庁が率先して差別構造を作っていたとも言えるだろう。自分の息子が島民より劣っている、そのことをつきつけられるのは多くの日本人にとって、とても受け入れられないことだったに違いない。

「あの頃は飛行場の勤労奉仕や無理にグアムの通訳行けとかインドネシア行けとか行かされた。私は興発のほうが守ってくれて、行かなかった。それは感謝しています。四三年準社員、当時学校出れば要員の資格もらえて、四四年一月ごろ南洋興発がバナデルの日本人が使う飛工場の建設の仕事請け負った。そのとき私も向こう行ってやった。その前はとてもかわいがってもらって。ベースボールピッチャーだったので。興発には六大学卒業したような人が来て、軍と野球する時ほとんど勝っていた。私はピッチャーだったので、それで好かれて」

社会にどれだけ差別構造が隠されていたとしても、いつでも人と人、個人と個人のつながりはそれを超えて温かなものになり得る。頭を下げてPTAの意向を伝えにきた吉田先生との関係しかり、ブランコさんの同僚や上司としてつきあった興発の社員たちとの関係もまたしかりだ。しかし、ブランコさんの苦悩はここにあった。

「戦争の時、（島民に）サイパンの家出てけって、そんなことまでやったんだ、日本人は。われわれは戦後にクレームしたが、私たちが出したのは日本の金[*78]、アメリカが一九七五年に当時のレートで払った。だまされたよ、われわれは。アメリカと日本が戦争して家壊したりしてわれわれを人形みたいに弄んだ。辛かったよ、涙が出るよ。本当に日本によく見てもらったけど、ほかの人々は可哀想だよ。勝手に日本とアメリカが入ってきてね。壊しておいて、知らないよ。それは日本の罪だ、それはアメリカの罪だ。犠牲になったのはわれわれ。辛いのよ。あんたじゃ分からない（ジュネビブに向かって[*79]）。どんなに辛かったか。勝手なことだよね、ごめんなさいね。私は（日本に）感謝はしてるが。可哀想だよ。その気持ちをみんな知らないんだよな」

ブランコさんの目から涙が溢れた。声が震えた。「その気持ちをみんな知らない[*80]」。「みんな」とはおそらくブランコさんの日本人の友人たちのことを指すのだろう。あるいは統治時代を知らないサイパンの若い世代をも指すのかもしれない。「サイパンの悲劇」と言われるように、日本はサイパン戦で甚大な被害を出した。在留邦人の四人に一人が自決し、戦後バンザイクリフの名が知られた。戦死者も米軍の七倍近くにのぼった。サイパン戦に負けた、そこでの平和な暮らしを失った、そういった被害の感覚が日本人には強いと言えるかもしれない。しかし、そこがもともとは誰の土地で、日本人のほかに誰が傷つき、誰

＊78……ミクロネシアは日本の委任統治という形をとっていたため、形式上は連合国の管理下にあった。しかし統治された側は「連合国に対する賠償」の請求権は持たなかったため、その後信託統治を行ったアメリカが補償をしている。ブランコさんが言っているのは、日本円で手に入れて戦禍で失ったもの、例えば家などをアメリカが戦後三十年たって賠償する時に、通貨価値の上がったことを考慮せず、額面通りの戦前の購入金額のみ支払った、ということだろう。

＊79……ブランコさんは英語と日本語と交互に話しながら、ジェネビブと私に話をしてくれていた。ブランコさんと同じチャモロ人のジェネビブであったが、四十前後と思われる彼女に対して、ブランコさんは「あんたじゃ分からない」と言った。そのあと意味が分からず一瞬困惑したジェネビブに英語で同じ意味を伝えていた。ジェネビブは若い世代ではあったが、歴史研究員であって、サイパン戦のことにも十分理解を持っていると思われた。しかしブランコさんは「分からない」と断定した。戦争にどれだけ関心を持っていても、戦争に苦しんだ人に心寄せようとも、それを経験した者とそうでない者との間には大きな断絶がある。歴史家としてそのことを知っていたのだろう、ブランコさんの断定に対し、ジェネビブは大きくうなずいた。

＊80……「みんな知らない」。ブランコさんのこの言葉はこの時の文脈を超えて日本人全体に向けられているように聞こえた。若い世代にいたっては「南洋」と言われてもポカン、とするしかないのだ。学校教育において、その存在を教わることはほとんどない。まるでなかったことのようだ。私も中島敦を読まなければ「南洋」と出会うことはなかった。

が亡くなっていき、その後のサイパンを誰がどうやって生き抜いていったのか、といったことには、現在に至るまで日本ではほとんど関心を持たれなかった。おそらくはそうした意識や態度の日本の友人たちに対して、ブランコさんは困惑しているのだ。日本式教育で育ち、日本の学校を出て、日本の企業に勤めた、いわば日本人とチャモロ人、日本とサイパンの狭間に立った人間として、困惑しながら憤慨しているのだ。「勝手なことだよね、ごめんなさいね」と日本人がよくするように最大限に遠慮しながら。

ブランコさんは話が公学校のことに及ぶと次のようにも語ってくれた。

「先生は厳しかった。俺も静かなほうだったが、二回くらい殴られたな。仕方ないな、三等国民だからな。とっても辛いことだよ。国籍がないのも辛いこと。余計なことだけど、もしあの時日本人がもっと開けていたら、将来のことを考えてやれば、南洋は日本のものになっていただろう。ああやって最敬礼させただろう。南洋の人間は二十万人いたんだ。三千人の(支配者層の?)日本人。われわれを日本人にしておけば、今頃南洋群島は日本の国だったろう。まあばかげた考えかもしれないが。日本はけちな国。特に日本人は白人は尊敬するが、そうでないのは尊敬しない。これは日本の失敗」

ブランコさんは悲しそうに見えた。けれども決然としていた。日本の「皇民化教育」については、義務は課されるが権利は付与されない、としばしば指摘される。言ってみれば日本人らしくなれ、そのために義務を果たせ、でも本当の日本人にはしないということで、ブランコさんが嘆いているのも、つまりこのことである。「われわれを日本人にしておけば」、つまり形ばかりでなく、実態として市民権を与えていれば、南洋の人間は喜んで日本人になった、とブランコさんは言っているのだ。「日本人は白人は尊敬するが、そうでないのは尊敬しない」というチャモロ族のブランコさんの日本への糾弾は、西洋の白人からアジアを解放しよう、という「大東亜共栄圏」構想のうさん臭さと、欺瞞性をあぶり出している。「日本人がもっと開けていたら」とブランコさんは言った。振り返れば、大正九（一九二〇）年から国語教科書に載った「トラック島便り」には「土人はまだよく開けてゐませんが性質はおとなしく、我々にもよくなつき」という一文が入っていた。「土人」と言われ、「開けてゐない」とされたかつての「島民」の一人として、ブランコさんは、日本人は本当に「開けて」いたのか、と疑問を呈しているのである。

ブランコさんの悲しく熱を帯びた話を聞きながら、私は「大東亜戦争」を肯定する人々が主に主張する「南洋は親日的」という言葉と、それに対する「本当に南洋は親日的なんだろうか」という問いを改めて思い出していた。日本時代を惜しむ人は多い、日本人を好きな人も確かに多い。ブランコさんだってそうなのだ。だからこそ彼の日本批判は重要な意味を持つ。目の前にいる稀有な経歴を歩んだチャモロ人の老人が、私の疑問に対する一つの答えをはっきりと示してくれた。そう思った。もちろんそれが唯一の答えではない。

そもそも唯一の答えなんてないのだ。その当たり前のことを確かめたかった。

＊

風鈴の音のような涼しげなおりんの音が響いて、部屋中にお経の声が響き渡った。古い映画の一シーンみたいに、自分の部屋の窓から見える風景も見慣れた室内もしんとした静けさに満ちているような感覚に陥る。ラジカセから流れているのは私が生まれる四年前の昭和五十二（一九七七）年三月十一日、サイパンで青柳貫孝がよんだお経の録音だ。男性にしては少し高いよく通る声が続き、ところどころでおりんが美しく響く。サイパンの強い風の音が入っている。三月十一日はサイパン戦で亡くなった、貫孝の長女弥生の誕生日だ。読経の前に貫孝が歌うような独特の調子で説明した「ご縁起」は次のようなことだ。

今回ここに遷座する子育て地蔵尊はもとは川越の蓮馨寺にあったものだが、縁あってサイパンに来たものでまことにありがたい。

ここにあわれをとどめしは　水を求め食を乞うて　あるいは泣きあるいは叫び　次から次へと命を失いし　赤子幼児子どもたちは　その数数えるに暇なきなり　ああこの

悲しい運命をどうしてもなぐさめてやらねばならぬ

貫孝は戦後なかなかサイパンに行こうとしなかったという。それだけ弥生の死と向き合うのに時間がかかったということかもしれない。この地蔵尊を建てるために前年の昭和五十一（一九七六）年、戦後初めてサイパンを再訪した時にはすでに弥生の死から三十二年が経っていた。貫孝は八十二歳だった。録音時の貫孝は八十三歳、現在の孝壽さんの年齢だ。お経は蓮馨寺の粂原住職と一緒に二人でよんでいる。貫孝が高く、粂原住職はやや低く、二人の声がほどよく合わさって聞こえる。心なしかお経が速くなる。風の音がなっている。

やがて、お経が終わり、オルガンの音色と共に賛美歌が響いてきた。カソリックを信仰する現地の人たちが歌ってくれているものだろうか。ふと、貫孝が今度は一人で経をよみ始めた。すでに儀式としてのお経は終わって、人々が何か伝え合う話し声さえ聞こえた。その中で貫孝は経をよみ始めたのだ。胸をつかれた。先のお経がサイパンで命を落とした子どもたちに捧げられたものとすれば、これは貫孝が弥生に、弥生だけによんでいるお経に違いなかった。賛美歌は流れ続け、経はよまれ続けた。貫孝の声は先程より低く、悲しみをこらえるように、ゆっくり地面に染みこんでいくようだった。風がなっていた。おりんがもう一度鳴った。

孝壽さんには四本のカセットテープをお借りした。その中に、上の子育て地蔵尊遷座の録音、そして亡き弥生のために歌った、貫孝の妻千代の子守唄のテープ[*81]があった。そのどちらもが三月十一日の日付になっていた。あまりに強烈な意味を持ってしまったその日付をみとめて最初ちょっとぎょっとした。それから、失うということを思った。私の親戚三人も平成二十三（二〇一一）年三月十一日[*82]、陸前高田市で亡くなった。

＊81……千代の子守唄のテープは、昭和五十三（一九七八）年の三月十一日に録音されたもので、かつて千代が弥生に歌っていた子守唄が収録されている。

ねんねんおころりねんねしな　うちの弥生ちゃんは幾月生まれ　三月桜の咲く時分
どうりでお顔が桜色　桜色なら花りゃもの　ねんねん　ねんねん　ねんねしな

千代の歌が終わると貫孝のこの歌についての説明が続いていた。

「今日は弥生ちゃんの誕生日でして、うちのばあさんが弥生ちゃんが生まれてまだ赤ん坊の時に両手で抱いて子守唄を歌いました。その時の子守唄は、今うちのばあちゃんが歌った子守唄です。それで私も今日は三月十一日で、すでに亡くなった人のことではありますけれども昔を思い出して、これを録音してずっとあとまで残しておきたいと、こう思ったのであります」

このテープを孝壽さんのお宅で聴かせて頂いた時、聴き終わってみな言葉が出なかった。私は涙をこらえていた。孝壽さんが、「うちのおやじはこういうの喋るの初めてで大分あがっちゃってるな」と笑いながら言って少し場の空気がゆるんだが、後から孝壽さんも「さっきのおふくろの歌には参ったな」、と心の動揺をぽつりともらした。弥生の命日でなく、誕生日が追悼の日になっているところに、戦場で早世した家族を持つ、残された者の切なさを思った。

＊82……三・一一（二〇一一年の東日本大震災）は一過性の津波被害と同時に、原発崩壊とそれに伴う継続的な放射能被害をも象徴するものとなった。弥生を貫孝から奪ったのは戦争だ。先の戦争と今回の原発事故について、その類似性を指摘した人がいたが、原発に関して、東京電力を非難して終わるのであれば、A級戦犯の非難に終始して、社会がどうあるべきだったのか、あるいは自分たちがどう行動すべきだったのか、どうしてあのように行動してしまったのか、どうすれば戦争が回避できたのか、といった重要な問いを不問にしてきてしまった過去と同様の過ちを繰り返すことになるのだろう。貫孝が生きていたら三月十一日についてどんな言葉をもらしただろうか。

第8章　八丈へ

戦前のサイパンに作られた南洋寺。その住職青柳貫孝は、ただの僧侶という職業を超えて、当時はないがしろにされやすかった女子教育のため、サイパン高等女学校を作った。島民の子にもお茶や華道を教え、チャモロの青年たちを日本に留学させ、苦しい家計の中で生活の面倒もみた。人種を越えて人を教え導くことに情熱を傾けた青柳だったが、サイパン戦の渦中で娘弥生を失う。しかし失意の貫孝は戦後そのまま内地暮らしには戻らない。八丈島へ渡ってベチバーという香料栽培と蒸留を始めるのである。八丈島にあったと言われる工場はどうなったのだろう、貫孝を知る人はのこっているのだろうか。とりあえず、こんな時は図書館だ。図書館の人は親切で、その地域について知りたいことを尋ねると一生懸命資料を探してくれる。八丈町立図書館に電話をしてみると、電話口からは思いがけない言葉が返ってきた。

「はい、八丈島教育委員会です」

番号をかけ間違えたかと確認したところ、「ああ、図書館と一緒です」との返事が返っ

サイパン高等女学校 設立当初の写真
（前列2列目右から3人目が青柳貫孝）

てきた。島のコミュニティーの小ささを感じながら、青柳貫孝について、そして工場について、質問を託し、後日の返事を待った。電話口の相手、Hさんから数日して電話がきた。

「中之郷に工場跡地があって、そばに金田さんという当時の従業員の方が住んでいます」

平成二十四（二〇一二）年六月四日。初めての八丈島訪問は生後四ヶ月の三女を連れて行くことにした。一泊とはいえ、それまで母乳できていたから離れるのは少し可哀想に思えたことと、まだよく眠る時期ではあったから、編集のFさんと一緒であればなんとか乗り切れる、そう考えた。

「赤ちゃん連れで調査なんてあなたが初めてですよ」

空港に出迎えてくれたHさんが驚きながら車に乗せてくれる。ここも寄っていきますかと見晴らしのいいところで車をとめてくれたので降りてみると、見慣れない南国の植物の植わった斜面の先に海が見渡せる。後ろにせまる岩肌を眺めていると地層の分布の様子を解説してくれるHさん。

「八丈のご出身なんですか」

「いえ、違うんですが……」

　聞けば地元の新潟で就職できずに八丈島で教職についたという。中央から離れているという意味において島は閉ざされた場所であるが、同時に外界に大きく開かれた場所でもある。内地の僻地などに比べると、島の外から絶えず人が入り込んできた歴史を持つと言えるだろう。その昔、八丈島に流人が流されてきていたことも思い出す。海からの風が少し強まった。この島が受け入れてきた人々。その人々がふるさとを離れこの島に持ってきた感情。まだ予感でしかないけれど、「中心」から遠く離れたこの島に面白い物語がいくつも埋まっているような気がした。そして、何より八丈島に渡った幾多の人々のうちの一人が青柳貫孝なのだ。


「ここは戦争に負けて南方からの引揚者が多かったんですよ。昭和二十（一九四五）年すぎ、一万三千人。私らのクラスは六十五名いたんですよ。少なくとも四十人くらいいた。南洋から来た奴はみんな靴履いてるし、グローブも持ってたしね。（普通は）裸足で学校行ってたのよ、学校の右と左に足を洗うとこがあって。国民学校。冬でも裸足で行くからね。泥水の中で洗って。草履は履かなかったの。最初はみんな裸足だった。引き揚げてきた人だけが靴履いてる。向こうで米軍に支給されたんだろう」

戦後の八丈島についてご自宅でこう語ってくれたのはHさんの紹介してくれた金田さん。貫孝が八丈島の南部、中之郷に作った香水製造工場で働いていた元従業員で、貫孝とも接触のあった貴重な証言者だ。

「怒られたことはないし、ただちょっとせっかちなとこはあったかな。仕事でどうこう言われたことはなかったですね。スリランカ、そこの話もしてました。丸くてこういう帽子かぶって、（後に）易者さんやったというから、ああいう感じでやったら似合うだろうなと」

貫孝は東京都中央区にある曽田香料と話をつけ、昭和二十四（一九四九）年、八丈島農場と工場を開設する。曽田香料の社員となったのである。その二年後には工場長となり、この頃金田さんも工場で働き始めている。

「うちの親父と（青柳さんで、金田さんを）働かせないかということになったらしくて、定時制だったら働けるってことで四時くらいまでね。一緒に働いてたのは菊池信二さんの弟と嫁さんの弟と、いとこの息子の金田よしみつというのと、私と、正規には五人くらいであとは臨時が二、三人。女子大のバス停のところ、香ケ丘っていってあそこ、工場の前にバス停を作ったんですよ」

蒸留を始めた工場からはベチバーの強い香りが周囲にたちこめていたという。菊池信二という人はサイパン帰りの農家だが、曽田香料との栽培を委託されているので貫孝と何らかのつながりがあった人物だろう。残念ながらすでに故人だ。

「もともと曽田香料の社長が曽田政治さんっていう人で、天然香料が好きだった、日本全国に工場や農場があって、ラベンダーとかゼラニウムとか。小豆島までこっちが暇な時に行ったりしてね。本社は日本橋。今は貸しビル建て直したかなんかですね。昔風の建物だったんですが。日本に今工場はあるが、天然ものはやめたかもしれない、社長が代わってから。政治さんが天然物に凝っていて、どこもみんな赤字だって（笑）。ラベンダーやらバラやらやってみたようですけど、外国のほうが安くて。みんな瀬戸内なんかは舟でゼラニウムを伯方島とか博多のほうの工場にやったりね。南方の香料、もともとあったかいとこのものだからね。曽田香料ができた時、小川香料というのがあって、小川のほうが大きいようなことを聞いた。うちは（八丈に）工場作ったが、小川さんのところは、試験的で人員も一人で、そこはすぐ引き揚げた。八丈（工場）は十七、八年続いてたんです」

曽田香料の創業は大正四（一九一五）年、現在は国内三位の香料メーカーに成長している。終戦時すでに三十周年を迎えていた曽田香料は、戦後雨後の筍のように乱立した香料会社との競争の中、各地の農場の復興によってこれを乗り切ろうとした。曽田が昭和四十二（一九六七）年に出版した語り下ろし『香料とともに六十年』には、そうしたいきさつが述べられている。曽田香料の場合、そもそもベチバーは鹿児島の農場で作っていた。そこに八丈のほうが気候が合うのではと進言しに行ったのが貫孝だった。貫孝の言は採用され、八丈に農場と工場設置がゆるされたのだ。今はもうただの草地になっている工場跡地に立ちつくしていた時、ふと金田さんが言った。

「貫孝さんはそういえばパチョリ音頭っていうの作って、事務所に歌詞貼ってね。（私は）聞いてるだけだったけど。面白い人だった」

「え、歌ってたんですか」

パチョリというのはベチバーと同じくハーブの一種だ。曽田香料の鹿児島農場でも栽培されていたというから、八丈でもいくらか作っていたのかもしれない。息子の孝壽さんから聞いていた厳しい父親像とはうってかわった、従業員の前での貫孝の愉快な一面に戸惑いつつ、この不思議なお坊さんへの親近感が少し増した。

『曽田香料七十年史』によれば、昭和二十八（一九五三）年から八丈島農場でベチバー収穫が始まった。翌年には根付け面積も三十ヘクタールに及び、品質も良質だったという。貫孝自作年譜を見ると昭和三十（一九五五）年、ベチバー油製造法の特許を取ったことになっている。そもそもベチバーの蒸留には一〜三日程の時間がかかっていたが、蒸留前に根を細断、圧砕して組織を破壊するローラーを考案し、蒸留時間十時間の短縮と収油率も倍になったという。曽田香料側の資料に貫孝の名はなく、ただ社としてこの特許を取得したという記述があるのみだが、おそらく、現場の貫孝たちが試行錯誤の中で編み出した製法なのだろう。しかし、この特許取得の年、貫孝は曽田香料を退社し、八丈島を離れている。年譜には「南方諸国仏教徒に香料植物栽培並香油生産指導のため各地域出張」とある。工場設置と栽培に尽力し、ようやく軌道に乗り始めた時、貫孝はもうそこを離れたのだ。昭和三十（一九五五）年、貫孝になにがあったのだろうか。

この年、八丈島では二つの高校が合併して都立八丈高等学校となっている。生徒数が少なく、園芸科廃止の圧力を受けていた園芸高校と、充実はしていたが、学校経費が地元三根村を圧迫しつつあった明治大学付属八丈島高等学校の二つだ。*83 この統廃合と貫孝のあいだには実はつながりがある。昭和四十八（一九七三）年刊行の『八丈島誌』には廃校時の明大付属高校の教職員名が明記されているが「兼任講師」の欄に「青柳貫孝（国語・漢文）」の名が見つかる。貫孝はここに昭和二十六（一九五一）年から四年勤めた。*84 工場長に就任してすぐ、副業の講師業もスタートしたわけだ。しかし、三十年の学校統廃合に伴って、常勤ではなかった貫孝は退職を余儀なくされた可能性が高い。一方で、講師業がなくなったところで、工場長としての給与は安くはなかっただろうとも想像できる。それを退職しての六十一歳での「南方」行きである。これも沖縄なのか、東南アジアなのか小笠原なのかは全く記録に残されていない。この突飛に見える行動は、高校の統廃合がきっかけとしてあったのかもしれないが、もっと大きなものに突き動かされての行動にも見える。そうでなければ、とりあえずは安定した工場長の職を辞してまで、新天地には移らないだろう。ふりかえれば、インドでタゴールに茶を教えたことに始まり、ビルマ（現ミャンマー）、セイロン（現スリランカ）、サイパン、ロタ、ヤップ、そして八丈。貫孝のまわりにはいつも教え子たちがいた。教え、伝え、また移動すること。ここに貫孝の生き方の指針が隠されているようにも思える。そうだとすれば、工場も軌道に乗り始め、教職を失った八丈島はすでに貫孝のいるべき場所ではなかったのかもしれない。

＊83……八丈島島民にとって高校誘致は重要な問題だった。都立園芸高等学校八丈島分校の設置は、校舎、教員住宅、教材などを地元で負担する、という都側の示した条件のもと実現しているし、明治大学に高校設置を打診したのも島側からである。『八丈島誌』の記載からは、園芸高校のみならず、明治高校の学校経費も地元が負担していたことが窺え、島側の立場の弱さを感じる。東京都が園芸高校設置についても、島側にきつい条件を出しているのは、なんだか島嶼部の教育がおざなりにされているのを目の当たりにする思いだ。島には義務教育、中学校まで設置すれば十分という感覚が透けて見える。

＊84……貫孝の年譜では漢文と英語講師と書かれている。金田さんは「明治高校でお茶の先生やってた」と記憶している。兼任講師ながら得意の茶や花で課外活動にも参加していただろうことが窺える。八丈島教育委員会のHさんに当時の教え子がいないか、調べてもらったが、今のところ貫孝を記憶している卒業生は見つかっていない。

「結局最後は（ベチバーの）稲から日本香堂というのに、そのまま渡して。（曽田香料の）社長も代わって、八丈から引き揚げた。農場の工場のほうは（菊池）信二さんのものだった。お前やってくれと言われて、（当時）園芸品でやりながら、（工員）五人くらいでしたけど、やめますって言って」

金田さんはその後八丈支庁で役場勤めになった。

「三人の息子たち、東京で勉強させるにはものすごいお金がいるわけな、八丈から。それができてよかった」

家から出てきた奥さんがそう言って金田さんの隣でにこにこしている。ふと見ると奥さんの手に何かが握られていた。

「昔ね私が若い頃に彼からもらったんですよ。今探して探してね。もう五十年。確かにこれがあるはずと。あげるからね。平気平気」

奥さんの手のひらには、曽田香料とかかれた平べったい小箱があった。そっと箱の蓋を開けてみるとそこには紛れも無い琥珀色をしたベチバーの香水がおさまっていた。

「栓があるからね、よかったね。普通一般用にこれ、なかなかわれわれ（従業員）にはくれなかった。本社行った時にもらってきてね」

興奮を抑えながら、小瓶の栓を開けると、信じられないくらいに新鮮な香りが広がった。半世紀以上の月日を超えて、貫孝の育て蒸留したベチバーの香りが当時のまま運ばれた。

遅れて届いた手紙を手にしたような心の震え、マジックを見せられているような不思議な気分の中で思わず涙目になりながら、私は貫孝のメッセージを香りの中に探していた。貫孝はなぜ内地に戻らずサイパンから八丈に渡ったのかと。なぜベチバーを八丈島民と一緒に育て、香水を作ったのかと。

空港を出ると予想以上の寒さにぶるっと身震いがはしる。寒さのやわらいだ東京に再び寒波が押し寄せていた平成二十五（二〇一三）年二月九日、八丈島は曇りがちで寒気に包まれていた。勝手に一足先の春気分が味わえるものと小さな期待を抱いていた自分を笑って、ここも東京都であることを改めて思い出す。さすがに同じ東京都でも小笠原まで行けば暖かいだろうけれど、八丈は小笠原と本州の中間くらいにある。かつて鳥も通わぬ八丈ガ島と言われたわりには、気温は本州に近いのだ。飛行機が十五分ほど遅れて着いたので、約束まであまり時間がない。目的地までは歩ける距離なのだけれど、タクシーに乗り込んだ。道路沿いの斜面に所狭しと植えられている赤い花はアロエで十一月くらいから咲いているのだという。五分もしないうちに八丈島唯一の老人ホームにたどり着いた。向かって左に真新しい立派な施設、右側にいかにも古めかしい黒ずんだコンクリート平屋で、直方体からなる施設がある。全く同じような古いコンクリートの直方体は以前確かに見覚えがあった。サイパンの歴史保存局だ。コンクリートの寿命は四十年と言われるが、明らかにそれくらいは経っていそうなその建物の中で、歴史研究員のジェネビブは戦前のサイパン資料を集め続けていた。

「さすがにそんなに古くはないんですけどね」

戦後すぐの建物か、と思わず口にした私の質問に、新しい小綺麗な特老の建物から出てきた男性職員は苦笑した。そしてサイパンからの帰還者三人のいる養護老人ホーム、つまりその古めかしい直方体の建物へと案内してくれた。

建物のサッシの引き戸を開けてすみませーん、と入り口から中に入ると、長い廊下におかれたベンチにお年寄りが三、四人腰掛け、ゆるやかにこちらを眺めている。職員の人が食堂のようなところから慌ただしそうに出てきた。「奥山さん、美和子さん、梅子さーんいらっしゃいましたよー」職員の方に通された食堂には、ちょうどお昼が済んだくらいの時間なのだろう、三十人程の人々がテーブルでお茶を飲んでいた。その中から三人が立ち上がり、職員に連れられて端のテーブルに集まった。八丈島唯一の老人ホーム養和会に暮らす奥山武さんは昭和十一（一九三六）年生まれの七十七歳。菊池梅子さんは昭和六（一九三一）年生まれの八十二歳。菊池美和子さんは昭和五（一九三〇）年生まれの八十三歳。当初一人ずつ伺って、翌日さらに聞きたい人のお話をもう一度伺おうと思っていたので、いきなり三人に並ばれて少々戸惑いつつも、それぞれが記憶を補い合う可能性も期待しつつつ、同時に話を聞いていくことにした。奥山さんはお祖父さんの代にサイパンに渡っているため、移民の三世にあたる。父親がサイパンの火力発電所に勤めており、三歳の時に火力発電所の転勤でトラック島に移住した。

奥山「マタンシャに山下家っておふくろの親の家があって、山下から奥山に嫁に行った。もとは八丈の八戸の人です。ただここで収入がなかったろ。それでみんなサイパン行ったそうですよ。サトウキビなんかをね（やりに）」

「南洋興発ですか」

菊池美「そうそう」

奥山「サイパンで生まれて、二才くらいで親父の仕事でトラック島に行って。向こうはマンゴ、バナナ、それからパンの実なんかね。あれを焼いて。親父はサイパンで火力発電所に勤めてたの、それの転勤です」

奥山さんだけでなく、梅子さんと美和子さんもサイパン生まれだった。つまりそういう世代なのだ。八丈に渡る前、やはり南洋への八丈島移民の聞き書きの論文をのこしている研究者の対馬秀子さんとお電話で話をしたが、「ちょっと遅かったわね」と言われた。新たな証言者を探しているがもう見つからないとのことだった。ただ、対馬さんはこの老人ホームへ調査には来ていないとのことで、案の定こうして三人の証言者に出会うことはできたわけだ。ただし、彼らはサイパン移民の二世三世であり、移民としての入植の苦労というよりは戦争の被害者である可能性が大きいだろう、ということは予想していた。

奥山「それで太平洋戦争でトラック島から昭和十九年に引き揚げてきたです。昭和十九年、小学校の一年生。十九年の二月。あったかいとこから急に寒いとこ行ったでしょ。何にも着るものないし」

「八丈に戻ってきたんですか」

奥山「いや、東京です」

菊池美「引き揚げ船が八丈にはつかないんです。東京都か横浜」

奥山「それで八丈に一度帰ったらまた疎開しろって」

「どこにいったんですか」

奥山「国分寺行ったり高井戸行ったりね」

高井戸。思いがけず、自分が小学校から十年以上暮らした実家のある街の名を耳にし、反射的にその名を反復した。疎開は都市から他県への避難というイメージが自分の中で固定化されていたので、馴染みの地域に八丈からの疎開者がかつて暮らしたとは思ってても見なかった。奥山さんは最初に高井戸に移り、その後国分寺に移って小学校も通ったという。戦後奥山さんのお父さんは八丈島に帰り、トビウオ漁の飛び船船員になり、一家を支えた。

梅子さんの両親はサトウキビ作りもしながら、北ガラパンの南貿商店という百貨店に勤める店員でもあった。梅子さんもガラパンに家があり、映画館の裏だったと記憶している。

「サイパンは『カナカ』とチャモロがいましたよね、そういう人たちと付き合いはありましたか」

菊池梅「私は子どもだから飲み会なんか行かないけどね、向こうの人も（お酒を）自分たちで作るみたいね。お父さんが飲んでました。私らは行かれないけど、島民の部落があってね、結構行ったみたい、そのたびに随分母が泣かされたみたい。お金がないんだからね。貧乏人で」

「島民の部落に遊びに行ってたんですね」

菊池梅「そうみたいね、そっちのほう賑やかだったから」

「チャモロや『カナカ』の人たちはどのあたりに住んでました」

菊池梅「海岸べり。チャランカとかタポチョとかね」

繁華街の賑やかさという意味では梅子さんたちの暮らしたガラパンが日本人商店が並び、もっとも開けた場所だった。長野の麻績からヤルート支庁長を務めた養父と共に南洋に暮らし、サイパン女学校にも通った小山さんが、島民が海岸でジャズをやっていたという証言ともあわせて、島民の部落が賑やかだったというのは、実際に彼らの集まりが祭りのようだった様子を連想させる。そして梅子さんの父親のようにそういう場所にふらりと出かけていく日本人もいたのだ。

美和子さんは学年は違えど、梅子さんと同じサイパン女学校に通っていた。サイパン女学校の前身のサイパン家政女学校はもちろん青柳貫孝の設立である。

菊池美「梅子さんは私の一つ下。でももう爆撃ひどい頃で勉強できなかったと思う。日本軍がとった地域を向こうがざーっと取り返してきたんでしょ。軍の手伝いで伝令もやりました。紙に書いては渡さない。捕まった時に物持ってたらだめだしね。」

若干耳の遠い梅子さんをフォローして美和子さんが語ってくれる。美和子さんも勉強ができたのは一年までで二年生からは爆撃が増えたという。美和子さんがやったという軍の伝令は、貫孝の亡くなった娘弥生が担った仕事でもある。もしかして二人が顔を合わせたこともあったのだろうか。

「女学校はどうでした」

菊池梅「よかったですよ、こっちとは全然違います」

こっち、とは八丈のことだ。サイパン生まれの梅子さんにとって、戦争で去らざるを得なかった生まれ故郷は、それでも明るい思い出の眠る島なのだろう。

「小学校時代はまだ空襲なんかはなかったと思うんですが、どんな遊びをしていました」

菊池梅「わたしらもざざざとやりましたよ」

梅子さんが鉄砲を構えるポーズをして言った。

菊池梅「学校で先生が教えてくれたの。授業じゃないけど訓練で。女の子もみんな。戦うのが嬉しいって」

「お国のために死のうっていう」

菊池梅「そこまで考えなかったけど」

　竹槍や射撃訓練をしながら、戦うのが嬉しいという小学生の女の子を想像することは、現在の感覚では簡単ではない。しかし、目の前の梅子さんがかつてそうであったのだ。彼らが「戦争ごっこ」として、戦争を自然と吸収したように、子どもたちにとっては半分ゲーム感覚であったのだ。空襲が始まるその時までは。

奥山「終戦に八丈に帰ってきて。なーんにもなかった。アメリカに木っ端微塵にされて」

「疎開していてよかったわけですね」

奥山「危険に遭わないでいったから」

「途中でやられてしまう船もあるわけですよね」

菊池美「大体潜水艦の魚雷ですよね、やられました」

　まちかまえていたように、美和子さんが会話に食いこんだ。

菊池美「船と一緒に弟二人と姉と死んでしまいました。救命胴衣は前の方がくれたから、みんなつけてると思ったんだけど……。十三歳の時。武さんなんかよくってね、怖い目には遭わないで」

美和子さんはサイパン戦の始まる直前、兵隊にとられてサイパンに残る兄を除いて、家族全員で帰国船に乗り込んだ。すでに魚雷による沈没が多発していた時期で、兄の熟慮の末に決められた便だったというが、昭和十九（一九四四）年六月二日に美和子さん一家が乗り込んだ白山丸は四日、硫黄島西方で魚雷に遭い沈没した。八丈島空港の売店でもとめた山田平右ヱ門『八丈島の戦史』（郁朋社）にはハル子、克夫、健二という亡くなった美和子さんの姉弟の名前が記録されていた。

「私がやられたのは、欧州航路の豪華客船っていうでしょ、ああいうのの一万二千トン白山丸。船団の中でも目立つわけです。さんとす丸ってテニアンからのと。それは夜中にやられて。重油で動いてたんだけど、火花が散って、それが沈む時の汽笛が耳から離れなかった」

沈む船の船長が最期に鳴らす汽笛。それはもはや助命の要請ではなく、別れの挨拶に違いない。その汽笛を痛いほどに胸に焼き付けた十四歳の美和子さん。

「それで夜中に甲板にあげられて、救命胴衣つけて。真ん中より後ろが船室だったけど前のほうから」

「やられたというのは（船が）目立ったんですね」

「やっぱりそういうの狙うのね、人道だなんだっていって」

「ショックだったでしょうね、ご両親も。突然お子さん三人も亡くなって……」

「ショックだったでしょう。でも戦争のほうがああなんだから否応なしでしょ。だからなんにもない時の哀しみとああいう時の哀しみはちょっと違うと思いますよね。いつまでも悲しんでいてもぼこぼこやられるし、食べ物の心配、お金の心配。ひどいですよね、戦争って。あれで儲けたとか言っててね、そういう人もいるわけでしょう」

哀しみに慣れてしまうような哀しみ。奪われ、追い立てられる命、足りない食糧、無一文からの戦後の生活。そのすべてを経験してきたということ。そのすべてを知らないということ。向かい合う美和子さんと私。

「美和子さん、お風呂次はいったらー」

職員の女性がやってきた。食堂のテレビには、尖閣諸島をめぐる日中の対立についてのニュースがながながと流れている。黒く波打つ海がブラウン管に映っている。

「戦争は悲惨ですよ。今もあっちからもこっちからも攻撃されそうでね……。やなこと忘れれば幸せなんですけど」

日中関係が緊迫するこのタイミングで美和子さんの話を聞けることとの重要さは直感的に分かった。明日出発前にもう一度美和子さんの話を聞きに来よう、そう決めてその場をおいとました。

その晩の宿は大吉丸といったが、その古めかしい島の民宿のような名に似合わず、改築したての快適なペンションで、老人ホームから歩いていける距離のところだった。十畳程のゆったりした離れのような部屋に通されてみると、綺麗なフローリングの上に新しいホットカーペットと暖房、机にキッチン、お風呂の付いた、若い女性の部屋にお邪魔したような快適な部屋だった。近くのスーパーで梅と鮭のおにぎりとピーマンの肉詰めといよかん一つを晩御飯に買って、居心地のよさそうな部屋で食べることにした。前回来た時はあしたば荘という民宿で、編集のFさんも一緒だったので、宿で無料でふるまわれる自家製島酒に一緒に舌鼓をうったのだったが、今回は一人ということもあり、朝食のみにした。少し早い晩御飯を食べていると、三毛猫がガラス窓の向こうにやってきて、すきまからくんくん匂いを嗅いでいる。鮭を少し投げてやると牙をみせて食べ始めた。私は残りのおにぎりを口につめこんで、しんとした部屋で、持ってきた野村進『日本領サイパン島の一万日』の昭和十九（一九四四）年頃のことが書かれたページを改めて読み始めた。

三月に入ってまもなく、引き揚げをためらわせる大事件が起きる。四日の朝、ガラパンを出港した大阪商船所属の引き揚げ船が、二日後、硫黄島沖合でアメリカの潜水艦の攻撃により撃沈されたのである。引き揚げ船の名は、皮肉にも「アメリカ丸[*85]」といった。

この船には五百人近くの民間人が乗っていたが、米軍に救助されたのはわずか三人で、四百九十四人が行方不明となり、サイパンには数日後、「全員死亡」と伝えられた。

昭和十九（一九四四）年三月。美和子さんたちが乗った白山丸が出港する三ヶ月前だ。サイパンに残るお兄さんが、どの便に家族を乗せようか迷いに迷ったというのも無理も無い。八丈の民間人に限っても、アメリカの攻撃で遭難した船は十九年三月アメリカ丸、四月三池丸、五月美山丸、六月白山丸、二十年四月東光丸に及ぶ。白山丸以降一年近く遭難船が途絶えるのは、白山丸が出港してすぐ、サイパン戦が始まるからだ。一度戦場となったサイパンは引き揚げどころではなくなった。人々は逃げ惑い、洞窟にひそみ、多くはバンザイクリフと呼ばれるサイパン島最北端の崖に到着した。「鬼畜米兵」に弄ばれ殺されるという軍人の流したデマを信じ、生きて虜囚の辱を受けず、と戦陣訓のフレーズを胸に、

＊85……東洋汽船がイギリスに発注した、日本丸、香港丸と並ぶ三艘のうちの一つ。明治三十二（一八九九）年から台湾、日本、ハワイ、アメリカを結ぶ航路で就航を始めたが、その後何度か航路を変え、太平洋戦争で海軍が徴用した。野口英世の渡米や、孫文の日本亡命時も亜米利加丸に乗船している。アメリカを敵国とする以前、純粋に、人を運び国と国を結ぶべく名づけられた名前がもの悲しい。

多くの日本人が次々に紺碧の海に飛び込んだ。美和子さんたちの出港はそんなサイパン戦ぎりぎりの引き揚げだった。

翌朝の、若い奥さんが作ってくれるペンションの朝食は美味しかったけれど、食堂で流れるテレビからは相変わらず緊迫した尖閣問題のニュースが海上の映像と共に垂れ流されていた。尖閣諸島から東におよそ二千キロもいけば硫黄島だ。あの海は美和子さんが投げ出された海と確かにつながっている。

一時の飛行機に乗れるようにと午前中に再訪したホームでは、別の部屋に通された。太鼓が一つと机や椅子があるほかは特に何もない小さな部屋に、陽の光が差し込んでいた。八丈は太鼓が有名だ。まだ本場の演奏を聞いたことはないが、奏者の即興からなる奏法は他地域にあまり見られないのだという。YouTubeで夏祭りの太鼓演奏を見てみるとなるほど、よくある和太鼓の演奏のように決まった何通りかのパターンが移行していくというよりも、奏者が割に自由に、しかし決して易しくはない奏法で叩きまくっていて、その迫力に見入ってしまう。お年寄りが気まぐれに叩くこともあるのだろうか、この場所ではあまり出番のなさそうな八丈太鼓に見守られながら、美和子さんの話は始まった。

「父の姉さんの旦那が飛船《とびふね》作るって言うんで連帯保証人になったの。その年時化《しけ》がひどくて船作ったけど（魚が）獲れなかったんだって」

南洋興発社宅

飛船というのはトビウオ漁船のことだ。生活をなんとか切り開こうとした姉夫婦に美和子さんのお父さんは協力したが、これがサイパン行きのきっかけを作った。この時に金を借りた中之郷のおタカ婆さんという人から、金を返せないならと山などの財産をとられたのだという。美和子さんの両親は南洋興発の募集に応募し、サイパンへ渡ってサトウキビ栽培を始めた。

「でっかいふさ担いで帰ってきてました。スイカ作っても馬鹿でかいのができるし。親の苦労はよく分からないけど、人間関係やら土地やら。子どもは子どもでね。興発の社宅の一軒家に住んでて、ハナチルザンにありました。大きな家で私臆病だから、友達呼んでは、本読んでてもらってその間に奥のほうの部屋を掃除した。風呂は五右衛門風呂。アレの掃除もやりました。とかげが落っこって死んでたりするの。水はタンク。ボウフラが湧くといいんだって、湧かないと毒気があるって。色々手伝いはやりました、やらないと怒られましたよ」

ハナチルザンは市街地ガラパンから北にかなり離れたところだ。マタンシャにあった小学校までは一時間以上、ガラパンまでは二～三時間はかかった。

「ハナチルザンはね、土掘ってると人骨が出てきた。スペインとかドイツとかの時代のでしょう。父たちが弔ってました。山行ってバナナ一房もってきてね、だから（こっちに）帰ってから、あらバナナって買うものかしらって思いました」

もともとは、三歳で肺炎で入院してからもずっと弱かった美和子さんの体は、長距離を歩く生活の中でかなり健脚になったという。サトウキビを運ぶ汽車の線路を歩くこともあった。

「お転婆でした。汽車が通る。ポーッて掘割みたいなところを。本線を通る汽車に積んで引っ張ったんでしょうね。おしゃべりしながら、歩いてるとポーッて来て、逃げ場がないから、はしっこにピタッてなって。帰り道サトウキビをひっこぬかないでなってるのをそのままかじって帰ったりね。マンゴの木ってこんな大きいんです、石で落としてね。ホントはいけないんですけど、道端にあるからね。あんまり熟してるのはべちゃってなるから見極めてね。色々悪さをしました。男の子もあとからくっついてきてね（笑）。あと棘があるシャシャップっておいしかった。楽しいとこだったですよ。いつもそよ風がふいて海

ガラパンに現存するサトウキビ（甘蔗《カンシャ》ともいう）運搬機関車

洋性気候。天国でしたよ。サイパンの波打ち際の椰子の木が揺れてほんとに涼しいんですよね」

　お転婆は、両親にも叱られた。

「海岸は危ないから行くなって。ほんとに人一人通れるくらいの道だから怖いでしょう、でもばかみたいに好奇心が強いから。ヤシガニのでっかいのとか」

「魚はよく食べてました？」

「でしょうね。かつおやなんか。最初の家は崖があって、海への道があって。上手な人は網でとったようですけど。アシアカ（クマエビ）ってエビがいましたね」

　子どもにとってサイパンの自然は格好の遊び場だったに違いない。美和子さんの幼少期はその後の苛酷さと比べると幸福なものだった。

「でも男の子には泣かされましたよ。山田の子と街の子と違うでしょ。こっちはびくびく怖いから。

そうすると寄ってきて、好奇心なんだろうけど、こっちは怖いからいじめられてると思うでしょ。八丈だから沖縄だからというのはなかったけど。小学校一年の頃は兄と姉と一緒に登校してたのが、みんないなくなってしまったら、すごく心細かったの覚えてますね。カバンもってくれたりなにしてくれたり」

港での別れが最後になった四つ上の兄、一緒に乗船し、弟二人と波に飲まれていった姉、かつて自分のことを守ってくれた二人と、美和子さんはあまりに早い別れを経験したことになる。

「六年の時の女の先生、鶴田先生はとても大事にしてくれた。私も先生のことハイハイって聞いたから。あとはサイパン女学校の高島先生ってねメガネかけてる男の先生、あと東北の男の先生で年いってましたけど、菊池って言えないでチクチサンって言ってたの。みんなあの時期引き揚げたとも思えないから玉砕でしょうね……。女学校の時、高島先生から優等賞もらいましたよ。賞状くれたんです。でっかいハンコが押してあって。それもらうと六年間教科書もらえるんです。トップから一、二、三番くらい」

お転婆で好奇心が強くて優等生。最初のうちは山田の子といじめられても、鍛えた健脚で運動会で一位をとったり、いじめられていた相手にドッジボールでぶつけたり。一方で、活字への興味も人一倍だった。

「同級生で毎月本をとってもらってる子がいて、本がいっぱいあるんですよ。うちはあまり楽じゃなかったからそれは無理で。それでその子と友だちになって、その人の家に寄るんです。それで遊ばないで本ばっかり読んでた。そしたら暗くなっちゃって。街で暗くなったんですよ。その山を通るの怖くてね。走って走って。泣いたかわめいたか、ただ黙って走ったか。臆病なのにね……。でもおっかない動物はいなかったけども。死にものぐるいでした。甘蔗《カンシャ》がざわざわざわって昼間はいいけど夜怖いんですよ」

そんなハナチルザンでの生活も美和子さんのサイパン女学校進学を機に終わり、一家はガラパンへと引っ越した。便利な市街地に越したのは四十を過ぎて入植した両親も五十に入り、当時は車もなく農作業の疲れがでたのではないかという。美和子さんの記憶では父親がかつおのホシ（心臓）をよくもって帰ってきたのでかつお工場に勤めていたのではないかという。

「サイパン女学校もお金がかかったのでは」

「そうですね、テストもありましたし。ある程度頭が良くないとね。遠泳大会ってしょっちゅう泳がされました。女学校で」

しかし、順調にスタートしたかに見えた女学校生活も二年に入ると戦時訓練で授業はなくなっていく。利発だった美和子さんはいつしか、伝令要員として選ばれ、兵士たちに交じって情報を伝える訓練に駆り出されていった。

「あれは頭で覚えないと紙に書いて取られたら分かってしまうから。馬鹿だから一生懸命でした。先生たちの推薦はあったと思う。六年生の時の先生も可愛がってくれて。先生の用達もしましたし。鶴田先生って。あと、仮設飛行場つくりに行ったり、蛸壺掘りに行ったりね。飛行場の砂利ひきとか、空襲来たら隠れたり。団体で若いのが集まってるって行ったら女学校くらいしかなかったんでしょ。伝令と小隊長っていうのもあったんです。四年生が中隊長、大隊長は兵隊さん。だから人が足りなくて、若いのも仕込んだのかなと」

軍にとられて、すでに男子学生はいない中、飛行場の石運びなども女学生がやらされたという。

「日本に飛行機はなかったのよ、もう。神風特別攻撃隊ってね、来てましたよ。日本が奇襲攻撃でどんどん小さい島とっていったのを向こうが巻き返して戻ってくるわけよ。サイパンは後のほうだけど。だから男の子たちも何かやったと思うんです」

「特攻隊ですか、サイパンから飛び立ったんですか」

「十六、七の若い子たち、桜の花を持ってきてくれたの。私知らないじゃない。勉強はしてても。明日発つんですよって行ったけど、燃料片道だけつんでいくの。どんだけ撃たれて死んだのか。飛行機がないんですもん。サイパンまで輸送機で来てでしょ。あとは片道だけですよ。それが分かってるから可哀想でね。その思い出は残ってるんです。敵に撃たれたか。向こうだって必死につぶされないようにやってるでしょうから」

美和子さんの目がうるんだ。姉弟を奪った白山丸の悲劇について「でも戦争のほうがああなんだから否応なしでしょ。だからなんにもない時の哀しみとああいう時の哀しみはちょっと違うと思いますよね」と気丈に意見を述べた美和子さんとは違う美和子さんの心がにじみだしたようで、私はどこかほっとした。そしてサイパンで生まれて日本の桜の淡い桃色を知らずに育った少女が、特攻隊の青年が内地から手折ってきた桜の花を渡される、というまるで小説のようなそのエピソードに胸が一杯になった。その一瞬の出会いのなんと稀有なことだろう。少女と桜、少女と少年とは南国のサイパンで、ふとすれ違うように出会い、別れたのだ。

やがて空襲が多くなってからは学校に行かなくなった。本当の攻撃が来ると伝令どころではなくなり、逃げ惑った。

「空襲が来て山に逃げたのは何回もあります。座布団かぶってジグザグで機銃掃射から逃げるの。子どもであれ何であれ関係ないんですね、鬼畜米英って言ったでしょ。どっちもどっちですけどね、人間が人間でなくなっちゃう。洞窟に隠れてね」

美和子さんが、伝令の訓練をしただけで実際に任務を行わなかったのは、サイパン戦という本格的な戦闘前にサイパンを離れたためだ。南洋寺住職青柳貫孝の娘弥生は、父の面倒をみるため一度離れたサイパンに再び渡った。そしてサイパン戦が始まると南洋寺は遺体安置所として指定され、貫孝は寺をおいてサイパンを離れることも難しくなった。弥生は伝令の任務につき、戦闘の中で若い命を失った。しかしサイパン戦を免れた美和子さん一家を待ち受けた運命も苛酷だった。すでに触れた通り、白山丸が魚雷で沈められた時、お姉さんと弟二人を失っている。この時、美和子さんを助けたのは女学校でさんざんやらされた遠泳だった。

「こんな太いロープが船から下がってて。やられた時のためでしょうね。降り始めたら、べろって手の皮が、むけちゃって。それでばしゃんと落ちたのね。で、あとからどんどん人が降りてきて。船がやられた時にすぐ飛び込めた。危ないからって言われたけど。それで兵隊さんがよく、あとから首に巻き付いてくる人いるけど、はがさないと助からないから、はがしなさいと言っていて、おばさんを一人はがしました」

蜘蛛の糸をよじ登ってくる亡者たちを地獄に落とそうとする場面を彷彿とさせる、生死の恐ろしい争いを強いられた少女の美和子さん。淡々とした口調の裏に、心の温度を読み取ろうとするがかなわない。

「船室の後ろだったんですが前から沈んでいって。姉と弟二人は船と一緒にうずまきにまかれていきました。姉は代用教員の免許持って、あの頃は先生方が戦争に行ったと思うんです、それでそういうの持って張り切ってたんですけど……。弟たちは小さかったから姉が面倒みていて。私が飛び込もうとしたら危ないからやめなと言ってくれたんですけどね、私は自分の判断でやったから」

「弟さんたちは、名前はなんて言ったんですか」

とたんに美和子さんの視線が鋭くなった。

「……だけどそれ、みんな書くんですか？」

触れられたくない、かさぶたのようなもの。私の質問は、それをはがそうとしているのだろうか。

「いえ、覚えてらっしゃるかなと思って」

「兄がよしゆき、弟が克夫とけんちゃんっていってたから健二かな。なにせ戦争はやめたほうがいい。戦争で金持ちになるって……、あれは軍の競争心じゃない？　男の人だから聞いてますけど（笑）」

朝に到着し同席していた編集のFさんにそう笑いかけて、場の空気がゆるんだ。ゆるんだけれども、あの一瞬の美和子さんの緊張した不安げな視線に彼女の心の鎧を見たように感じた。鎧を脱いだら、淡々となど話せなくなってしまう。満州の斬り込み隊で弟を失ったことを語る、長野の麻績から南洋に暮らした小山さんにも同じものを感じた。かろうじて平静に生きていくために、忘れなければならない過去、殺さなければならない感情もある。そこにこちらが必要以上に入り込んでいくことはできない。美和子さんは戦争についてぽつりと言った。

「悲しい思いしたり腹が減ったり、苦しい思いしたりね」

恐ろしい海難から生還した美和子さん。しかし、時はまだ戦時中だった。着の身着のまま横浜に着いた一家がやっとのことで八丈に戻ると、空襲が始まっていたのだ。戦争で死亡して兄も姉もおらず、兄弟の中では年長者になっていた美和子さんはもう怖い思いはたくさんと長野への疎開を決めた。長野へ発つ前、品川の旅館に泊まるとそこにも空襲がしのびよっていた。

「ボンボン音がして、直接あたらなかったけど、近場ではそんなでなかったけども。怖かったですよ。ズシンズシンとくる」

長野では開田村（現長野県木曽郡木曽町）の寺に一家が寄宿し、美和子さんは近くの材木運搬の鉄道の無線取次の仕事を始め、そこでようやく終戦を迎えた。八丈に帰ると借家には大家が戻って住んでおり、まさしく無一文からのスタートで、苦い野草で食いつなぐ日々だったという。その後農協に職を得て、結婚、ご子息にも恵まれるが、平穏な後半生という訳でもなさそうだった。それは九死に一生を得た奇跡的な前半生に比べると、多くの人が経験するような、ありふれた人生の波風ではあったようだけれど。

この、勝気な少女がそのまま大人になったような美和子さんに、彼女が経験してきた過酷な体験は別にして、なんとなくシンパシーを感じた。ふと、美和子さんと同級だったなら、きっと仲良くなれただろうなと思う。一方で彼女の気の強さは尖閣諸島についての驚くような発言にもなって飛び出した。

「今でも、戦争いやな思いしてきたけど、取っちゃえばいいのにって思いますよ。所有者がいたんでしょ。国に渡しちゃえばいいのに。火種を作って」

三つ子の魂百までというが、終戦時に少年少女だった人々の中には、幼い頃受けた軍国主義教育の価値観が、わりに強く残ってしまっている人も多い。美和子さんは悲惨な体験も経ているし、戦争のアホらしさも充分に感じているが、同時に軍国主義的な心性というものが未だに彼女の中で共存している、その混ざり具合が不思議だった。軍国主義というのは、一種短絡的な、思考の際の癖のような形で個人の中に残るものなのかもしれない。威勢よく、大勢で、国のために、敵に立ち向かう。そんな流れに遠い昔、加勢した時の快感を、おそらく美和子さんの心は意識下で覚えているのだ。被害者として戦争の苦しさを訴える一方で、火種を作っちゃえばいいという為政者側の思考に同化したような、安易な思考に流れていく不思議を目の当たりにして思った。そして、同世代なら仲良くなれただろう、と感じた美和子さんがそうなのだから、自分も同じ時代に生きていたら、軍国少女になっていた可能性も十二分にあるのだ、とも思った。

「北朝鮮だって、東京のど真ん中狙ったらね、八丈なんて餓死ですよ。飛行機は飛ばないし、東京がやられたらはいさようならって」

航路が一度絶たれれば、食料が不足していくのは昔から今に至るまで変わらない島の現実だ。実際に海の荒れる時期、小笠原の人々などは食料を大量に買い込む、と八丈の宿で前回出会ったおじさんが言っていた。美和子さんの半ば投げやりな発言の中に、いざとなれば中央の巻き添えを食う、島の運命への不満がにじむ。そうはいっても、ここ八丈も東京なのだ。琉球藩が沖縄県となる前年の明治十一（一八七八）年、八丈島は東京府に移管されているが、これは明治維新以後、相模府、韮山県、足柄県、静岡県と編入先が変わり、政府の政策もさっぱり浸透しない十年があってからのことだという。どこに属しても辺境、島は多かれ少なかれそんなさだめを背負っている。昭和二十（一九四五）年、南洋群島という日本の辺境は消滅した。七十四年の時が流れ、そのことを知る若者は少ない。

第9章　沖縄へ

「方言は知らないからみなから冷やかされていた、ないちゃー（内地の奴）と言われてね」

平成二十五（二〇一三）年九月、那覇市内のホテルの喫茶店で、上運天研成《かみうんてんけんせい》さんはコーヒーを飲みながらそう話し始めた。八丈の美和子さんより一つ下、同じサイパン生まれだ。

「こっちに引き揚げてきたのは昭和二十一（一九四六）年二月半ばなんです。初等（小）学校の七年生に入学した。国語の時間に、先生から読んでと言われて、共通語でスラスラ読むと『みなさん、上運天くんのように早めに標準語つかいましょう』。変なところでほめられたなと」

現在のサイパンを含む多くの島がそうであるように、沖縄もまた、そこから移住し、移民となる人が歴史的に多いところだ。大正末期から昭和初期の恐慌によって、とりわけ沖縄は人々が毒性のあるソテツを食べてしのがねばならないほど疲弊した。このソテツ地獄と言われる時期を経て、旧南洋群島に渡った人々も多かった。現地では畜産業、水産業、農業、商業などのほか、一過性の仕事として土木建設業に携わるケースもあったという。[*86]
上運天さんの父、賢松さんは比較的早い時期に「西村製糖」という会社へ入社を頼みにサイパンへ渡った。
「西村製糖は福岡の漁師を二百人ばかり集めたが、慣れない仕事だし、サトウキビの伝染病があったりもして、西村製糖の役員も逃げたので、福岡の漁師たちはそこに棄てられて、現地のチャモロに雇われて農業するか、カナカから船を借りて、魚を獲って売って三、四年食いつないでいたらしいですよ。そこにうちのオヤジが行ったらもう潰れていたと」
西村製糖すなわち、西村拓殖株式会社による製糖業は第一次大戦後の不況と栽培の失敗もあり、大正九（一九二〇）年三十歳の賢松さんが十五人の仲間とサイパンについた時にはすでに経営破綻していた。仕方なく賢松さんはチャモロ人ホワン・ホセイ・カマチョに雇われタピオカ作りを始める。寝床は高床式のランチョウという農業小屋の二メートルはある床下に蚊帳をつってもらい、鍋一つを借りて食事をすべて作り、タロイモの葉を皿に、椰子の実を椀にして暮らしていたという。ホセイの家族がいる時は食事を分けてもらい、いない時はとうもろこし、乾燥パンの実、バナナ、タロイモなどを分けてもらって魚介類は部落総出の地引網漁に参加してもらったという。このように南洋で生活を始める沖縄人は少なくなかったようで、これを否定的にみる内地の人間も多かった。

「オキナワも日本でありオキナワ人も日本人であるのだ。カナカやチヤモロを統率して南進国策の基幹を築かなければならぬ日本人が却つてこの床下生活の風褥を晒し、チヤモロの口から『オキナワは日本のカナカだ』というやうな言葉を聞かねばならぬといふことは何という恥曝であらう」

（若林忠男『南洋移民の実際』図南会、一九三六年）

そうした批判をよそに賢松さんはせっせと収入の半分を郷里に送り、残り半分は貯蓄した。西村製糖で稼ぐ、というサイパン行きのあては外れたものの、思いがけず、チャモロ

＊86……川島淳は南洋での沖縄出身者の経済活動について、テニアンへの渡航者の例を中心に考察している。沖縄には長男が墓を購入する義務があり、その費用捻出のためにも、出稼ぎや移住は普通の選択肢としてあったようだ。女性は、主婦としてあとから呼び寄せられたり、裁縫業、看護師として赴く場合もあった。（川島淳「沖縄から南洋群島への既婚女性の渡航について――近代沖縄史・帝国日本史・女性史という領域のなかで――」『東アジア近代史』第十三号、二〇一〇年）。男性の徴兵忌避の結果としての移住も多かった。命どぅ宝（ぬちどぅたから＝命こそ宝）という言葉こそ戦後広まったもののようだが、その精神は琉球王朝時代から受け継がれてきたという。上運天さんの義兄も男種を絶やしてはならないという家族の意向で、サイパンに徴兵のがれに出されている。沖縄の人々の生きてこそ、という考えが窺え興味深い。本来それこそが健全で、多くの日本人を洗脳した軍国主義が浸透していなかったとも言えるが。

との親密な関係の中で、賢松さんの生活はタピオカ作りとともに始まった。タピオカはキャッサバという植物から作る。

「でんぷんとしての収穫を得られるのは茎が青いもの、赤いもの、いずれも毒性（青酸配糖体）がある。けど澱粉の含有量が多く現金収入になる」

キャッサバには毒性がないものもあと二種類あるが、毒性のあるものの毒を除去して澱粉をとるほうが抽出率が高い。上運天さんによれば、日に三回水を替えて三日放置すると毒性がぬけ、家庭料理にも使っていたという。このタピオカ作りをホセイのもとで一年やったあと、賢松は四千五百坪の土地を借り、収穫の一割を地主に納入する契約でタナパグにある大橋タピオカ澱粉工場に出荷しかなりの収益を得られるようになった。こうしてマタンシャに建てた家に妻と長女を呼び寄せ、上運天さんはサイパンで生まれることとなった。

「マッピ山の南から電信山のふもとのババサン川あたりまでタナバコ（タナパグ）含めてマタンシャといって、北村とも言ったのね。ババサンはチャモロの言葉でいい名称のようです。マングローブが海から一キロくらい生えていて、そこにはマングローブガニというオカガニがいて、他府県の人は食べなかったが、沖縄の人は結婚式や満産スージという七日目の祝いの時に食べた。蟹の味噌汁は毛蟹に近いうまさでした」

オカガニは泥を沢山吸っているためそのままでは食べられない。やはり水で三日泥を吐かせ、水を替えると食べられるようになるという。毒のあるキャッサバにしてもそうだが、沖縄の、決して楽ではない暮らしの中から生まれた、食べられないものを食べられるものにすることについての膨大な知恵の一端を見る思いがする。

上運天家はサイパンの地で豚、牛、ヤギ、鶏などの家畜を増やし、沖縄では考えられないほどのゆとりのある生活を築くことができたという。恵まれた環境の中、上運天さんはマタンシャの自宅からタナバコ（タナパグ）尋常小学校[*87]に通うようになる。当時のカロリニアン部落はタナバコ（タナパグ）に集中して二百名ほど住んでおり、時々カロリニアンの子とも遊んだという。彼らも山で農業をしていたのだろうか。

「沖縄の人がやるようなのじゃないですよね、せいぜい百坪くらいの狭いところでいろんなものを植えている。それから共同の畑があって、小学校の敷地くらいの広さで鹿、牛、ヤギ、豚も放牧されていて。かぼちゃ畑、バナナ、パパイヤ。一番多かったのはパンの木とマンゴー。向こうは子どもが生まれるとパンの木を共同の土地に植える。それが成長し

＊87……実際はマタンシャに位置したが、タナパグから通う人が多かったための名称。後にマタンシャ方面に人々が移ってきたので、マタンシャ尋常高等小学校となり、そののち国民学校と改称された。

パンの実

て十四、五年で実をつけ始める。最初は五、六個だけど二十年も経つと百個以上なるようになる。沖縄から移民に来て食べるもののない人たちは、落ちてぺしゃんこになったのを砂を落として、食べた。朝鮮人もそういう人多かった」

当時朝鮮からサイパンへ渡る場合、門司まで船で出て、そこからパラオ直行便があったという。[*88] 上運天さんの父賢松が入社をあてにしてきた西村拓殖も製糖業に三百名の朝鮮人を雇い入れている。朝鮮人は当時「鮮人」と呼ばれ、「琉球人」などに比べて進度が遅く大雑把と見なされ、荒仕事に振り分けられていたという。彼らは朝鮮人部落を形成しており、そのため、これまで話を伺った人たちの回想の中にもあまり登場しないのだが、上運天さんには朝鮮人についての思い出がある。

「マタンシャの小学校のそばに線路があって（彼らは）そのそばに住んでいました。ちょっと行くのは怖かった。洗濯なんかも違うし。日本人は洗濯板で洗っていたけど、朝鮮人は石を持ってる、幅が二十五、六センチくらいの。どっからか持ち込んできて、野球のバットを短くしたような四十センチくらいの木の棒で、それに石鹸つけて叩く。ひっくり返してまた叩く。私たちが物珍しさで遊びに行くと、洗濯棒持って立ってる。それだけで怖い（笑）」

「女の人ですよね（笑）」

「男はみんなサトウキビの刈り取りか、キビ作農家に雇われていた。現地の人か他府県人か、南洋興発に雇われてた人も少しいたかな」

常夏のサイパンで真昼の暑い時期でも平気で働くのは「沖縄か朝鮮」だったそうだ。ガラパンのような市街地で暮らした商人や役人の家族たちと異なり、農業をやった沖縄人にとって、朝鮮人や現地のカロリニアンやチャモロはすぐ近くにいる隣人だった。

「カナカたちは畑はあまりないが、パンの木の財産があって、熟する直前のパンを日干しにして保存している、あまったのは豚や牛やヤギの餌にする。日本人もパンを植えたが収

＊88……これも米軍魚雷の被害が出始める一九四〇年以降は、南洋庁経由で労務者募集があると、釜山から博多、博多から列車で横浜へ行き、そこからパラオへの直行便に乗船したという。四四、四五年にはアンガウルの燐鉱採掘のため、南洋拓殖によって朝鮮人募集がかけられた。それまでのトラック諸島現地住民が、本来の在住地での食料生産や軍特殊工事に駆り出され、人手不足が背景にあったという。

穫までいかないので物々交換でパンの実と交換した」

　干し芋のような感じのものだろうか。干したパンの実は子どものおやつになったという。チャモロやカロリニアンは沖縄人が作る黒糖や島民に禁じられていた酒を欲しがり、そこに取引が成立していた。

「たまに興発の人に見つかって叱られたので全部闇です。沖縄の人はそういう時は地域に住む他府県人も警戒した。興発に通報するんじゃないかって。沖縄の、それも身近な人がいる時だけやった。そうでないとカナカも警戒するし商売が成り立たない」[*89]

　そもそも、島民に酒の製造販売、飲酒が禁じられたのは昭和五（一九三〇）年頃沖縄の青年とチャモロ女性が恋仲になって、チャモロ男性やカロリニアンも交じっての四角関係が発生し、とうとう酒を飲んだカロリニアンが沖縄の青年を殺したことがきっかけだという。一を以て全体と見なし、酒禁止が法制化されてしまうあたり、「土人」という言葉に象徴されるような、当時の社会の島民差別が窺えるが、そうした状況をかいくぐり、罰金のリスクを負いながらも、沖縄・チャモロ・カナカの間には物々交換を通して連帯感が生まれていた。

「台所のところに一升瓶置いておいて、それを一杯飲んで帰っていく。『叔母さん水が欲しい』って言ったら、母が振り向きもしないでどうぞと言う。するとお礼にはバケツ一杯の小魚を持ってくる。帰りは二杯くらい飲んで帰っていく」

なんとものどかな風景に思わず笑みが浮かぶ。様々な人種が入り混じった戦前サイパンで、小さな交流が生まれぬはずはないと思ってはいたものの、実際上運天さんの口から生き生きと語られていく島民との貴重なエピソードに静かな興奮を覚える。

「おまわりさんに見つからないように藪道を帰っていくが、おまわりさんも知ってるからどこで飲んだ、と尋問受ける。母は『水が欲しいというからどうぞといったが、飲んだかもわからない』と答える。チャモロの方は『あちらの海岸のメリケン松モクマの根元にあったから何だろうと思って飲んだらおいしい水だった』と答えたと（笑）」

そうして運悪く留置場に一日いれられると、お礼のための小魚はダメになってしまうので豚の餌にしたという。

「そしてまた海に入ってとってきて、刑務所のことはカラボスというんだが、カラボスにいれられた、と言ってやってきてね、今度は見つからないように遠回りして」

日中はカロリニアン、夕方からはチャモロが酒を飲みに来たという。

「顔と名前今でも覚えてる。マニュエルというのは、戦後酒飲みすぎて死んだって。（戦

＊89……物々交換の品としては、パンの実の他にもドライマンゴー、チャモロやカナカの民芸品、トカゲの剝製などだったという。チャモロの飼っている七面鳥や孔雀を交換した山形県人もいたという。土産にするつもりだったのだろうか。

後は）もう飲み放題だからね」

何気ない一言に、一瞬マニュエルという男の人生が酒の香りと共に私の脳裏に浮かんだ。ちびちびと人目をしのんでしか飲めなかった日本時代を経て、アメリカ統治。浴びるように飲んだ酒。マニュエルは結婚していたのだろうか。家族はサイパン戦を無事に生き抜いたのだろうか。根っからの酒好きだったのか、多量の酒を飲まざるを得ない心境だったのか、過剰な自分のイマジネーションがそこに悲哀の影を感じとる間も、上運天さんの話はとうとうと続く。

「マンゴが欲しくなると一合瓶に酒持ってって、ものも言わないですぐ隠して喜んで。かます袋って麻で作ったやつに四斗。コメ俵が四斗。サイパン農家ではよくこれを使ったんだけど、製糖工場でザラメ作ってつめる袋がかます袋。コメや塩、麦も入れたりした。これいっぱいが四斗。それでどこまで入れる、と言われて四分の一くらいのところ指しても、半分は入れてくれた。半分入ってると子どもは持ちきれない。でも家に直接持ってくとばれるから、近くの空家とかサトウキビ畑とか、そこまで運んでくれて隠して。ありがとうっていって帰っていく」

「そのやりとりは日本語で？」

「沖縄の人より綺麗な標準語ですよ。沖縄の人たちが行くより先に軍が入り、第一次世界大戦が終了した頃から日本人が行くようになったわけですけど、行政が始まって現地の人たちのために日本語の公学校作って」

最初は子どもを日本人に取られると戦々恐々だった現地民たちも、下校時に配られるチョコレートや神父の存在に安心して通わせるようになったという。

「大正七、八（一九一八、一九）年あたりにはもう（現地の）子どもたちは授業で日本語で喋るようになって、大人が分からなくなったらしい。沖縄の人が行くようになったのは主に昭和になってから」

西村製糖をたよって沖縄から出向いた賢松さんや、かつお漁業で渡った糸満の漁師たちは早い時期の移住者だった。しかも、彼らに標準語を習う機会は与えられていない。沖縄人の大人と、公学校で日本語を身につけた島民の子どもとでは、日本語のレベルが違ったのだ。もちろん、上運天さんのようにサイパン生まれの沖縄人たちは日本人のための小学校に通うようになる。子ども同士で言葉やなまりをバカにされたりといったことはなかったのだろうか。

「なかったです。むしろ成績がよかったのは沖縄の子だったんです。あの頃は甲乙丙丁の通知表。六年生のとき優良可になったけど。それで甲が多い五番目くらいまではみんな沖縄人だったの。勉強方面では他府県人に負けなかった。だから放課後も差がなかった、標準語も慣れていたし。でも大人が話す方言は理解できたよ、でも子どもの口からは出なかったというか出しにくかった、そういう状況」

そんな中、上運天さんの標準語は上達していった。一方、沖縄方言の知識はそれほど増えることなく、戦後沖縄に帰郷したばかりの頃は、入った小学校ではひどくからかわれたという。*90

「で？」

上運天さんがまっすぐにこちらを見た。

「あなたは雑誌社の人？」

「いえ、個人で雑誌に連載を書いていました。フリーのライターです。あと、音楽活動もしているので、沖縄はまだですが、他の地方ではライブをしたりしています」

すぐに上運天さんの顔が輝いた。

「おお素晴らしい。沖縄の音楽もね、実は嫌いだったの。どちらかというと」

突然の思いがけない告白にどきりとする。

「というのはね、サイパンで三味線がなると、他県の人が軽蔑の目で見ていたの。そういうのに洗脳されて、軽蔑の耳で聞いていたけど、引き揚げてから沖縄の文化というものを知ってね。ヤマト文化に劣らぬ素晴らしいものを持っていると分かったんです」

公学校で習うのは標準語、習うのは文部省唱歌、ラジオから流れるのは内地の流行りの音楽、あるいは軍歌も流れただろうか。沖縄の文化は耳慣れぬ低俗なものに見られていた、そのことを子どもである上運天さんは敏感に察知していた。「軽蔑の耳」という直接的な言葉に胸が痛む。

「小学校二年の時、担任は和歌山の新宮出身の先生だったの。その先生から家紋を調べてくるよう宿題が出た。徳川は葵の紋、豊臣は千成瓢箪とかね。ほとんどの家には紋があるから、お前たちも調べてこいと。何かよく分からなくてオヤジに聞いたら、自分たちは士族出身だから家紋があるよと。平民には家紋がないと」

しかし、父の賢松さんにはその家紋がどんなものかは分からなかった。そこで、沖縄の親戚に問い合わせる手紙を書いて家紋を書いて送ってもらうことにした。けれど宿題の期限は過ぎてしまった。

「その時先生は、沖縄には歴史がないから文化がない、と言ったんですよ」

半世紀前の屈辱的な出来事を語るにしては、上運天さんの表情は穏やかであったが、そこには、その無知で心無い言葉に反発しつつも、結局沖縄を嫌悪してしまった幼い日の自

＊90……沖縄のクラスメートたちは、親切にも上運天さんの知らない言葉一つ一つの意味を教えてくれ、上運天さんはそれをもとに単語帳を作って覚えようとしたという。そうして覚えた言葉をある日祖母に使うと、「今の言葉使うな」。母に聞いても「決して使うな」と言われるばかり。大笑いしながら上運天さんにその意味を教えてくれたのは姉だったという。クラスメートは適当な猥語を、方言の分からない上運天さんに教えて楽しんでいたのである。当時南洋帰りの人は同じようにからかわれていたという。

分を眺める眼差しがあるようにも思った。

「沖縄の人は家紋ある人ほとんどいなかった。福島や山形の人も貧乏百姓が多かったからない家も多かったが、それでも沖縄が圧倒的に家紋がなかった。小馬鹿にされたようなね。それから沖縄が嫌でたまらなかったんですよ。沖縄県人会というのがあって、そこにいくと、他府県の方、福島山形東京広島福岡そういう人たちがどちらかというと、沖縄の行事などを奇異な感じで眺めていた。言葉もよく分からないし、四十~五十になっていた人は共通語が通じにくい。歌、踊り、こういうものが理解できない」

今でこそ全国区で「島唄」が流れ、三線の音色も知られるようになったが、確かに沖縄以外の人々にとっては聞き慣れぬものだっただろう。もしかして、好意的に、興味を持って眺めている人々がいたとしても、「沖縄には文化がない」と教師に言い放たれた少年にとっては、そうした場で恥ずかしさと「奇異な」視線[*91]しか感じられなかったはずだ。

「今思うんだけど」

戦後は教師になったという上運天さんは、長い時間をかけて自分なりに心の中で整理してきただろう言葉で説明してくれた。

「他府県の人はその当時、興発関係者なんかも東京の人が多かったから、自分のものさしで見て、それ以外は野蛮だと見ていたんじゃないか。日本の兵隊も興発の人も、自分たちのものさしで見て、それに合わないものは野蛮だと受け止めていたのかなと。でもサイパンいた時はそんなこと思いもよらなかったから、自分自身沖縄人であることに嫌気がさしていたのは事実なんです。戦後になって解放されたような感じです」

サイパンは「南洋の東京」と呼ばれた。それは、街の栄え方が東京のように華やかであると同時に、内地中心主義的な心性に支配される場所であったことをも意味する。当時沖縄出身の詩人、山之口貘が極貧生活を送っていた頃の東京は、「朝鮮人と沖縄人おことわり」という求人の紙が貼ってある街だった。山之口の詩には沖縄人であると告げるのを女性の前でためらったことを描いたものもある。基地が集中し続けるという構造にひそむ差別はさておき、現代ではもはや考えられない沖縄蔑視の視線というものが日本にはあり、それはサイパンでも確かに存在していた。その下に島民という暗黙の序列があったことはすでに触れたが、そのような内地人を頂点とする賃金差別や規制などがある一方で、沖縄[*92]

*91……南洋群島から沖縄への帰還者の中からも三線を演奏する者は怠け者、三線は色街で弾くものというイメージがあったという声がある。（小西潤子「戦前沖縄からの旧南洋群島移民の音楽芸能行動と三線」『ムーサ：沖縄県立芸術大学音楽学研究誌』第十六号、二〇一五年）

*92……ミクロネシアの日系人について著書のある小林泉はサイパンを含む北マリアナに日系人が少ない理由の一つに、統治の早い時期から日本人の絶対数が多く、「完全な日本社会が形成された」ため、地元民との交流が限られていた点をあげている。（『南の島の日本人——もうひとつの戦後史』、産経新聞出版、二〇一〇年）

人物系図 「研成（賢盛）の自叙伝」より

父・上運天賢松……旧中頭郡具志川村字仲嶺（現うるま市字豊原）。明治23年生まれ
母・マカト…………同上。明治27年生まれ

上運天賢松 マッピー方面で行方不明（当時56歳）	**長女・光子**	20歳で當銘由徳と結婚。生還
	次女・カマド	５歳で夭死（麻疹）
	三女・ツル子	サイパン戦マッピーゴンゴンにて艦砲直撃。21歳戦死
	長男・賢蔵	サイパン戦ランチョウ防空壕爆弾直撃。19歳戦死
マカト 當銘の出・長女（生還当時52歳）	**次男・賢介**	生還（当時15歳）
	三男・賢盛＝研成	生還（当時13歳）
	四女・末子	生還（当時10歳）

人と島民とは、実に生き生きとした関係を結んでいた。そのことは、私の胸をとても温かくした。

時間の関係で、サイパン戦については直接のお話を伺えなかった。けれど、上運天さんは詳細なサイパン戦をめぐる自叙伝を残されていて、そのコピーを下さった。サイパン会会長、赤十字賛助会顧問、ユネスコ指導員、おもちゃ製作とワークショップ、と八十二歳とは思えぬバイタリティーで活動を続ける上運天さんは、記憶力も抜群で、ぜひもう一度お会いしたい、と思う人だった。けれど、とにかく忙しそうで、自伝出版もしたいが、そのためにさく時間がとれない、という。別れ際に、できればもう一度お会いしたいと伝えると、上運天さんは「来なくていい、来なくていいからね」とにっこり笑って手を振った。あとは、自叙伝をお読みなさいということだろう。Ａ４で三七

ページにわたる自叙伝のコピーを胸に、ここに一人の沖縄人のサイパン戦体験がつまっている、と思うとコピーの入った茶封筒の重みをずっしりと感じるようだった。

第10章　それぞれのサイパン戦

サイパン戦について、試しにウィキペディアを参照すると、沖縄を含む日本人の民間人死亡者は八千〜一万人と概数が出ているが、その他の朝鮮、チャモロ、カナカについては生存者数しか出ていない。一体どれだけの犠牲者が出たのか判然としないのだ。サイパン戦と名のつく書物や論文は多いがその多くにおいてサイパン戦は日本と米国の戦いとして語られてきた。しかし、実際には、島民が日本の軍属となって戦闘中に米兵に撃たれたり、逆に敵のスパイや米兵と間違われて日本兵に撃たれたり、島民と分かりつつ邪魔な存在として日本兵に複数人が処刑された例もあった。自分たちとは関係のない二国の戦いの巻き添えをくって死んだ島民たちが沢山いたのである。

前述した島民によるサイパン戦・テニアン戦体験の聞き書き集“We Drank Our Tears”、チャモロ人ブランコさんの証言、沖縄人上運天さんの詳細な自叙伝、そして山形出身石山正太郎一家のサイパン戦体験について記述のある『日本領サイパン島の一万日』も参照しながら、戦史研究のみでは見えてこないサイパン戦の様子を描きだしたい。

サイパン戦前から島民へのとばっちりはすでに始まっていた。昭和十五（一九四〇）年に始まった配給制は日本人対象のものだった。それまで購入できていた食料品が消え完全な自給自足を余儀なくされたチャモロの中には飢えたものも多かったという。

昭和十六（一九四一）年太平洋戦争、当時でいう大東亜戦争が始まった頃には、すでに小学校はすべて国民学校と改名され、公学校には米兵を敵として描いたポスターが貼られた。学校は軍命令を受けるようになり休校となったのだ。島民たちは飛行場建設や防空壕掘りなどの強制労働、軍の食料調達、食料生産に追い立てられた。平和な時には暗黙のものとして存在する蔑視や差別が、戦時下ではむき出しの強制・暴力・殺戮に変わっていく。

「継父の仕事は分からなかったが、いつもひどく疲れていた。日本人のための強制労働をしていたのだと思う。彼は働きすぎて病気になった。ある日、何もできないくらい病状が悪化したので仕事に行かなかったら、日本兵が捜し出して私も家族も連行された。そして家族の目の前で継父は殺された」（Maxima Reyes Flores　チャモロ）

昭和十八（一九四三）年、六年生の上運天さんが四月の新学期に登校すると、校舎は陸軍の兵舎になっていた。サイパン島全島の小学校がすでに兵舎化していた。四個中隊四百人ほどの兵士たちがいたが、銃は五十丁ほどしかなく、夕方まで蛸壺掘りや重砲の土台を作っていたという。たった一門、対戦車の速射砲があり、「これがあるからアメリカの戦車なんてお茶の子さいさいだ」という兵士の言葉を上運天さんは記憶している。小学生もさつまいも生産に駆り出されたが、午前午後のいずれかは森林学校といって、必ず山に入って遊びを教員が指導したようだ。[*93]

昭和十九（一九四四）年六月十日ラジオ店で働いていたチャモロ人 Juan Camacho Diaz はいつもの五時のニュースの局にチューニングを合わせたが、妨害のためかニュースが聞こえない。五時十五分ようやく、〝決戦に備えよ！　アメリカ海軍特別艦隊が三日以内にサイパンを乗っ取りにくる〟という放送が流れたあと、日本人の上司は彼をスパイだろうと殴った。

六月十一日は早朝から空襲があった。戦争が始まると、強制労働に駆り出されていた島民たちは我さきにと家族のもとへ駆け出した。翌十二日にはサイパンを米軍艦が取り囲んだ。上運天さんは近所の高いモクマオウの木に登って情報を摑んだ。

「海の青さが見えないくらいに無数の米軍艦が海上に現れ、日本軍の大砲の弾の届かぬ位置から、サイパン島のガラパン、チャランカ（ノア）、アスリートなどの南部を集中的に攻撃して来た」

しかし、一般人がそうした情報を探ることは禁じられていた。上運天さんは大人たちに怒鳴られ、叱られた。南洋興発に勤めていた二十一歳のブランコさんはこの時バナデルのラスト・コマンド・ポストにいた。ここから約六百の船が見え、日本は負けるなと思ったという。洞窟に隠れ、攻撃を受けながらも生き残った姉と一緒になったブランコさんは、興発の日本人上司にマタンシャ（サンロケ）に姉の旦那のカマッチョさんがいるから行けと言われ、その晩に姉と出発した。

「缶詰とかつめて八時頃出た。カマッチョさんいた洞穴、いったら日本の兵隊ばかり、私日本語ができて良かった。そうでなければ殺されていた。カマッチョさんを捜しているといったら『そんな者いない！　帰れ！』といわれた。カマッチョさんも追い出されたんだろう」

ブランコさんの「そうでなければ殺されていた」というのは大げさではない。それまでの同僚であった島民さえ職場でスパイ呼ばわりされ殴られているのだ。殺気立った戦場で、日本人以外の者が簡単に殺される場面は確かにあった。沖縄戦などでも言われることだが、隠れた洞窟で泣き止まない子どもが殺された話・母親が殺した話はひとつふたつではないし、日本兵が民間人に銃を向けたというエピソードは多い。パラオで彫刻や民族学の調査

＊93……上運天さんの自叙伝によれば、「学校公認の山学校だったから楽しかった。学校の教室や運動場と違い、いろんな遊びができた。ターザンごっこ、猿の枝渡り、木登り競争、樹上鬼ごっこ、大きな葉っぱでお面作り、コマ作り、竹とんぼなど」で遊んだようだ。子どもたちにとっては戦時下の思いがけない恩恵だった。

を行った土方久功に弟子入りした彫刻家杉浦佐助も、戦火のテニアン島で米軍への投降を呼びかけに行った洞窟で日本兵に殺されている。[*94]

六月十五日に米軍が上陸すると、次第に北部へと侵攻してきたため、上運天さんたちは十七日にマタンシャからタロホホの谷間のマンガン鉱採掘廃坑へと一晩中あるいて移動した。タロホホには小川があるだけでなく、南洋興発の物資貯蔵庫があったので、食料や水をもとめて、多数の避難民がつめかけた。山形出身の石山一家もタロホホへ到着して、好きなだけ清流で喉を潤した。しかし、数日して米軍の爆弾投下が始まった。

「マカト（上運天さんの母）は爆風で気を失い、廃坑の中は阿鼻叫喚、煙硝の臭いと煙で子どもは泣き叫ぶ。大人たちは皆我が子を庇い、光子（上運天さんの姉）も乳呑み児の由寛を必死に抱き庇う」

結局、上運天一家はタロホホからカラベラへ移ったが、そこも早朝の攻撃にあい、二十八日ごろ再びマタンシャの家へ戻ってきた。マタンシャはまだ攻撃をまぬがれており、一家は握り飯、パパイヤ、椰子、きゅうりなどを食べることができた。

一方マタンシャでカマッチョさんには会えず、洞窟を追い出されたブランコさんは、真夜中の二時くらいに照明弾の降る中カラベラへと引き返した。

「椰子の木でできている日本が作った偽の高射砲のある防空壕があって、そこに明け方ごろ入った。朝になったら射撃練習一日中してくる。何も水も飲めなかった。飛行機が来る時は隠れたが。一番あれが大変な時だった。本当にお祈りした」

サイパンには、タロホホとドンニー以外に川はなく、多くの人々が喉の渇きに苦しんだ。[*95] ようやく見つけたタンクや井戸でも手に入るのは死体の浮いた赤茶色の水だった。上運天さんは血だらけの水を何度も布でこして、少しずつ家族で飲んだという。

喉の渇きから夜になってすぐバナデルに向かったブランコさんは、日本の軍人に誘われ、十人くらいが潜んでいた石を積んで作った隠れ場所に身を隠した。そこには日本軍が隠した食料が沢山あり、十日ほど過ごした。

＊94……佐助は投降しテニアンの米軍のキャンプ内で大工やペンキ屋をやったので、米軍の人々に愛されていたという。米軍兵士たちと、洞窟に残る日本人同胞を説得しようと、単身洞窟に入った佐助は洞窟内で撃たれて絶命した。(暁夢生「老いのたわごと　杉浦南幽翁の憤死」肥後日日新聞、一九八九年十一月七日、九日)日本兵も潜んでいたのだろう。「貴様スパイだな」そんな台詞のあとに、銃声が続いたと思われる。死体は翌日洞窟の外に放り出されていたという。

＊95……水不足の中で、多くの者が脱水症状になった。母親は赤ん坊に出ない乳を吸わせるしかない。米兵に投降したあとの収容所では、戦死者数に匹敵する病死者が出て、特に子どもが圧倒的に多かったという。

「コンビーフやサーモンまで。ただ水がない。サトウキビももうない。アメリカが焼いてしまった。焼くとアルコールになってしまう。雨もなかなか降らない。日本人は昔タンクに蓄えて水飲んでいたが、アメリカ人がそうしたものも手榴弾で壊してしまった。結局水がない。時々川まで行って汲んでいたが、アメリカ人が爆撃しているので行けなくなった」

日本軍の食料は色々なところに隠してあった。上運天さんも乾パンや金平糖を配る日本兵にであっている。家族に持ち帰ったが、口に含んでも唾液も出ずに食べきれなかったと言う。

ブランコさんも上運天さんも喉の渇きと飢えとに苦しみながらも、サイパン戦を生き抜いた。しかし上運天さんは多くの家族を失った。筋ジストロフィーだったところに爆発の破片を受け逃走についていけなくなった賢蔵（上運天さんの六つ上の兄）は、家族の相談の末握り飯四個と一升瓶の水とともにランチョウという高床式の小屋近くの壕に放置された。一夜明けた日の夕方、義兄と兄が安否を確かめに戻るとすでにランチョウも焼かれ戦火が押し寄せたあとだったという。叔父三良は負傷した日本兵の手榴弾自決のとばっちりで下腹部にぽっかり大きな穴があき即死。同い年のいとこ安徳は米軍の夜間飛行爆弾攻撃で腿の付け根から足が吹っ飛び、出血多量で亡くなった。岩陰で休んでいた姉ツル子は艦砲砲撃が直撃して跡形もなく消え、叔母ナビはやはり砲撃を受け破片が腹を切り裂き腸が飛び出したまま出血多量で死んだ。上運天さんの自叙伝では、これらの人々の死について、家族や親族の証言もとりながら再現してあるが、中でも安徳の死については印象的なので引用しておこう。

研成（引用者注・上運天さん）・安徳は難民の群れに流されてバナデル飛行場を東方へ避行移動。この飛行場は未完成で使える状態ではなかった。研成の父を含め、多くの邦人が駆り出されて勤労奉仕で構築したものだが、サイパン戦には間に合わなかった代物だ。滑走路入り口には日本兵が立っていて、「今夜日本軍が逆上陸すると云う無電が入った。大至急滑走路を修復せねばならぬ。全員石を運び砲弾痕穴を埋めよ。」と難民に命令していた。その場を離れようとするとムチで叩かれた。日が暮れて間もなくだから八時頃だったと思う。研成と安徳も小石を手にし滑走路の真ん中辺りに置いて逃げるように東端に向かって走り出した。すると何処からとなく飛行機が低空で飛んできた。「それ、日本の飛行機だ、逆上陸だ、敵をやっつけろ、バンザイバンザイ」周囲の難民も喜んだその瞬間、爆弾投下だ。閃光の灯りでふと見ると星のマークだ。

この時の爆弾で二人共爆風で飛ばされ、安徳は死に、上運天さんは耳がおかしくなったまま後遺症となった。すでに七月十日、アメリカ上陸から一ヶ月近くが経ち、敗戦も色濃いこの期に及んで、なぜ丸腰の難民を、飛行場という標的になりやすい危険な場所に動員し、このような愚かな惨劇を招いたのだろうか。答えは一つだろう。国の存亡が人間の命より優先されたからだ。このような愚かな指導者により無駄に多くの命が落とされた。そして、少数派ではあっただろうが、その逆のパターンもあった。上運天さんは日本兵数名に呼び止められた。難民の中から男たちを集めて斬り込み隊を作っていたのだ。斬り込み隊とは陸の特攻だ。長野の小山さんの弟も満州で斬り込み隊に入り還らぬ人となった。生きて帰れない。三十人ほどが四つの小隊に分けられ、手榴弾二個を渡された。

研成（上運天さん）たちのような子どもが六人いた。みんな家族からはぐれた子どもなのだろうか。これからマタンシャの米軍基地に斬り込み攻撃に行く。武器は手榴弾だけ。手榴弾の扱い方などを教え、歩き出した。百メートルぐらい歩いただろうか、若い日本兵将校・少尉に出会った。襟章ですぐ分かった。

「貴様等何処へ行く」

難民を集めていた兵隊と問答が起こった。

「戦争するのは兵隊だ。住民は兵隊じゃない。まして子どもは大事な国の宝だ、住民は戻れ、家族の許へ帰れ」

兵隊の一人（兵長）と揉み合い、取っ組みあった。しばらくすると少尉が立ち上がり、難民から手榴弾を取り上げ、兵隊に配り、兵隊を指揮してマタンシャ方面の闇の中へ消えていった。

本来守るべき市民を戦闘に動員しない、という原則が、非常時の名のもとにうやむやにされ、斬り込み隊という人間を捨て玉のように扱う無謀な作戦に人々が動員されかけていた。それを正した少尉に出会えた上運天さんは非常に幸運だったと言える。しかし、当時の上運天さんが抱いた気持ちは真逆だった。

「残された私たちはしばし唖然としていたが、ひょっとしたらあの将校はスパイじゃないか、兵長と取っ組み合いをしている時、兵長の味方をして将校をやっつければ良かったと思った」

戦後になり、上運天さんは「相当な勇気が必要」だったはずだ、と若い将校の行動の正しさに気づいた。終戦時十三歳だった少年の一般的な感覚だったのだろう。国のために命を投げ出すことに疑問を抱かない。洗脳の名にふさわしい軍国教育であり、子どもたちだけでなく、社会全体にそうした空気が広まっていた。

上運天さんを助けた日本兵は他にもいた。叔父三良が負傷した日本兵の手榴弾自決のとばっちりを受けて死んだ時、上運天さんは間一髪で近くの日本兵に突き飛ばされて一命を取り留めた。

「此処は危険だ、砲弾も飛んでくる。負傷した兵隊が他にもいる、彼等は何時自決するかも分からん。君たちは子どもだ、兵隊じゃない、逃げうる限りは逃げるんだ。決して命を粗末にしてはならん」

これを聞いて上運天さんといとこの安徳は逃げ出した。兵隊たちに様々な信念があったにせよ、戦争は究極の、命を粗末にする、命が粗末に扱われる現場である。その現場で発せられた兵隊の言葉の力強さに胸が痛くなる。

しかし、こうしたケースは個々であったにせよ、日本兵は糧秣《りょうまつ》のある洞窟から市民を追い出してそこを占拠する場合も多かった。

「武器も何も持たぬ十四〜五人の別グループの日本兵がやってきて、住民を泥棒呼ばわりし、『此処で敵を迎え撃つ、作戦上邪魔だから出てゆけ』と、怒鳴り込んできた。日本刀で脅され、或者は殴り倒され、這々《ほうほう》の体《てい》で追い出された」

すでに七月に入り、各所でアメリカ軍による投降呼びかけが始まっていた。避難民は日本兵から手榴弾を米兵殺戮用、自分の自決用と二つ渡された。

一方ブランコさんと姉は飢えと渇きに耐えながらまだ洞窟に潜んでいた。

「不思議なことに穴にいた時マナセ松永ってあいの子で私のいとこが来た。タナパグのマッピから来たという。すぐ帰ってしまったが。その時はもう出ようと思った。その晩飲むものがなくて、出なきゃ死んでしまうからもう一晩か二晩がんばろうと思っていた。タンクがあるから汲みに行こうと一升瓶何本かもって汲みに行って飲んだ。照明弾があって怖かったけど。水がないのは仕方がない。アメリカの兵隊たちは夜騒いでいる。近いところにいるので分かる」

ブランコさんはこの時、姉とともに投降を決めた。若い女性である姉の姿が見えると米兵が色めきたったという。

「私は日本人捕虜のほうに追いやられて、姉にはえらい人が近づいて行った。この場所がススペキャンプがあった場所だが。娘たちはみな両親のもとに戻れた。死んだものと思っていたから喜んだそうだ。俺だけ戻らない。俺はその時日本人のキャンプにいて炊事長だった。チャモロのキャンプに行けた理由は一人日本語のうまいスティーブンさんという人がいて『私は日本人じゃなくてチャモロです』と訴えて母親のところに行けた」

南洋興発に勤めていたブランコさんは言葉はもちろん、物腰も含めて日本人と思われたのだろう。日本語や英語の話せる島民は重宝された。米軍の収容所での収容者とのやりとりに不可欠な存在だったことはもちろん、投降をスムーズにすすめるためにも語学に堪能な島民を求めていたことも次の島民の証言から窺える。

「だれが穴にいるのかわからなかったから米軍は日本語で出てくるように叫んでいた。父は出て行って『降参だ』と英語で言った。アメリカ海軍の軍人は『あなたはエリアス・サブランか』と尋ねて父はそうだと答えた。彼らは三週間あなたを捜していたと父に言った。父は英語と日本語も少し喋れたからです」

(David Mangarero Sablan　チャモロ)

米軍は鬼畜である、と固く信じていた日本人たちを投降させるのは容易ではなかった。上運天さんは当時あったデマを親族の協力も得ながら細かく書き残している。

・アメリカ兵は人間じゃない、人間の姿をした鬼だ。
・若い婦女子は複数の米兵に集団で強姦されたり、素っ裸にした体に銃剣を刺したりして兵隊に弄ばれた後、四頭の馬に手足を縛られ引き裂かれる。
・男は奴隷として動けなくなるまで働かされ、動けず倒れたら一列に並べ転がされ、戦車の運転練習に轢き殺される。
・子供は船に乗せて沖に向かい、船からボンボン投げ捨てられ、溺れ苦しんでいるところを銃の射撃訓練の的代わりに狙い撃ちされ、鱶の餌食になるところを見て楽しむ。
・負傷者、病人、老人は奴隷となった男達に大きな穴を掘らせ、その穴に弱者を抛り込み、生き埋めにする。[*96]
・日本軍は鬼のようなアメリカ兵から国民を守るために戦うのだ。兵士も住民も捕虜になることは最大の恥だ。国賊だ。売国民だ。
・住民も日本兵と同じく戦い、捕虜になるのでなく、戦い自決せよ。

これらの言葉に疑いを持つとアメリカのスパイとして軍に引っ張られ制裁を受けたという。さらに非国民として晒し者にされた。住民は戦々恐々としてデマを鵜呑みにした。バンザイクリフと呼ばれる断崖絶壁から多くの日本人が飛び込んだ、その背景である。もちろんそこには、長引く戦闘の中で家族を幾人も失う絶望があったケースも多いだろう。絶望を抱えたのは島民も同じだった。母親と弟を砲撃で失ったチャモロの証言がある。

「父は戦闘中何度か家族を集めて、日本人たちが自殺している場所まで行って一緒に死のうと説得しようとした。けれど、祖母が『そんなことはやめて、神は私たちのそばにいる』と止めて、父も考え直した」（Rosa Reyes Agulto　チャモロ）

＊96……この項目は特に多数の住民が日本兵に殺された平頂山事件を想起させるが、上運天さんは「日本軍が中国や満州に駐屯している時、彼等が地元の中国人や満州人に行った非人間的野蛮行為で、自分たちがやったから外国人兵隊もそうやる」という恐れから生まれたものだろうとコメントしている。

熱心なカトリックであるチャモロたちには、自らの心より恃む神という存在があった。明治以降喧伝された「現人神」を除いて絶対的な「神」を持たない日本人に、絶望と洗脳とを超えた選択をすることは難しかったに違いない。

「今度は俺たちの番だ。自決する者は、まわりに集まってくれ。嫌な者は出ていって、敵に殺されることだ」

日本兵から手榴弾を渡された男が言った。

その時、思いがけないところから声が上がった。

「アメリカ、ミンカンチンモ、コロシマスカ」

声に奇妙なアクセントがあった。手榴弾を手にした男は激昂した。

「きさま朝鮮だな。死ぬのが怖くなったか。馬鹿野郎、きさまスパイか！」

ほかの避難民たちも「卑怯者」「裏切り者」と口々に罵倒した。いたたまれなくなったのか、三人の男が立ち上がり、黙って外に出ていった。彼らは、やはり朝鮮人のようであった[*97]。

この場面を目撃した石山正太郎は、戦後になって命の重みを考えたこの朝鮮人たちの考えが日本人より進んだものだと感じるようになった。上運天さんの命を救った少尉への感情が怒りから感心へと変化したエピソードもそうだが、沖縄人も含め、日本人が洗脳から覚醒するのはやはり戦後になってからだった。石山家も二度自決を決意し、ぎりぎりのところで生き延びることになるが、上運天家も自決の危機を迎えている。

「彼方此方から家族の集団自決の手榴弾爆発音が聞こえる。無意識の中に由徳（引用者注・兄）が手榴弾を持ち出した。日本兵から貰った手榴弾だ。
由徳が声を掛けた。『みんな一緒に天国行こう。みんな、手を肩に掛けて輪を作って座ろう』何処にそんな力があったのか、マカト（引用者注・母）が飛んできて由徳がもっている手榴弾を取り上げようとした。由徳も取られまいと手榴弾を守る。マカトが由徳の手に嚙みついた。思わず落とした手榴弾をマカトは素早く拾い上げ海へ投げ捨てた」

マカトは怒る由徳に「命《ぬち》が宝《どぅたから》だ。此処で死んでなんになる。アメリカ兵は砲弾を撃たなくなってきた。生き延びるチャンスはある。洋子や明美を殺すわけには行かぬ。ご先祖様から授かった体だ。自らの命を絶つとは言語道断、あの世に行ってからご先祖様に申し開

＊97……『日本領サイパン島の一万日』二九八頁

きが出来ぬ。神様が守って下さる。必ず守ってくださる。生きるんだ」と涙を流してまくし立てたという。夜風は寒く、昼は日干し、飲み水はなく、脱水症状を起こしてぐったりしていたというマカトのとっさの行動は目を見張るものがあるが、琉球時代に遡るという「命が宝《ぬちどぅたから》」という沖縄の生命尊重の考えが上運天家を救ったとも言える。チャモロも沖縄人も日本人も、ここまで見てきたケースでは家族の自決の場合、それを決めるのは男で、止めるのは母や子どもであった。女は産み、子は育つ。ともに命の重み、自死の無意味を感覚で感じ取る。石山家の自決を止めたのは「いやだ、死ぬのはいやだ」という子どもの声だった。[*98]

自決が回避された上運天家だったが、上運天さんはやがて水汲みに行った人群れの中で家族とはぐれてしまう。米軍のスピーカーから投降の呼びかけが繰り返し流れ、それに応じる難民も増えてきていた。上運天さんはその中に母マカトに似た背中を見つけ、そのまま米軍に投降した。カルキ臭い水を貰い、やはり毒かと思ったのもつかの間、乾パンやビスケットを貰って一息つくことができた。七月十六日、六月十五日の米軍上陸から一ヶ月が経っていた。やがて捕虜の日本兵と米兵がやってきて、紙片に書いてある文章を読めるかい、と言われて読んだところ、投降の呼びかけ用の録音をされ、上運天さんの声がサイパン中に流れたのだった。[*99]

「見たこともない食事が出された。おいしかった。みんな安心したのか笑顔が戻っている、二〜三人の大人がやって来て『お前が呼びかけてくれたから出てきた』『子どもの声だったから安心して出てきた』という」

他の家族が投降したのは三日後の十九日だった。従姉妹の好子だけは先に投降した母のマツと米軍人が一緒に投降を呼びかけるのを見て逃げ出し、行方不明となったという。強姦の末、引き裂かれるというデマの幻影が、米兵の横にいる母親の姿を認めてなお、十七歳の脳裏から去らなかったのだろう。

昭和二十一（一九四六）年二月、上運天家は武装解除された日本の駆逐艦で沖縄・中城に上陸した。サイパンを三十年支配した日本人は去り、アメリカがとってかわった。エスコラスティカさん、七十四歳、チャモロのおばあさんの言葉を今一度振り返ってみよう。

「戦争前はサイパンは平和だった。状況が変わると日本人は現地人を奴隷のように扱い始

＊98……『日本領サイパン島の一万日』三〇〇頁

＊99……自分の声を録音されたと分かった上運天さんは、声が特定されたらまだ隠れている上運天家や親戚の家族が日本兵によって皆殺しにされる、と思い夜も眠れなかったという。当時難民のあいだには、投降しようとする難民を撃ち殺すと脅迫して米軍に渡すまいとする日本軍の姿も伝えられており、難民は「米軍も怖い」が「それ以上に日本兵は尚怖い」と感じ、日本兵から離れて避難するように行動していた。

めた。人の家から彼らの欲しいものを奪い、それに反対すれば脅された。現地人はサイパン戦ですべてを失った。アメリカ人がそこから救ってくれ、よりよい生活の再建を手伝ってくれた」

ひどい戦争を経た今、アメリカはいくらかましな支配者に思えたかもしれない。少なくとも、ひどい戦争を持ちこんだものの、投降する民間人には紳士的だった。

一方すべてを失った島民と同様、生活のすべてを外地であるサイパンで築いてきた人たちにとって、日本での生活の再建もまた、並々ならぬ苦労が待ち受けていた。

第11章 旅の終わり

平成二十六（二〇一四）年二月十六日、羽田空港の滑走路でなかなか出発しない飛行機にやきもきする。前日まで大雪の除雪が進まず欠航が相次いでいたため、今日もダイヤは乱れがちのようだ。本当にこんなふうに見えるのだろうか、絵本作家の長新太が描くような海の波の白いゆらめき。その向こうに見える富士山をぼんやり眺める。ようやく出発したと思ったら、大気不安定で機内が揺れやすいため、飲み物のサービスはアメのみのサービスに変更された。八丈島は近い。飛行機だと一時間だ。首都圏と楽に行き来できる範囲で移住したい人にはなかなか良い場所のように思える。

今回で三回目の八丈訪問だが、やはり時間はない。子どもがいるために大抵一泊である。空港を出てタクシーで図書館を目指す。女性の六十歳くらいの運転手だ。南洋のことを調べている、と漏らすと、テニアン生まれだという。

「ほらここ」

と運転手が首を指差す。銃弾の痕でも、と一瞬緊張するが、暑さの中戦闘から逃げ回った時に首の下が化膿して今でも痕が残っているのだという。

「米軍の薬で治ったたって」

数年前親族とサイパン・テニアンへ行ったという。おそらく慰霊のためなのだろう。「サイパン」も「テニアン」も「米軍」も、八丈ではまだまだ生々しく響くのだと思った。

病院と隣接する、島で一つの図書館に着く。建物自体はかなり古そうだが中は明るい。広くはない館内の戸棚をぐるりと回ってみるが、郷土資料コーナーが見当たらない。カウンターで尋ねると、あちらになります、と別館を教えられた。子どもの本と郷土資料のある館へと引き戸を開けて移動する。別館には、古い校旗のようなものが飾られているのでふと止まると、「明治大学附属八丈高等学校校旗」だった。この図書館はその跡地に建っている、と知った。サイパン南洋寺住職の青柳貫孝が戦後八丈に移り、ベチバー栽培、香料製造の工場をやりながら、非常勤講師を務めた高校だ。郷土資料室は六畳ほどで民話関係の本はいくつか手にとってみたが、南洋に関する資料でめぼしいものは見当たらなかったので、私は昭和六[*100]（一九三一）年創刊の八丈島の新聞、南海タイムスの昭和二十（一九四五）年八月以降の縮刷版を眺め始めた。

「南方同胞還る　川原支庁長受入に活躍　　昭和二十一年三月十三日
嬉しい顔！　顔　語る者聞く者涙！　涙　悲喜交々の話題が波止場一杯に拡がる、砲煙弾雨の中に九死に一生を得て米軍の手厚い庇護の下に南方同胞六百名が九日天海丸、旭丸十日相模丸輸送艦で帰ってきた。」

この引き揚げで島の全人口は九一九四名になっている。サイパンから引き揚げた島民・大澤為郎の談話も載っている。大澤家は十四人家族で十一人自決し、三人生き残っている。

「（昭和二十年）六月十一日以来空襲が激しくなったので山の防空壕へ避難しましたが、軍に占領されて一杯になり彼方の壕、此方の壕と逃げ歩き壕の中に居て四日も水を飲まなかったことがあり、水を欲しがって泣く子どもは殺したり、塩水や小便を壜に詰めて飲ませたりしながらサトウキビやバナナの茎や椰子の滓を吸って生き延びましたが、空爆や艦砲射撃がひどく凄惨なものでした。七月九日米軍が上陸しましたが壕の中で米軍に発見されるのを恐れて泣く子どもを殺せ殺せと怒鳴る日本軍には憎悪を感じました。空爆や艦砲で死んだものよりも自決した者がずっと多く、自決者の大部分が八丈人の様でした」

そのほかテニアン、ポナペ、パラオからの帰還者の証言が掲載され、最後に引揚者たち

＊100……もちろん永田町の国会図書館に行けば見られるものだが、終戦前後の古いものまで気軽に手に取れるのは、その土地の郷土資料室ならではだ。ただし島の厳しい財政を反映しているのか、複写代は国会図書館より高かった。

の語る、今後の希望について次のようにまとめられている。

1、大部分の者は土地を持たない、出来る丈皆様の御厄介にならないで自給自足する為どんな所でも良いから土地が欲しい、空いてゐる所は出来る限り使はして戴き度い。
2、今一番の食料蒔付時であるが最近の島の事情に暗いので種物の入手に非常に困難で殆ど不可能である、島の方も種物には相當不足して居るでせうが格別の御援助をお願ひし度い。
3、製糖事業を是非活潑にし度い。
4、養豚、落花生等に依り食用油をうんと増産したい。
5、南洋では玉蜀黍だけで味噌を造つて喰べた、たうもろこしの味噌を造りたい。

土地を借り、種物を譲ってもらいたいという引揚者たちは同時に南洋での経験を活かしたいとも考えていたことが分かるが、少なくとも当面引揚者たちの生活再建はそのまま八丈島民の負担となってのしかかることになった。八丈には当時五つの村があり、大賀郷、三根、樫立、中之郷、末吉といったが、中でも中之郷は一八〇四人だった人口に六百人の引揚者を迎えた。昭和二十一(一九四六)年六月二十三日の南海タイムスには「これをこのまま捨てて置いたらお互が餓死の線上をさまよはなければなりません」と中之郷村農業會のコメントが載せられ、土地の分譲、未開墾地の開発、病虫害・野ねずみの駆除、農薬品給与、端境期《はざかい》の粉食の計画、砕粉機購入、農作物盗難防止、引揚者への村民の自発的食料分譲などの対策を打ち出していることが分かる。

餓死というと、大げさに聞こえるが、当時の八丈島民にとってそれは決して遠い日の出来事ではなかった。*101 八丈島は伊豆七島の中では唯一稲作のできる島と言われるが、全体に土地は痩せており、その量は僅かだった。基本的に島民はコメ以外の里芋やさつまいもを

*101……はじめて八丈島を訪れた時、中之郷のあしたば荘という宿に泊まった。ここは主人手製の酒を好きなだけ飲ませてくれるという稀有な宿なのだが、この食堂に夕飯を食べに来ている近所のおじさんとたまたま一緒になった。おじさんは、もとは長野の人だったが、終の住み処を求めて島巡りをし、とうとう八丈に決めたという人だった。電気関係の資格を色々持っており、短期の仕事を小笠原やら硫黄島やらあちこちでしてきた、という人だった。おじさん曰く「小笠原は台風の時期が近づくとみんな買いだめ始めるんだ、船が来なくなったら終わりだからね、なんにもなくなる」と教えてくれた。これは極端な例にしろ、多かれ少なかれ、島というのは食料その他様々なものを輸送船に頼っているものだ。今より船の行き来も少なかった頃に、日照りでも続いて作物が充分に穫れなければ飢えていっただろう。翌日、宿をでてぶらぶらと散歩しているとT字路の一角に碑が立っていた。近寄ってみると果たしてそれは、江戸末におきた飢饉で亡くなった中之郷の餓死者を弔うものだった。

主食としてきた。[*102]島流しでやってきて、他の流人よりは厚遇されたという宇喜多秀家さえほとんど米を食べなかったと言われる。もともと、食えなくて出稼ぎに出ざるを得なかった島である。無一文で戻ってきての島の状況はさらに厳しいものだった。引き揚げから半年以上が過ぎた昭和二十一（一九四六）年十月、講演のため来島した社会党代議士渋谷昇次は「自分は偶然のことから本島を訪れ本島にも多数の海外引揚者がありその人達が今日の生活にも困り全く悲惨な状況に置かれてゐる有様を見ましてこのまま離島することは忍び得ない」と述べ、各種組合を組織して事業資金を作るべしと島民を鼓舞した。「同胞援護議員連盟」の常任理事も務めていた渋谷の講演が奏功し、十月中には引揚者共助会連合会が開催されて、開拓帰農促進、就業対策の整備、配給物資の要求などを決めている。[*103]

いい酒は翌日残らないものだ。今回は大賀郷の素泊まりの宿にしたのだが、夕食後部屋で本を読んでいると思いがけず主人と奥さんらしき人から、「つぶ貝の肝が手に入ったので飲みませんか」と誘いを受け、夜中まで島焼酎のお湯割りを五、六杯頂いたのだが、全く二日酔いの気配はなかった。ベッドから下りて近くのスーパーで買っておいたパンをかじると、身支度を整え、昨日のお礼にと個室を出たリビングの机に空港でいくつか買っておいた菓子折りを置いた。ぐずぐずはしていられないのでバスの停留所へ急ぐ。おりよく数分遅れだった中之郷方面へ向かうバスに乗り込んで車窓の景色を眺めた。私は前日に老人ホームで再会できた美和子さんのことをぼんやり思い出していた。去年の今頃会った時には鮮明な記憶を持ち、利発な少女の面影を彷彿とさせた美和子さんだったが、今回は前日まで風邪で寝ていた時間が長かったためか、ぼんやりとして、私のことも忘れていた。昔の話といってもこちらから投げないとなかなか思い出せず、たった一年での変わり様に、少なからずショックを受けた。去年聞けてよかった、と思う一方、証言者の減っていくその速さに恐ろしさも感じた。

中之郷へ行くと決めたものの、これといって会う人を決めていなかった。ただ、ぶらぶらして出会える人の話を聞きたいと思っていた。今でも田舎に行けばそうなのかもしれないが、小さな島では戦後から現在まで同じ地域に住んでいる人も多い。前回の訪問時にすれ違った農作業途中のおじいさんさえ、「工場？　あっちにあったよ、香料の匂いがしてね」といきなり五、六十年前の記憶を披露してくれ、驚いたものだ。今回もそんな出会いがあればとの期待を抱いて、そしてできれば、前回話を伺った金田さんにも再会できたらと思っていた。ただ、午後一番の便で東京に戻るのであまりゆっくりはできない。

＊102……米が少ないため、酒を作ることも禁じられていたが、そこに鹿児島からの流人が芋焼酎の作り方を伝え、現在まで残る島焼酎として残っている。このようなエピソードをいくつも知ることのできる、八丈島歴史民俗資料館は非常に面白かった。
＊103……「南海タイムス」一九四六年十月十三日、十月二十三日

停留所を降りて中之郷の集落へと坂を降りていく。しばらくすると、ゴミ出しをしているおじいさんに出会った。昭和二十年代中之郷に香料の工場があったはずなんですが、と言うと、それなら働いてた金田さんとこだ、と早速連れて行ってくれた。金田さんの奥さんは畑仕事をしていた。しばらくして畑の傍らに立っている私に気づいた奥さんは、私のことを忘れていたようだが、話をすると温室で作業をしている金田さんのところまで連れて行ってくれた。

「今日はね、病院行かないといけないの。もうすぐね。東京から目の先生来てくれるから」

八丈島には眼科医はいないのかもしれない。いないということはなくても足りずに東京から補充派遣する形になっているのだろう。

温室からでてきた金田さんは一年前の取材の時のことを覚えていた。

「そうだね、あの時働いてたのっていったら、ヨシミツさんも死んだし、鉄三郎さんも寝たきりだし、あと……シンヤさんか」

その名前は前回出てこなかった。聞けばオオコシという近い場所に住んでいるという。

「今から行く?」

病院に行く前の慌ただしい時間に、恐縮しつつ感謝しつつ、金田さんの車に乗り込む。三分ほどで着いた大澤さんの家の玄関に立つと、奥からシンヤさんがニコニコして出てきた。

「青柳先生のこと聞きたいって、俺は今から病院連れてかないといけないから」

お礼を言って金田さんと別れ、シンヤさんのお宅へあがらせてもらう。七十後半から八十前後のように見えるが、大正十四（一九二五）年生まれの八十九歳だった。

「終戦の時は八丈にいて、青柳先生が一年目に香料のこと聞いて自分のとこに訪ねてきた。その時私は乳牛やってたからね。牛乳とかバター製造やってた」

大澤さんはもともと香料に興味を持っており、マグロ船に乗っている親戚に返還前の小笠原の母島からベチバーとパチョリをこっそりとってきてもらうように頼んだという。

「香料が面白そうというのは思ってた。末吉に田んぼがあって早稲米って七月に穫れる米を白米にして交換したんだ。ベチバーの香りは葉っぱに触った瞬間いい匂いがする。鉢物で売れれば部屋いっぱいに香りがたって売れると思ったの」

八丈は土地が痩せているためなのか、観葉植物の栽培が盛んである。金田さんもフェニックス（極楽鳥花）を育てているが、八丈には至るところにフェニックス畑が見られる。当時からそうした鑑賞用作物への関心はあったのだろうが、大澤さんは香りに目をつけ、独自に小笠原から苗を取り寄せた先駆的存在だった。

「香料とりよせて、末吉で一番最初にやったの。土はかいて、藁で包んで、セロハンで包んで、それで増やした。熱帯のものだからここではできないと思って温室を造って苗作りやっていた。そこに青柳さんが来た」

　おそらくインドや東南アジアに滞在した際に知ったのだろう、貫孝はベチバーやパチョリといった香料の原料を育ててサイパンからの引揚者の菊池信二と八丈に新しい香料事業をおこそうとしていた。曽田香料と話をつけ、八丈島で香料原料を生産し、工場で香料抽出することを考えたのだ。

「最初は日本橋の（曽田香料）本社から月千円送ってきてた。その時は会社のことは私は何もしてない。そしたら、末吉に青柳先生が行って山のほうで寒くてだめだからとパチョリはこっちで作って工場におさめた。で、製造の（抽出油の）取り方がよく分からなかった。アルコールを使うんだけど、知らなかったから試験を何回やっても油が苗から出てなかった。最初のほうは結構研究しました。哲哉くんは試験受けてボイラーマン、よしぼう（金田ヨシミツ・金田さんの従兄弟）が（車の）運転でね。青柳さんは特許とったらしいよ、哲哉くんとか仲間で考えて、蒸留法ね」

　貫孝の年表にも書かれていたベチバー蒸留法の特許は、工場での工員による試行錯誤の末編み出されたものだった。しかし、大澤さんが工場に深く関わることはなかった。

「おじさん（菊池信二）が退職するからと継がせようとしたけど、一年くらい行ってやめちゃった。最初は園芸指導。フェニックスとかもいっぱい植えさせて。ベチバーは安いから。フリージアも始めたろう。工場ではベチバーも作った。でも本雇いじゃなかった。給料上げないんだもの。自分は月に一万だったよ。フリージアでやったら四〜五万だもの、馬鹿らしいって」

　当時工場の正社員は月三万もらっていたというが、臨時工扱いだった大澤さんはフリージア栽培のほうがよほど儲けられた。ちなみに八丈のフリージアはフェニックスと並び有名だ。

「戦後はフリージアやってきた。やめて四年になる。五十年フリージアやったもの。三百人人夫使って。島では早いほうだよ。山下農園って三根にあるのが自分らより一、二年早かった。向こうは園芸高校出ている。自分らは自分で研究だから」

　金田さんが前回の取材で「小川香料はすぐ引き揚げた」「外国の輸入もののほうが安くて」と語った言葉を思い出す。曽田香料の年譜を見てみると、八丈島工場設置の前年昭和二十五（一九五〇）年に天然香料の輸入が再開し、同二十八（一九五三）年には輸入天然香料は戦前ピークの昭和十年の二倍ちかい八百トンになってもいる[*104]。安い輸入香料の比率が上がる中で、曽田香料が国内の工場閉鎖を考えてもおかしくはない。香料産業の前途を見極められなかった貫孝について、大澤さんはどう思っていたのだろう。

「のんきな人。あとから奥さん呼んでね。仲のいい感じのご夫婦。奥さん来た時八丈島案

＊104……『香料とともに六十年』三二頁

内したよ。青柳さんはインドでお寺さんの修行三年やったと。それで小学校で夜間部開いたんだ。[*105] 明治大学高校。若い人はここら辺はほとんど入った。自分も入れ入れと言われたが、軍隊にいってたから今更入る気なかった。八丈島帰還者のとりまとめ？　やっていたかもね。南洋ではお寺さんしなかったっていうのはみんな言ってたもの、実業家だからって。人のために尽くす人。社員にも優しかった」

　貫孝の年表によれば、昭和二十一（一九四六）年、五十二歳の貫孝は南洋群島引揚者援護会東京都支部長になっている。この援護会について詳細は不明だが、八丈の戦後の逼迫した状況の中で、貫孝が曽田香料にかけあい、香料生産によって雇用を生み出そうとしたことは確かだろう。僧侶である貫孝に事業の先の先をよむ、先見の明はなかったかもしれないが、少なくとも昭和二十年代八丈島のベチバー栽培は続き、工場は稼働し続けたのである。工場の社員はそのあと、農業に転じたり、役所勤めを始めたりした。昭和三十（一九五五）年、六十一歳の貫孝は曽田香料を退職し、南方へと旅立った。

「何しろ重たいんですよ。子どもが頭ぶつけたりすると硬いから大変だったんですよ。あの上にベビーの布団のせて使ったりしてました」

　所沢の青柳孝壽さんのお宅をもう一度訪ねたのは、貫孝が「島民にもらった」という机をよく見せてもらいたかったからだ。前回伺った時、何か裏に書いてあったと思いますよ、という奥さんの言葉が気になっていた。断って仰向けになり、机の下に潜り込んでみた。暗いが文字は大きいので少しずつ読むことができた。

・島民の机
一男孝寿或イハ一女弥生ニ於テ
食卓トシテ代々使用スベキ也
サイパン島チャモロ青年
フランシスコ　サブラン君
トラック島ヨリ惹
一枚板ニテ作レル也
　昭和一四年一月吉祥日

サイパンの南洋寺にいた頃、フランシスコ・サブランという青年が貫孝に贈り、貫孝が机の裏に書き残したものらしい。なんという木だろうか、黒くて重たい。そのためもあろ

＊105……貫孝の年譜にも、八丈島史にも「夜間部」に勤務したという記載はないのだが、大澤さんの「小学校で夜間部を開いた」という証言は興味深い。

仏教大会座談会　青柳貫孝とチャモロ島民たち

う、机は孝壽さんの子どもたちには渡っておらず、代々使用はされない様子だ。あるいは孝壽さんの死後、子どもたちはこの重たい机を保存するだろうか。貫孝にとっては大事な机であったに違いない。弥生が生きて子どもがいれば、机の裏に書かれた貫孝の意思を伝えただろうか。七十五年前、一人のチャモロ人から一人の日本人へ贈られた贈りもの。代が下れば、この世から消えてしまうかもしれない言葉、なかったことになるかもしれない事実を今書き留められてよかった。狭い机の下からはいだして、ほっと息をついた。

昭和九（一九三四）年、東京で汎太平洋仏教青年大会が開かれ、貫孝が六人の南洋の青年を日本に連れてきたことはすでに触れた。石上正夫は『日本人よ忘るなかれ』の中で六人のうちの一人、ロタ島の青年フィリップに戦後証言をとっている。

「そういえば、ずいぶん昔のことになりますね」とフィリップは遠い記憶を探りだしながら、日本を訪問した頃のことを語った。

「サイパンのお寺の青柳貫孝というお坊さんが、日本仏教青年隊というのをつくって、ロタ島から私と従兄のベニファシオ、サイパンから四人、全部で六人で日本へ連れて行ってもらった。その頃は船で行ったからずいぶんかかった。東京の九段にある軍人会館の隣にある木造の小さな建物の婦人会館に泊った。一週間東京見物して、次に京都へ行き京都ホテルに三日泊まった。*106 それからまた東京へもどってから、ロタ島へ帰ってきた。

そうして帰ってきたら、神父さんがたいへんなケン幕で、私をぶんなぐるんじゃないかと思った。私は日本へ行って、あっちこっちの大きなお寺を見学させられたけど、『おまえたち仏教徒になれ』とは一度もいわれなかった。でも、お寺で世話になり、いろいろなおみやげをもらってきた。

ところが神父さんにそのおみやげの仏陀のお札を出せと言われた。私は『お世話になった人たちにもらってきた物を、あんたにやるわけにはいかない』とことわった。神父が『お前はいうことを聞かない』と言ったけど、『あんたにやるわけにはいかない。世話になった人間のおみやげを絶対に渡すわけにはいかない』といって、とうとう神父さんと喧嘩してしまったですよ」

フィリップは神父と喧嘩してまで、日本人との「友情」を守った。[*107]

貫孝はカトリックが浸透している島民たちに仏教を広めようとは考えていなかった。これが貫孝のまわりに自然と島民たちが集まった理由の一つだろう。貫孝はその代わり華道や茶道で交流を深めた。[*108] それらは日本人か島民かを問わず無料だったため、百五十人ほどの生徒が集まったという。また、仏教大会で六名を率いた翌年の昭和十（一九三五）年頃、貫孝は新宿中村屋の相馬愛蔵・黒光の援助を受けながら、チャモロ青年のルショとペドロを深川の工業高校（現東京都立墨田工業高校）に留学させてもいる。[*109] 昭和四十九（一九七四）年NHKのテレビに出演した際、次のようにも発言している。

「島民の人たちと仲良く暮らすはずであったが、大東亜戦争のために、自分の志を実践することができなくて今日に至っているのであります」

民族の別なく、仲良く暮らす。仏教者として抱いたシンプルで真っ当な願いが実現したと思われた矢先、それは戦争によって奪われた。娘を奪われた虚無感を忘れようとするように八丈に渡り、引揚者と共に香料事業をおこし、教職にもついた。その後、やはり香料栽培の指導などで「南方仏教徒」の元へ渡るが、この「南方」がどこなのか、息子の孝壽氏さえも把握していない。「南方」から帰った貫孝が腰を下ろしたのは横浜だった。千葉の無人の寺に入ることも考えたが、叶わなかった。七十代から貫孝は横浜駅頭で易者とし

＊106……京都滞在では、知恩院で貫孝の生真面目な熱意が浮き彫りとなる事件が起こった。「京都に着いた一行を、浄土宗の各寺の僧が出迎え歓迎会を開いた。ところが座につくと半玉や芸者や舞子がにぎやかにはいってきて、酒だダンスだというさわぎになった。激怒した貫孝はすっくと立ち上ると『前途ある青年に酒を飲ませ、芸者や舞子とダンスをさせるとは何事だ！』と一喝した。『皆！　引きあげろ！』、フィリップはじめ六名の若者は、貫孝の後につづいて宴席を去った。なみいる僧侶たちは、もった徳利のやり場に困り、あっ気にとられ茫然としていた」（石上正夫『日本人よ忘るなかれ』七一頁）。

この件については『南の島に鐘は鳴る』にも記載があり、「後には気まずい空気が流れた。知恩院の高僧方にはせっかく大歓迎をしてやったのにという思いがあり、この後、浄土宗との間は冷却してしまったという事である」とある。孝壽氏は、浄土宗が平成二（一九九〇）年出版した『浄土宗海外開教のあゆみ』制作時にもとめられて資料提供した。「でも失敬だな。本できても送ってこないんだ。渡辺先生も開拓精神が旺盛だったから昔の坊さんとしては苦々しく思っていたかもしれないな」とコメントし、本を送付してこないことについて、知恩院事件以来の関係冷却も背景にあると考えているようだった。送られてこなかったことについては当時の担当者の怠慢だろう。実際には、昭和二十（一九四五）年には権僧正、同三十八（一九六三）年には僧正・読教・擬講に浄土宗から叙せられているので、貫孝が存在を無視されていたとは考えにくいが、戦後貫孝がとうとう自らの寺を持ち得なかったことを考えると、寺を追われた最初から団地の風呂場で亡くなる最後まで孤高の僧であったと言えるだろう。

＊107……石上正夫『日本人よ忘るなかれ』六三、六四頁

＊108……「自分の娘も小石川の淑徳女学校をでまして、ピアノを通して向こうのチャモロや

て活動し始める。インド時代に身につけたインド占星術・手相・人相だったという。
貫孝が再び世間の前に現れたのは、昭和四十九（一九七四）年。南洋寺の鐘がアメリカで発見され、日本へ送り返されたことが話題となり、NHKの番組へ出演したのだ。南洋寺の鐘はそもそも、源覚寺という小石川の寺から贈られたものを使っていたが、これをサイパン戦のあとアメリカ軍が持ち帰り、塗り直されていたものを昭和四十（一九六五）年テキサス州在住の日本人ミツエ・ヘスターさんが発見した。文部省が源覚寺に問い合せたが、有償での送還しか手段がなく、源覚寺も貫孝もすぐさま動けなかった。源覚寺住職の代が替わり、様々の手を尽くして四十九年ようやく返還が叶った、というものだ。NHK出演時のテープをおこしてみよう。

悲惨な玉砕をとげたサイパン島にあって時を告げていた鐘がお盆の日本にもどってきました。奇妙な色の鐘ですが。
源覚寺の三好さん「昭和十二年青柳さんに貸し出されてサイパンに渡った。私どもの寺はちょうど三五〇年。鐘は二百八十四歳。十九年のサイパン陥落、二十年終戦、それから十九年か二十年か分かりませんがメキシコの兵隊さんが持ってかえったと。昭和四十年テキサス州オデッサで見つかり、その後八年間空白期間があり、昨年十月オークランドの博物館に陳列されていましたのが見つかりました」

青柳さん八十二歳、現在毎日横浜の街頭で悩み迷う人の相談にのっておられます。

「非常にサンゴ礁のきれいな木の沢山茂ったいい島でございました。ビルマ、セイロンずっと遍歴しまして、日本から売薬を沢山もっていき、身体の悪い人に施したというような仕事できた。昭和七年からサイパンに参りまして、最初島民の家を借りまして、花の先生や茶の湯の先生していたので、向こう行って娘たちに花の活け方を教えたらそれが受けて、チャモロやカナカの若い人々がやってきた。向こうは大体カトリックの厳粛な地域でありまして、布教という意味ではできない、お茶とかお花とかそうしたものを教えた。昭和十二年、南洋興発の社長が寄付してくださり、鐘楼を高くして朝五時晩六時ちーんとついたのでございます。音色はずいぶんあちこちの鐘をつカナカの人たちと交流をしていた」（NHK出演時のテープより）とあるが、孝壽氏は貫孝がサイパンで五十円でクラリネットを買って「美しき天然」「サーカスの唄」「荒城の月」など吹いていたことを覚えており、時には音楽も島民たちと共に楽しんだことが窺える。

＊109……新宿中村屋の相馬夫妻は仏教大会への参加にあたっての島民六名の旅費工面にも協力したようだ。若き貫孝がインドへ渡る旅費も彼等が支援している（『南の島に鐘が鳴る』）。貫孝と相馬夫妻をつないだのは渡辺海旭である。海旭は相馬夫妻の娘俊子の葬儀もとりしきっており、以後、相馬黒光は海旭の教えを受け、仏縁を結んでいる（『相馬愛蔵・黒光著作集3　黙移』）。

きましたが、余韻嫋々として、なんとも言えない音声でございました。風によっては隣のテニアン島まで聞こえたということです。米軍が入って来まして、沢山の人が亡くなり、建物もたおれ、しかし、鐘が残ったというのは梵鐘の生命力が強いのだと思います。自分の娘も小石川の淑徳女学校をでまして、ピアノを通して向こうのチャモロやカナカの人たちと交流をしていたが、戦争が始まり玉砕しました。こんなに穴があいたのは、おそらくあとから撃ったものだろう。戦闘は山の上だった」

この二年後貫孝はサイパンを訪れ、その翌年も川越蓮馨寺の協力で永代供養子育地蔵尊を建立するためにサイパンへ渡っている。この時期の貫孝は娘弥生の供養も終え、横浜で易を行いながら何を考えていたのだろうか。

貫孝が八十六歳の時に書いたB４二枚に及ぶ「国際招提寺建立趣意書」というものがある。これによると貫孝は鎌倉市長谷の祇園精舎にいた毛慶藩[*110]という中国人と協力し、祇園精舎のある場所に国際招提寺なるものを建設しようとしていたことが分かる。これはどのようなものだったのか。趣意書を要約すると、海外の僧侶が日本にやってきた時に泊まるための、安価で清純な宿舎となる寺が必要である、という趣旨になる。貫孝は、かつてドイツの仏僧ニヤナチロカ、弟子のワッポウ比丘、エルゼブッフォルツらが来日時、芝のホテルに泊まったところ、「日常色々な点にて、非常に困って」海旭の西光寺にやってきたこと、他にも、海旭がチベットのリンチェン、ビルマのウェッタ比丘、インドのケービー、シナ、バディベル、中国の密淋法師、ロシアのローゼンベルグ教授、南洋ペードロ・ルシヨウなどを世話したが、来訪者はみな宿舎のことで困っていた、と海旭を通して聞いている。つまり、この構想は生前の海旭の中にもあったもので、貫孝にとっては恩師の実現できなかったことを代わって実現する意味もあったと思われる。貫孝は、国際交流のますます盛んになる今日、「仏教諸外國の風俗、習慣、事情等々を充分に心得ての整頓せる宿舎としての国際的公共寺院即ち招提寺の建立は是非急ぎ実現せねばなら」ないと考えていた。さらに趣意書の後半は、貫孝のユニークな意見が打ち出されているので引用しよう。

　この国際招提寺の実現に伴うて、併せ行うべきは、従来、何かと申せば、追悼会・祈願会・決議のヤリトリに終始している交際関係を更に、交易をも行うて、外国仏教徒との経済的提携及協力へと進歩のすべきであると考えること、これであります。仏教徒間には、経済及生産を軽視されてるの感あり、人間生活の基調をなす、この重大なることが問題にされないのは、誠に遺憾であります。次に厚生方面の協力として、勝れた日本醫薬の提供によりて、全地域仏教徒は、何よりも先ず健康でありたい

＊110……明治四十三（一九一〇）年浙江省生まれ、中国公学大学部政経科卒。中国財政部。

ことこれであります。

次に、南方仏教諸国特産の香料植物の栽培及製造に協力して合理化による、より多き生産を挙げること、これであります。

次に全域仏教徒は家庭軽工業及家庭内職業を盛大に導き、同信の生活を豊にすること、これであります。

最終的に八丈島には根付かなかった香料生産だが、貫孝は八丈での経験を活かせると考えたのだろう。この招提寺建設が実現していたとして、僧侶による香料製造の合理化や生産増大がどこまで可能であったか、いささか飛躍を感じるアイデアではあるが、あるいは質素な僧侶たちの生活を支えるくらいの収入にはなったのかもしれない。貫孝は六人の島民青年を日本に連れてきた時も、「鎌倉の大仏や富士山・琵琶湖を見せるよりも、工場を見学させせよ」と言ったという。経済が生まれる現場に触れ、島民たちは大なり小なりインパクトを抱えて、それぞれの島に戻ったことだろう。彼らが仕事を作り出し、暮らしを立て、島社会を動かしていくこと。それが貫孝の願いだったに違いない。

少年期に父を亡くして生まれた寺を追われた貫孝にとって、どのような仏教者であるかということと、どのように社会の中で生きていくかという問題は常に同時に突きつけられる問題だっただろう。一時潮泉寺の住職となったものの、そこを飛び出しサイパンに渡り、八丈島で香料製造を軌道に乗せたかと思えば、南方へ指導に移る。生まれてから死ぬまで同じ寺の中で過ごす多くの僧侶には見られないラディカルな人生の軌道は、その二つの大問題と最後まで格闘した貫孝の、危うくも誠実な人生の軌跡だ。

貫孝の理想は、托鉢やお布施によって得た金で安楽に暮らすことではなかった。僧侶もまた一人の労働者として、汗を流し、経済を作り出し、他とつながることによって自らと同信の生活を安定させる。僧侶の特権、そこから知らぬ間に生まれる驕りから離れて初めて、僧侶は人々を導けると貫孝は考えていたのかもしれない。それは恩師渡辺海旭の信念でもあった。

昭和五十八（一九八三）年七月二十八日、晩年所沢の息子夫婦のそばで暮らした貫孝は、風呂場で転倒して頭を打ち、その日のうちに亡くなった。八十九歳だった。

あとがき

「中目黒スクエアまで。十分くらいでつきますかね」

恵比寿駅前のタクシーのドアをたたいて、慌てて乗り込む。十九時まであと十分だ。十分もかからんよ、という返事にほっとする。中目黒スクエアという公民館のような区民センターのような場所で、現在も月に一回貫孝の孫弟子にあたる中村如栴《にょせん》さんによって壺月遠州流茶道のお茶会が開かれている。長女を小学校の学童保育に迎えに行き、次女と三女を保育園に迎えに行き、会社を早く出てもらった相方とバトンタッチしたのが六時すぎ。ぎりぎりの時間だったが、お茶会に遅れるのは緊張するので、恵比寿からタクシーに乗った。会場の和室に着くと、四十前後の中村さんが柔和な笑顔で迎えてくれた。貫孝が残した資料を送ってもらったお礼などを述べていると、スーツ姿のサラリーマンもやってきた。簡単なお話のあと、中村さんのお点前が始まった。武家茶道の流れをくむ壺月遠州流の魅力は、武家の所作のような無駄を排したストイックな動きの美しさにあるという。道具を運ぶ時のすり足の独特のリズム。杓子を置く小指の先の美しさ、それを碗に軽く落として鳴らされる音、それまで熱い釜の中でシュリシュリと音を立てていたお湯に水が入れられた時の静けさ、すべてが新鮮だった。操り人形の舞を見ているような心地もした。

緊張の張り詰めた二十分、人形のような動きをしている間はまさに無の境地なのだという。中村さんは二十歳の頃、脳に風邪のウイルスが入り下半身も麻痺し、生死の境をさまよったことがあった。しかし、後遺症もなく五体満足で生かされた。その後に父親から本格的なお茶の指導を受けた時、正に自分のやるべきことはこれだ、という感覚を持ったという。中村さんの小指の先まで緊張感みなぎる所作を見ていると、その意味がよく分かる気がした。手でも足でも後遺症が残れば、この繊細な動きを伝えていくことは難しい。生前貫孝は中村さんの様子をみて、「この子がいれば安心だ」と中村さんの父に言ったというが、中村さんが五体満足な体で生かされた不思議、そこには貫孝の念が込められていたのかもしれない。

同時に私の心はサイパンの南洋寺の茶室に飛んでいた。何人もの島民、日本人の子どもたちが一斉に貫孝の動きを見つめ、そして一人一人が順に真似ていくさま。それはなんと不思議な光景だろう。貫孝は島民のために、分かりやすい円盤の教授図を用いていたそうだが、己を無にし、美を生み出す感覚は島民たちにどのように伝わったのだろう。その感覚を体得した島民たちが僅かでもいたとすれば、それはとても深いところでの文化交流だったろうと思う。少なくとも、神社への参拝をさせたり、日本の名前を強いたりといった表面的な日本人化の強制からは生まれない、生き生きと内面に迫るものを島民たちに残したのではないだろうか。大東亜共栄圏の片隅、南洋サイパンで、そのような場を生み出した貫孝はやはり、えらい坊さんだった、と思うのだ。

ここで本書で出会った人々について簡単に記してみたい。

長野では小山たか子さんに南洋での体験を伺った。川島芳子について調べる過程で出会った小山さんは、南洋に興味を持ち始めていた私にとって、満州から南洋へと私の興味をつなぐ存在となった。ヤルート支庁長を養父に持ち、サイパン戦を経験せずに帰国した小山さんの語る南洋は明るくまぶしかった。

八丈島では、サイパン生まれの奥山武さん、菊池梅子さん、そしてアメリカ魚雷によって沈没した白山丸の生存者でもある菊池美和子さん、それから貫孝の香料工場で働いていた金田哲哉さん、大澤進也さんに出会うことができた。美和子さんたちの証言によって八丈をめぐる戦前戦後の厳しい状況が明らかになっていくことで、最初は謎めいて見えた、貫孝が八丈に工場を設置した意味も次第に見えていった。

沖縄では上運天研成さんにお話を伺い、サイパン戦についての詳細な記録である自叙伝を頂いた。沖縄人たちとチャモロやカナカたちの親密な繋がりは、内地人による蔑視や規制をよそに生き生きと築かれていた。島民たちの証言集と併せて、これまであまり注目されてこなかった、沖縄や島民から見たサイパン戦の一端を伝えることができたのではないかと思う。

そもそも「南洋と私」というタイトルで連載を始めた時、私の脳裏には「旧南洋群島」だったサイパンについて書いてみよう、という思いしかなかった。しかし、実際サイパンは内地人以外にも八丈人、沖縄人、朝鮮人という多様な人々が入り込んでいる場所だった。サイパンの製糖事業は八丈、沖縄という南島の人々が支えていたと言っても過言ではなく、それゆえ、貫孝の戦後も八丈島に繋がっていったのだ。私の「南洋」はいつしか、広がっていた。

サイパンで紡がれた人々の交流や、戦前や戦争にまつわる消えていく記憶を書き残したいと思っていた私にとって、青柳貫孝の人生は非常に面白いものだった。彼はもちろん歴史に名を残した、と言えるほどの有名人ではない。彼の師、渡辺海旭を知る人でもその弟子の貫孝の名を知る人は少ない。しかし、彼は内地人の島民に対する差別に憤り、自らは民族間の交流というものを常に考え、軽視されていたサトウキビ農民の子女のための教育を訴え、戦後は八丈島の困窮の中で雇用を生み出すべく引揚者と汗を流した。「王道楽土」「五族協和」という理想のもと建てられた満州国を含む「大東亜共栄圏」の一部だったサイパンに、このような生き方をした僧侶がいたことを忘れるべきではないと思う。

貫孝の人生は「日本人は偉かった、南洋統治は成功だった」と喧伝する人々によって美化される可能性も含んでいる。しかし、本書を読んで頂ければ、日本という国、南洋庁という役所に不審感を抱いていたのは、人一倍民族の協和・差別の解消に心をくだき、自らの南洋寺を誰にでも開かれた楽土のような場所にしていた貫孝だったと分かるだろう。そもそも、真の交流・協和とは国家が提唱して普及するものではなく、人と人、一対一の小さな繋がりの中に灯るものだ。貫孝はそのことをよく知っていた。仏教者として、人間と人間の平等を信じた貫孝の怒りは、島民を見下す日本人や日本の南洋統治のやり方にも向けられた。貫孝が民族の共存を考えた日本人の一人であったことは確かだが、それは日本人に都合の良い、中途半端なものではなかった。当時の日本人や南洋庁に是正を求めた徹底した平等意識こそ稀有なもののように思う。戦中は多くの仏教者が、時勢になびいた。日本仏教の植民地における布教の最前線に貫孝のような人物がいたことに、私はいくらかほっとするのである。

早いものでサイパンでの取材はもう十年近く前のものになってしまった。すでに亡くなった方もいるかもしれない。愛知で働いていたこともある唄の大好きなビセント・サブラン、日本時代はよかったと嘆くフランシスコ・クルス・サトウ、公学校で日本人に教わったことはみんなためになっていると語ったタクシー運転手フェリサ、日本の研究者がもっと増えなきゃと協力してくれた歴史保存局のヒストリアン、ジェネビブ。それから日本の小学校への留学、サイパン実業学校卒業、戦後はアメリカ銀行サイパン支店支配人という稀有な経歴のホアン・ブランコ（故人・二〇一四年逝去）は日本への複雑な想いを語ってくれた。まだもちろん生きていると思うけれど、君はおばあさんじゃない、と言ってサザンクロスを最後まで教えてくれなかったシャミム。彼らは、戦前のサイパン経験の多様さと現在のサイパンとを教えてくれた。私の南洋、サイパンを探す旅の途中で偶然彼らに出会えたことをとても嬉しく思う。

繰り返しになるが、この本を書こうと思った原点は「南洋は親日的」という言説に覚えた違和感にある。四人のチャモロの老人たちにとっての日本は実に様々だった。ことに深く日本人と付き合ったブランコさんの証言は、サイパンのアメリカと日本の狭間に翻弄された歴史に言及し、「大東亜共栄圏」の欺瞞をついており、今なお日本人に問いかける力を持っている。戦後日本ではほとんど顧みられることのなかったことだが、サイパン戦で傷つき、愛する者を殺された島民たちの対日感情も一様でないことを忘れてはならないだろう。

私は今でもタクシー運転手のフェリサが「I miss you, Terry.」と言って（彼女は私の名をこう呼んだ）、思わず涙して抱き合った別れの日のことを思い出す。あの日、フェリサは「もう一回寄っていいかしら？」とギャラリアまでやっぱり私を運んだ。そして、銀行にも寄っていい？ と言って、私は銀行の待合椅子で待たされた。窓口から戻ってきたフェリサは「借金よ」とため息をついた。詳しいことは聞かなかったけれど、ギャラリアとホテルを一日何往復もする仕事の賃金がとても安いだろうことは想像がついた。

東京に帰ってきて、図書館で観光学についての雑誌をめくっていた時、かつて植民地だったリゾート地には、今なお観光地という形の下で植民地主義が生きているという趣旨の文章を見つけた。サイパンのホテルは確かに、アメリカ系、日本系、最近では中国系や韓国系も進出しているかもしれないが、大きなお金は確実に、島の外に渡っていくのだ。南の島のツアーパンフを見かけると、そのことを時たま思い出す。その度に、小さなお金を得るために何度も私をギャラリアに乗せた運転席のフェリサの後ろ姿と、彼女のため息とを思い出すのだ。

サイパンに生きた人たち、生きる人たち、戦争で死んだ人たち、その人たちを忘れえない人たち。様々な人の話を聞きたかった。少しでも立体的な「南洋の東京・彩帆」が見たかった。

シルリ・ギルバートは『ホロコーストの音楽』（二階宗人訳、みすず書房、二〇一二年）で「ホロコーストで生み出された音楽は彼らの精神的抵抗」の証だった、という戦後長らく支持され固定化されてきた見方に疑問を呈した。「歴史家の見方を当時の人々に押し付けるのではなく、彼らに語らせることだ」とシルリは述べている。本書はいうなればノンフィクション・エッセイとでも言うようなものであり、学術書ではないが、シルリの言葉には共感する。証言者がいなくなりつつある現在、重要なのは生きた声をひたすら拾い続けること、そこから歴史的な空間をたちあげてみることだ。

最後に、小山たか子さんを紹介して下さった和田千脩さん、サイパン帰還者のお三方と面会を許可してくださった八丈島養和会のみなさん、電話一本で六十年前の香料工場について調べ、金田哲哉さんを紹介して下さった八丈島教育委員会・八丈町立図書館の林薫さん、上運天研成さんをご紹介くださった南洋帰還者連絡会会長平良善一さん、貫孝についての資料を探してくださった浄土宗総合研究所の工藤量導さん、青柳貫孝についての貴重な資料やテープを貸して頂き、取材にも応じてくださった青柳孝壽さんご夫妻、メールでの問い合わせに対し貫孝についての貴重な資料を提供してくださったサイパンパウパウツアーズの「yasui」さん、当時の八丈島工場についての資料を送ってくださった曽田香料株式会社、貫孝が残した貴重な資料を送ってくださった中村如栴さん、サイパンの北マリアナ大学図書館の Martin、八丈島研究を続けていらっしゃる対馬秀子さんに感謝したい。対馬さんにはお電話でアドバイスを頂いた。そしてリトルモアの編集の藤井豊さんには度重なる国会図書館の資料のコピーや、八丈島取材にも同行してもらい、連れて行った三女の子守もして頂いた。同じく編集の内藤文さんにも校正作業の際、丁寧なフォローをして頂いた。リトルモアの熊谷編集長には、度々励ましのメールを頂き、執筆の支えとなった。最後に小さな三人娘のことを取材の度に頼んだ母とかつての相方に感謝したい。娘たちを見てもらえなければ、この本は到底書けなかった。

参考文献

【書籍】

◎『壺月全集　下巻』渡辺海旭（著）壺月全集刊行會、一九三三年
◎『清水市医師会七十年史』清水市医師会（著編）近代文藝社、一九九三年
◎『南洋移民の実際』若林忠男（著）図南会、一九三六年
◎『名古屋工場要覧　昭和十二年版』名古屋万朝社、一九四一年
◎『ドイツ内南洋統治史論』高岡熊雄（著）日本学術振興会、一九五四年
◎『清水市人名録』清水商工会議所、一九六七年
◎『香料とともに六十年』曽田政治（著）曽田香料株式会社、一九六七年
◎『八丈島誌』八丈町教育委員会、一九七三年
◎『日本人よ忘るなかれ——南洋の民と皇国教育』石上正夫（著）大月書店、一九八三年
◎『曽田香料七十年史』曽田香料株式会社、一九八六年
◎『ちくま日本全集36　中島敦』中島敦（著）筑摩書房、一九九二年
◎『相馬愛蔵・黒光著作集3　默移』相馬愛蔵・相馬黒光（著）郷土出版社、一九八一年
◎『キングの時代　国民大衆雑誌の公共性』佐藤卓己（著）岩波書店、二〇〇二年
◎『日本領サイパン島の一万日』野村進（著）岩波書店、二〇〇五年

◎『テニアンの瞳　南洋いくさ物語』儀間比呂志（著）海風社、二〇〇八年
◎『南の島の日本人――もうひとつの戦後史』小林泉（著）産経新聞出版、二〇一〇年
◎『南の島に鐘がなる』青柳孝壽・福嶋崇雄（編）発行年不明
◎“Saipan: Oral Histories of the Pacific War”, Bruce M. Petty, McFarland & Company, 2001
◎“We Drank Our Tears: Memories of the Battles for Saipan and Tinian as Told by Our Elders”, Pacific STAR Center for Young Writers, 2004

【学術論文／雑誌・ブログ掲載記事】

◎『大法輪』創刊号　株式会社国際情報社、一九三四年
◎『南海タイムス』一九四五年六月二十三日、一九四六年十月十三日、十月二十三日
◎「老いのたわごと　杉浦南幽翁の憤死」暁夢生（著）肥後日日新聞、一九八九年十一月七日、九日
◎「帝国海軍軍属　『南鉄太郎』」『太平洋学会誌』第五十二号、一九九一年十月
◎「戦火に消えたサイパン高等女学校」『太平洋学会誌』第五十二号、一九九一年十月
◎「私は日本の技術で名大工になった」『太平洋学会誌』第五十三号、一九九二年一月
◎「旧南洋群島における皇民化教育の実態調査（２）――マジュロ・ポナペ・トラックにおける聞き取り調査――」宮脇弘幸（著）『成城学園教育研究所研究年報』第十七集、一九九四年
◎「軍政期南洋群島における内地観光団の実態とその展開　占領開始から民政部設置まで」

千住一（著）『太平洋学会誌』第九十二号、二〇〇三年十月
◎「ガラトゥムトゥンの踊る安里屋ユンタ――パラオ共和国ガラスマオ州における『アルミノシゴト』の記憶」飯高伸五（著）『民俗文化研究』第七号、二〇〇六年
◎「南洋群島への朝鮮人の戦時労働動員」今泉裕美子（著）『季刊　戦争責任研究』第六十四号、二〇〇九年夏季号
◎九州大学教授松原孝俊による松原研究室ブログ「パラオ調査日記」二〇〇九年（http://matsu.rcks.kyusyu-u.ac.jp/lab/?page_id=409　現在閉鎖中）
◎「沖縄から南洋群島への既婚女性の渡航について――近代沖縄史・帝国日本史・女性史という領域のなかで――」川島淳（著）『東アジア近代史』第十三号、二〇一〇年
◎「戦前沖縄からの旧南洋群島移民の音楽芸能行動と三線」小西潤子（著）『ムーサ：沖縄県立芸術大学音楽学研究誌』第十六号、二〇一五年

解説

重松 清

〈すっぽりと抜け落ちるもの〉を探し、拾い集める旅である。

かつて日本の統治下にあった南洋群島の人びとは、日本が現地に学校をつくって教育を施したこともあって、いまも「親日的」だとされている。その「親日的」の一語が寺尾紗穂さんには〈なんとなくひっかかる〉——疑問とも違和感ともつかないものが、本書の、すなわち寺尾さんの旅の出発点になった。

〈南洋群島は親日的。それは本当だろうか。南洋群島は親日的。そう日本人が口にする時にすっぽりと抜け落ちるものがあると思った〉

それを確かめるために、寺尾さんは繰り返し取材の旅に出る。サイパン、沖縄、八丈島、さらには埼玉県所沢市……。一つずつの旅は、決して長期間にわたるものではない。ただし、〈すっぽりと抜け落ちるもの〉の正体を探ろうとする情熱は、熾火《おきび》となって、寺尾さんを文字どおり焚きつけつづけた。なにしろ、中島敦の短編小説をきっかけに南洋群島に興味を惹かれた大学生の彼女が、本書の単行本版が刊行された二〇一五年八月には、三人の娘を持つ母親になっていたのだから。

歳月の元手がかかった労作である。それはもう、言うまでもない。本書の素晴らしい読みごたえ（読了してから解説の拙文を訪ねてくださった人は、絶対に力強くうなずくはずだ）を担保しているものは、間違いなく、「知りたい」という思いを胸に抱きつづけた著者の粘り強さだろう。

歳月の重みは、もう一つ。単行本版刊行の二〇一五年八月は、アジア太平洋戦争が終わって七十年の節目だった。歴史年表の感覚で見れば、七十年という時間はたいして長くはない。しかし、一人ひとりの生涯で見るならどうだ。終戦の時に生まれた赤ん坊が古稀を迎える。七十年とは、そういう時間なのだ。日本統治時代をオトナとして体験した人たちの多くは鬼籍に入ってしまった。当時二十歳だった若者も九十歳、あの頃のことを子ども心にかろうじて覚えている世代でも、すでに七十代半ばになっているのだ。

あたりまえの話だが、人は老いる。そして世を去ってしまう。老いるにつれて記憶は薄れていくし、亡くなった人から話を聞くことは不可能である。それを思うと、もしも寺尾さんが南洋群島に目を向けるのがあと十年遅ければ、本書は、少なくともいまの形にはなっていないだろう。そして僕たちは、とても貴重な証言集を失ってしまっていただろう。

歳月の重みとは、取材期間の長さだけでなく、証言者が存命でいるうちに会えたことへの、ずっしりとした安堵でもあるのだ。

もちろん、本書の文庫版が刊行される二〇一九年以降も、南洋群島をめぐる新たな史料は出てくるはずだ。サイパン戦をはじめとする、さまざまな出来事にまつわる数字は、これからも補正されるだろうし、動画や画像も発見されるに違いない。日本統治下の南洋群島の年表や地図は、そのたびに更新され、もしかしたら〈南洋群島は親日的〉という言葉が覆されるかもしれないし、逆に補強されるかもしれない。

だが――もう一度あたりまえのことを言わせてもらおう。亡くなった人は話せない。日本への謝意も、あるいは恨み言も、もう決して口にすることはできないのだ。

寺尾さんはそれをよくわかっている。彼らや彼女たちに残された時間は長くない。だからこそ、現地を訪れるたびに、とにかく当時を知る人たちに会って、話を聞く。向き合って、表情やしぐさを見つめる。〈かつて「土人」であった人の言葉、あるいは言葉にできずに心に積もった澱《おり》のようなもの〉を、全身全霊で受け止める。

そして彼女は――読者である僕たちも、気づくのだ。〈南洋群島は親日的〉とひとくくりにしてしまったときに〈すっぽりと抜け落ちるもの〉とは、一人ひとりの「私」ではないか、と。

本書の中に、統治者たる日本をめぐって正反対の感情を持つ二人が登場する。一人は「日本時代はよかった」と肯定し、もう一人は「日本人は私たちを奴隷のように扱った」

と否定する。

どちらが正しいのか。寺尾さんは、あえて問わない。ただ〈違う、ということに、胸が震える思いがした〉と綴る。〈人の数だけ思いがある。その思いも決してひとつの原色ではなく、一言では表現できない繊細な色合いだったりするのだ〉

あるいは別の章では、日本に感謝しつつも、戦後の統治者のアメリカも含めて〈勝手に日本とアメリカが入ってきてね。壊しておいて、知らないよ。それは日本の罪だ、それはアメリカの罪だ〉と涙ながらに訴えるブランコさんという老人が登場する。そのアンビバレンツな思いに、寺尾さんは、南洋群島の人びとと統治者たる日本との関係について、一つの答えを得た。

〈日本時代を惜しむ人は多い、日本人を好きな人も確かに多い。ブランコさんだってそうなのだ。だからこそ彼の日本批判は重要な意味を持つ〉

だが、続けて彼女は書きつける。

〈もちろんそれが唯一の答えではない。そもそも唯一の答えなんてないのだ〉

もしも、本書の中で最も好きなフレーズを挙げよというアンケートがあったなら、僕は迷わず、この一文を掲げるだろう。第二候補が、その前に引用した〈人の数だけ思いがある〉。要するに、どちらも同じことを言っているわけで、僕が寺尾紗穂さんという書き手と本書に最大級の拍手を捧げたい理由も、そこにある。

本書は、〈唯一の答え〉を求めるためのノンフィクションではない。むしろ逆に、たとえば〈南洋群島は親日的〉なる紋切り型を、プリズムのように分光させていく。

南洋群島は地域の名前にすぎない。そこにはさまざまな人たちが暮らしている。サイパンにも、先住民のチャモロ人がいて、カロリン諸島から渡ってきたカロリニアンがいて、両者には差別構造がある。統治者たる日本にも、微妙で複雑なグラデーションがあった。沖縄から来た人たちや、朝鮮半島出身の人たちへの差別構造を思えば、南洋群島がそうであるように、日本だって、決してひとくくりにはできないのだ。

南洋群島でも日本でも、ほんとうは〈唯一の答えなんてない〉し、〈人の数だけ思いがある〉。それを教えてくれる最大にして唯一のものが、くくることのできない人間の最小の単位──「私」なのだ。

本書に登場する皆さんは、南洋群島やサイパンを代表して話しているわけではない。自分の話である。「私」の思いである。狭い視野かもしれない。ささやかな声でもあるだろう。けれど、寺尾さんは、「私」という最も小さな主語でしか語れない心の襞を、なによりも大切にする。それこそが、南洋群島や日本という大きな主語になったときに〈すっぽりと抜け落ちるもの〉なのだから。

本書の題名『南洋と私』の「私」は、一義的には寺尾さん自身だろう。狭義のノンフィクションからすると、いささか寺尾さん自身の「私」の出番が多すぎるのではないか、という辛口の感想を持つ読者もいるかもしれないが、僕の評価は逆なのだ。取材に応じた皆さんが「私」で話してくれたのだから、こちらも「私」を隠した取材者の立場ではいられない——そのフェアネスから、彼女は、たとえばカロリニアンを差別語のカナカで呼んでしまったことを苦みとともに告白し、『隣組』の歌をドリフターズのコントがオリジナルだと思い込んでいたのだと打ち明ける。寺尾さんって心意気のある人だなあ、と僕は本書を読みながら何度も感嘆していたのだ。

一九八一年生まれの「私」には、あの戦争について知らなかったことがたくさんある。そんな「私」が訪ね歩いた旅は、当時を知る人たち自身にとっての「私」を語ってもらう旅でもあった。

ということは、本書のタイトルは、こんなふうにも書き換えられるだろう。
『南洋（と私）と私』——。

最後に一言。
自分の話で恐縮だが、僕は日本統治下の南洋群島についてのドキュメンタリーのレポーターを二回務めたことがある（二〇〇二年八月オンエアのＮＨＫ『ＥＴＶ　緑の島は戦場になった』・二〇〇三年十二月オンエアのＮＨＫ『ハイビジョンスペシャル　最後の言葉』）。

そのときに話をうかがった人たちは皆さん高齢者で、自分なりに皆さん一人ひとりの「私」の言葉を引き出そうと試みた。それがうまくいったかどうかは自分の言うことではないのだが、ロケ中に何度も「あと十年もたったら、当事者への取材もできなくなるんだな」と思ったのだ。

だから、二〇一五年に本書の単行本版が上梓されたときは、ほんとうにうれしかった。僕よりもずっと若い寺尾さんが、国家や戦争と「私」の関係をめぐるトーチに火を灯し、次代につないでくれた。

しかも、このたびの文庫化で、よりハンディな装いに改められた本書は、若い読者との出会いの機会をさらに得られたことになる。

どうか、若い皆さんに読んでほしい。日本の統治時代を知る人たちの「私」の物語と、それに向き合う寺尾さんの「私」の物語をじっくり堪能して、あなた自身の「私」で受け止めてほしい。

『南洋（と私）』と私――。

文庫本という小さなサイズの書物から、ささやかな、でも大切な声が聞こえてくるといいな。

寺尾さんの南洋群島をめぐる長い旅も、中島敦の文庫本から始まったのだから。

（しげまつ・きよし／作家）

本書は、二〇一五年八月にリトルモアより刊行された『南洋と私』を文庫化したものです。

初出　季刊『真夜中』（リトルモア）
第1章〜第7章は、季刊『真夜中』No.8（二〇一〇年一月）〜No.12（二〇一一年一月）・No.14（二〇一一年七月）・No.15（二〇一一年十一月）の連載に加筆訂正を行いました。第8章〜第11章は書き下ろしです。

本作品に、今日の人権意識に照らして不適切な語句や表現が見受けられますが、著者自身に差別的意図はなく、証言者の発話を忠実に再現することを重視したため、原文どおりといたしました。

JASRAC 出 1908190-901

中公文庫

南洋《なんよう》と私《わたし》

2019年8月25日　初版発行

著　者　寺《てら》尾《お》紗《さ》穂《ほ》

発行者　松田陽三

発行所　中央公論新社
〒100-8152　東京都千代田区大手町1-7-1
電話　販売 03-5299-1730　編集 03-5299-1890
URL http://www.chuko.co.jp/

DTP　平面惑星
印　刷　三晃印刷
製　本　小泉製本

©2019 Saho TERAO
Published by CHUOKORON-SHINSHA, INC.
Printed in Japan　ISBN978-4-12-206767-7 C1195

定価はカバーに表示してあります。落丁本・乱丁本はお手数ですが小社販売部宛お送り下さい。送料小社負担にてお取り替えいたします。

●本書の無断複製（コピー）は著作権法上での例外を除き禁じられています。また、代行業者等に依頼してスキャンやデジタル化を行うことは、たとえ個人や家庭内の利用を目的とする場合でも著作権法違反です。

中公文庫既刊より

各書目の下段の数字はISBNコードです。978－4－12が省略してあります。

な-56-2
南洋通信 増補新版
中島　敦
南洋庁国語編修書記としてパラオに赴任した中島の目に映った「南洋」とは。『南島譚』『環礁』に加え、妻子に宛てた九十通以上の書簡を収録。〈解説〉池澤夏樹
206756-1

し-10-5
新編 特攻体験と戦後
島尾敏雄
吉田　満
戦艦大和からの生還、震洋特攻隊隊長という極限の実体験とそれぞれの思いを二人の作家が語り合う。関連するエッセイを加えた新編増補版。〈解説〉加藤典洋
205984-9

し-10-6
妻への祈り 島尾敏雄作品集
島尾敏雄
梯久美子 編
加計呂麻島での運命の出会いから、二人はどのようにして『死の棘』に至ったのか。島尾敏雄の諸作品から妻ミホの姿を浮かび上がらせる、文庫オリジナル編集。
206303-7

し-11-2
海辺の生と死
島尾ミホ
記憶の奥に刻まれた奄美の暮らしや風物、幼時の思い出、特攻隊長として島にやって来た夫島尾敏雄との出会いなどを、ひたむきな眼差しで心のままに綴る。
205816-3

ふ-18-5
流れる星は生きている
藤原てい
昭和二十年八月、ソ連参戦の夜、夫と引き裂かれた妻と愛児三人の壮絶なる脱出行が始まった。敗戦下の苦難に耐えて生き抜いた一人の女性の厳粛な記録。
204063-2

み-11-3
ラバウル従軍後記 トペトロとの50年
水木しげる
漫画界の鬼才、水木しげるが戦時中ラバウルで出会った現地人トペトロ。彼は「鬼太郎」だった……。死が分かつまでの50年の交流をカラー画で綴る。
204058-8

や-1-2
安岡章太郎 戦争小説集成
安岡章太郎
軍隊生活の滑稽と悲惨を巧みに描いた長篇「遁走」ほか、短篇五編を含む文庫オリジナル作品集。巻末に開高健との対談「戦争文学と暴力をめぐって」を併録。
206596-3